슬퍼하지 말자

인생은 모질다. 숨 막히게 괴롭고 외롭다. 하지만
버릴 수 없는 것이 인생이다. 끝까지 살아남아서
행복해야 한다. 내 인생을 사랑하는 법은 무엇일까?
지치지않고 항상 긍정적으로 살아갈 수 있는 비법은
무엇일까?

희망은 끈기 있게 버티는
사람에게 머물지

우리는 모두 자기만의 인생을 살고 있는 중이다. 시리도록 슬픈 인생, 가슴 저린 인생, 외로운 인생들이 사방에 있다. 비가 내리다 그친 하늘에서 간간이 떨어지는 빗방울이 마치 눈물방울처럼 여겨지는 것은 그동안 내가 너무 힘들게 살아왔기 때문일까. 우리는 비가 내리는 날이면 가슴 한복판이 촉촉하게 젖어든다. 쏟아지는 빗발이 마치 서러운 눈물 같아서다.

외롭지 않으려거든 먼저 다가서보자

이제부터 외롭다고 서러워하지 마라. 우리에게는
우리를 사랑해줄 사람들이 있다. 그 사람에게 먼저
다가서라. 외로움은 벗으라고 준 외투와도 같다.
그것을 입고 있느냐 벗느냐는 각자의 선택이다.
단, 너무 오래 입고 있으면 곤란한 외투다. 빨리
벗을수록 좋은 외투이다. 외로움 대신 공존을 택해라.
그렇게 하면 삶이 훨씬 더 풍요로워질 것이다.

건전한 욕망을 품고
소박한 마음으로 살아가보자

가족들이 건강하게 잘 지내고 있다는 것만으로
고마워할 줄 아는 것이 소박한 사람의 마음이다.
앞마당에 빨래를 널면서 황금빛 햇살에 눈살을
찌푸리면서도 즐거운 것이 소박한 사람의 마음이다.
식탁에 비록 고기는 없어도 굶지 않고 밥을 먹는
사실에 감사할 줄 아는 것이 소박한 사람의
마음이다.

찬란한 눈물 같은
당신 인생을 위한 따뜻한 해답

사랑하는 나야,
그동안 수고했어

사랑하는 나야, 그동안 수고했어

초판 1쇄 인쇄 · 2019년 4월 25일
초판 1쇄 발행 · 2019년 4월 30일

지은이 · 백정미
펴낸이 · 이춘원
펴낸곳 · 책이있는마을
기 획 · 강영길
편 집 · 이경미
디자인 · 블루
마케팅 · 강영길

주소 · 경기도 고양시 일산동구 무궁화로120번길 40-14(정발산동)
전화 · (031) 911-8017
팩스 · (031) 911-8018
이메일 · bookvillagekr@hanmail.net
등록일 · 1997년 12월 26일
등록번호 · 제10-1532호

잘못된 책은 구입하신 서점에서 교환해 드립니다.
책값은 뒤표지에 있습니다.

ISBN 978-89-5639-309-4 (03810)

이 도서의 국립중앙도서관 출판예정도서목록(CIP)은 서지정보유통지원시스템 홈페이지(http://seoji.nl.go.kr)와
국가자료종합목록시스템(http://www.nl.go.kr/kolisnet)에서 이용하실 수 있습니다. (CIP제어번호 : CIP2019013289)

찬란한 눈물 같은
당신 인생을 위한 따뜻한 해답

사랑하는 나야, 그동안 수고했어

백정미 — 지음

슬퍼하지 말자,
이것은 내 인생이다

　　그동안 수고했어, 그동안 얼마나 힘들었니. 그대의 어깨를 가만히 두드려주면서 하고 싶은 말이다. 나는 원고를 쓸 때 다짐하듯 머리말을 먼저 쓴다. 이 일은 신성한 의식이요, 스스로에게 동기를 부여하는 행위다. 슬퍼하지 말자, 이것은 내 인생이다. 우리는 모두 자기만의 인생을 살고 있는 중이다. 시리도록 슬픈 인생, 가슴 저린 인생, 외로운 인생들이 사방에 있다.

　　비가 내리다 그친 하늘에서 간간이 떨어지는 빗방울이 마치 눈물방울처럼 여겨지는 것은 그동안 내가 너무 힘들게 살아왔기 때문일까. 비가 내리는 날이면 가슴 한복판이 촉촉하게 젖어든다. 쏟아지는 빗발이 마치 서러운 눈물 같아서다.

　　나는 항상 어머니를 가슴에 품고 산다. 어머니의 헌신으로 지금 내가 이렇게 건강하게 글을 쓰면서 살고 있기 때문이다. 다시는 볼 수 없는 엄마, 엄마 생각하면 목구멍이 컥 막힌다. 어머니는 인생을 이렇게 사셨다. 항상 즐겁고 명랑하게. 그리고 다른 사람을 위하고 험담하지 않고 착하게. 특히 순수하고 해맑았던 어머니의 음성과 미소가 절대로 잊히지 않는다. 나는 어머니처럼 살 것이다. 그리고 어머니의 마음으로 글을 쓸 것이다.

인생은 모질다. 숨 막히게 괴롭고 외롭다. 하지만 버릴 수 없는 것이 인생이다. 부모님을 여의고서도 살아가야 하는 것이 인생이고, 자식을 먼저 떠나보내고도 다시 살아가야 하는 것이 인생이다. 왜냐하면 내 인생이기 때문이다. 슬퍼하지 말자. 이것은 내 인생이다. 우리에게 주어진 단 한 번의 시간이다. 어떤 고난과 시련도 우리를 넘어뜨릴 수는 없다. 우리가 스스로 꺾이기 전에는 말이다. 가시밭 같은 내 인생이어도 우리는 살아가야 한다. 때로는 그 가시에 찔려서 피가 흐르고 가시밭에 넘어지고 다쳐도 내 인생이니까 살아내야 한다. 끝까지 살아남아서 행복해야 한다.

내 인생을 사랑하는 법은 무엇일까. 지치지 않고 항상 긍정적으로 살아갈 수 있는 비법, 바로 이 책에 남김없이 담았다. 오늘도 눈물겨운 하루를 살아가는 그대를 위해.

차 례

1장 인생이 내게 가르쳐준 40가지 비밀 s e c r e t

2장 사람과 관계에 대한 공부법 Relationship with people

3장 행복한 인생을 위한 공부법 Happy life

S   e   c   r

인생이 내게 가르쳐준
40가지 비밀

e   t   40

뿌리는 대로
못 거둘 수도 있다

인
생
의

예
외
성

01
Secret 인생은 긍정적인 면과 부정적인 면이 공존하는 양날의 검과 같다. 인생의 긍정적인 면에서 보면 뿌리는 대로 거둔다는 말은 진실이다. 그러나 다른 날인 부정적인 면 또한 간과해서는 안 될 일이다. 인생의 부정적인 면에서 바라보면 뿌리는 대로 거둘 수 없다고 봐도 진실이다. 이 말은 언뜻 듣기에 인간을 비관론자로 만드는 말 같지만 오히려 인간에게 인생의 참모습을 가르쳐주는 고언이 아닐까 싶다.

인생의 예외성을 아는가. 인생 역시 다른 여느 것처럼 예외적인 면이 있다. 이것이 바로 일반적인 인생에 대한 기대치를 벗어난 결과로서 인생의 부정적인 면이라고 할 수 있다. 사람들은 기대한다. 열심히 일하면 부자가 될 거야, 잠자지 않고 공부하면 성적이 오르겠지, 내가 진심을 다하면 상대방이 내 마음을 다 헤아려줄 거야. 그렇지만 모두 그렇게 이루어지지는 않는다.

이 진리는 인생이 내게 가르쳐준 첫 번째 비밀이다. 뿌리는 대로 못 거둘 수도 있다는 것이 인생의 숨겨진 원리다. 이 원리는 모든 인간에게 공평하게 적용된다. 그러므로 만일 그대가 그런 상황에 처하거든 본인만 인생의 부정적인 면과 맞닥뜨렸다고 슬퍼하지 말 일이다.

60대가 넘어선 한 여인이 내게 이메일로 하소연을 했다. 내가 쓴 책을 감명 깊게 읽었다는 여인은 나에게 허심탄회한 속마음을 털어놓았다. 그녀의 사연은 대강 이러했다.

남편은 신혼 초부터 줄곧 바람을 피우고 생활비도 주지 않았다. 또한 그는 단 한 번도 자신에게 사랑한다고 말한 적이 없었다. 반면에 자신은 목숨을 걸고 가정을 지키기 위해 안 해본 일 없이 고생했다. 식당에서 설거지도 하고 빌딩 화장실 청소도 하면서 그렇게 50년을 살아왔다. 언젠가는 남편이 자신의 마음을 알아주고 사랑해주리라 기대했다. 하지만 남편은 하나도 변하지 않았고 오히려 손자 앞에서도 폭력을 휘두르고 자신을 무시했다. 그나마 의지하고 있던 자식들도 엄마의 마음을 이해해주지 않아서 슬프다고 하였다.

위의 사연을 보자. 평생 자신을 무시하고 가장의 의무를 소홀히 한 남편에 대한 원망이 가득하다. 또한 자신이 그동안 해온 것들에 대한 보상이 없음을 자책하기도 한다. 뿌리는 대로 거둔다는 인생의 긍정적인 면만 바라보았기 때문에 여인은 불행하다고 느낄 가능성이 짙다. 일평생 고생하고 희생하였으면 그만한 대가가 있어야 하는 것 아닌가, 하는 의구심이 깔려 있기에 현실이 고통스러운 것이다. 하지만 주의해서 생각해보자. 뿌리는 대로 못 거둘 수도 있다는, 인생의 부정적인 면에서 바라본다면 그다지 놀랄 일도 아니다. 오히려 당연한 일일 수도 있다.

"그래, 인생은 뿌리는 대로 못 거둘 수도 있지."

즉 이 말은 이렇게 해석해보면 된다.

"그래, 내가 일평생 자식과 남편을 위해 노력하고 뼈 빠지게 고생했지만 그들이 나의 노고를 몰라줄 수도 있지. 이건 내가 예상했던 일이야. 그들이 어떻게 반응하건 상관없이 난 나의 인생을 살 거야. 어차피 인생은 뿌리는 대로 못 거둘 수도 있는 것이니까."

인생은 내게 자신이 지닌 비밀을 전부 다 가르쳐주기로 약속했다. 그가 말한 첫 번째 비밀은 인생의 예외성에 관한 것이다. 인생은 말하였다. "그대여, 지금 무엇을 뿌리고 있나요? 그것을 거둘 수 있는 가능성은 99퍼센트입니다. 그렇지만 나머지 1퍼센트는 못 거둘 수도 있는 것이 인생이랍니다. 모두 거둘 수 없다고 슬퍼하거나 노여워하지 마세요. 그것은 인생의 예외성이니까."

그렇기 때문에 인생이 더욱 살 만한 것이 아닐까. 못 거둘 수도 있지만 자신의 열정을 바칠 그 무엇이 있다는 것만으로도 우리는 행복해질 수 있는 것이다.

탐구하는 사람이
발전한다

02
Secret

이제 인생이 내게 가르쳐준 두 번째 비밀을 그대에게도 알려주려고 한다. 인생은 신비로운 비밀이 가득한 비밀의 정원이다. 그 비밀의 정원에는 가시나무도 있고 향긋한 꽃나무도 있다. 넝쿨도 우거져 있고 바위도 있다. 인생은 자신의 비밀을 함부로 발설하지 않는다. 다만 탐구하는 자에게 그 비밀을 알려줄 뿐이다.

인생이 알려준 숱한 비밀 중에 두 번째 주제는 바로 탐구다. 그대는 얼마나 자주 탐구하는가. 내가 어린 시절에는 방학 때마다 선생님이 『탐구생활』이라는 책을 나눠주었다. 여러 가지 과제를 해결하는 과정과 결과를 적는 노트였는데 방학이 되면 으레 받곤 했던 기억이 있다. 그래서 방학식 하면 『탐구생활』 책이 떠오를 정도였다.

여기에서 탐구란 무엇인가. 나는 한 주제에 대한 밀도 있는 사색과 관찰이 탐구라고 생각한다. 더 추가하면 어떤 것에 대한 끝없는 생각의 도전이라고도 할 수 있다. 그런데 보통 탐구라 하면 사람들은 특별한 과학자나 사색가들의 몫이라고 여기곤 한다. 그만큼 생경한 낱말이기도 하다는 뜻이다. 들으면 아는 단어지만 막상 실생활에서는 그리 자주 사용하지 않는 말이기도 하다. 그러나 인생을 공부하는 인생학교의 학생이라면 지금부터 탐구하는 생활을 해야 한다. 그럼 탐구에 대해 공부해보자.

정도는 다르지만 인간은 탐구 생활을 하고 있다. 다만 그 행동이 탐구인지 모르는 채 행해지고 있으므로 탐구의 실효성을 알지 못하는 사람이 많은 것이다. 탐구는 어떤 실효성을 가지고 있을까. 탐구의 영역에는 가릴 것이 없다. 역사, 문화, 개인, 단체, 관습, 성격, 행위, 실질적인 결과, 몽상, 감정, 이성적 판단에 이르기까지 모두 탐구의 영역에 속하기 때문이다. 일찍이 탐구를 생활에서 실천하는 인생학교의 우등생들은 자신의 삶이 탐구에 의해서 비약적으로 발전하고 있다는 것을 알고 있었다. 탐구는 개인의 삶 전반을 한 단계 끌어올리는 받침대 같은 역할을 하는 행위다. 탐구의 실효성은 계측할 수 없을 정도로 어마어마하다.

과학실에서 실험에 열중하던 중에 폭발 사고가 일어나 학생들과 교수가 부상을 입었다는 소식이 종종 들린다. 그들은 사고 후에도 탐구를 지속해 나갔을까. 물론 사고가 난 후에도 학생들과 교수는 탐구를 멈추지 않았을 것이다. 그것은 자신의 신념이 걸린 일이니까. 그렇다면 일상에서 탐구자의 삶을 사는 우리는 어떠할까. 탐구 도중에, 즉 실험 도중에 폭발 사고가 일어나면 '앗, 뜨거!' 하면서 도망치지는 않았는가. 탐구하다 보면 사고가 나는 것은 피할 수 없다.

탐구란 위험을 무릅쓴 자발적 모험이다. 여행도 탐구고 독서도 탐구고, 나처럼 글을 쓰는 직업을 가진 작가들도 글을 씀으로써 자신의 지식과 영혼을 탐구한다. 책을 만드는 것도 탐구에 속한다. 정치가도 자신의 정치력을 탐구하는 중이고 가정주부는 밥을 짓거나 반찬을 만들면서 어떻게 하면 더 잘할까를 탐구한다. 탐구는 향상을 위한 지속적인 갈망이다.

인생은 내게 자신이 지닌 두 번째 비밀을 말해주었다. "인생은 탐구에 의해서 발전한답니다. 탐구란 모험이 포함된 도전이죠. 도전하세요. 실패를 감수한 도전만큼 아름다운 것도 없답니다. 그대는 도전하기 위해 태어난 존재니까요. 탐구하지 않으면 정체될 것이고 곧 도태된다는 걸 기억하세요."

이것이 인생의 발전성이며 인생이 내게 가르쳐준 두 번째 비밀이다. 인생을 발전시키고 싶다면 탐구하라. 두 번째 비밀의 핵심은 이것이다.

남을 슬프게 하면
나도 아프다

인
생
의

동
질
성

03
Secret

인생이 가르쳐준 세 번째 비밀은 인간관계의 핵심이라고도 할 수 있다. 범죄를 저지르는 사람들의 심리는 무엇일까. 폭행죄를 지은 사람에게 왜 그런 행동을 했느냐고 묻는다면 그는 어떤 대답을 할까. 사람을 때림으로써 얻을 수 있는 것이 때리지 않고 가만히 있는 것보다 더 많아서라고 대답할 수도 있을 것이지만 대부분의 경우 이렇게 대답한다.

"화가 치밀어서 참을 수가 없었습니다."

그렇다. 참을 수 없어서 벌어진 일들은 너무나 많다. 특히 사람과 사람의 관계에서는 그런 참을 수 없어서 벌인 일들이 적지 않다. 조금만 더 참았다면 그런 일이 벌어지지 않았을 텐데, 하고 후회한 일은 없는가. 인생의 비밀 세 번째 주제는 이런 경우에 도움이 될 조언이라고 할 수 있다. 이번 주제는 인생의 동질성이다.

인생의 동질성? 이 말이 무슨 말인지 생소하다면 쉽게 풀어보자. 남에게 슬픔을 안겨주면 자신도 아프다는 말이다. 인간은 같은 세계를 살아가는 같은 존재들이다. 이것이 인생의 동질성의 기본 토대다. 각 개인의 세계는 다를 수밖에 없지만 우주라는 큰 틀에서 본다면 같은 세계를 살아가고 있는 것이 우리들이다. 그래서 동질감을 빼놓을 수가 없다.

우리는 수없이 많은 것들을 공유하고 있다. 같은 시간, 같은 공기, 같은 공간, 같은 문화, 같은 자연 등. 그 수많은 공통점 때문에 인간은 하나인 존재들인 것이다. 그러므로 인생은 동질하다. 인생이 동질하다는 의미는 한 사람의 고통이 그 한 사람에게만 국한되지 않는다는 말에 도달한다.

개인의 슬픔은 사회 전체의 슬픔이 되기도 한다. 이러한 사례는 숱하게 많다. 전쟁도 그러하고 에이즈의 창궐이나 기아, 홍수 등의 자연재해도 그러하다. 전쟁을 들여다보자. 이것은 개인의 슬픔으로부터 시작된다. 전쟁을 제안한 자, 전쟁을 시작한 자, 전쟁에 참여한 자. 이러한 개인들의 비극이 국가 전체의 비극, 2차 세계대전처럼 세계인의 비극이 되는 것이다. 인생이 동질하지 않다면 인류는 지금까지 생존할 수 없었을 것이다.

우리는 서로의 공통점 덕분에 위안을 얻는다. 일례로 외국에 나가 있을 때 모국의 사람을 만나기만 해도 눈물겹게 반가운 것을 생각해보라. 상대가 어떤 사람인지는 모르지만 단지 같은 나라 사람이라는 것만으로도 반갑고 기쁜 것이다. 이것이 인생의 동질성이다.

특히 인생의 동질성이 더 극명하게 드러나는 경우가 있다. 그것은 타인에게 해를 끼치면 자신도 그만큼 아픔을 느낀다는 것이다. 이 말에 사이코패스와 같은 경우는 어떻게 설명할 것이냐고 의문을 제기할 수 있다. 사이코패스는 다른 사람의 슬픔과 고통을 전혀 공감하지 못한다고 여길지 모르지만 그것은 내면을 보지 못한 생각이다. 사이코패스들도 내면적인 기저에는 인간으로서의 공통점이 있다. 다만 그들은 사회적, 가정적, 환경적, 정신적 문제로 자신에게 내재된 인간으로서의 공통된 기질을 찾아내지 못하고 있는 것이다. 사이코패스가 될 사람도 유아기 시절과 청소년 시절을 행복하게 보낸다면 정상적인 삶을 살 수 있는 것이다.

인생은 동일한 선상에서 벌이는 인간들의 레이스다. 그 동일한 선상이라는 것은 바로 같은 시간, 같은 공간, 같은 세계, 같은 문화 등을 일컫는다. 그렇다면 같은 시간이라는 것이 모든 사람에게 통용되는가, 하고 질문할 수 있다. 같은 공간도 그렇다. 여기에서 같은 시간과 같은 공간 등의 개념은 보다 넓은 시공간을 의미한다. 시간과 공간은 편차가 있을 뿐 인간이 살아 있을 때 같은 속도, 같은 폭으로 존재한다.

타인에게 아픔을 주면 자기 자신도 아프다. 그것은 모든 인간의 속성이다. 이 점을 잊고 다른 사람에게 고통을 주고서라도 무엇인가를 쟁취하려는 사람은 결국 스스로를 아프게 하는 상황에 처하게 될 것이다. 우리는 같은 인간 존재로서 살아가고 있다. 그 삶의 여정이 길거나 짧거나 내용이 다를 뿐 우주라는 커다란 원 안에서 바라본다면 결국 하나다. 인생의 동질성을 잊지 말고 기억하라.

인생은 나에게 세 번째 비밀을 털어놓았다. "인간은 동일한 선상에서 존재하는 원대한 하나의 생명체입니다. 나 자신이 아프다면 다른 사람도 아플 것이고 다른 사람이 아프다면 나 자신도 아플 것입니다. 잊지 마세요, 내가 아프면 다른 존재도 아파요. 다른 존재가 아프면 나도 아프답니다. 여러분은 모두 같은 곳에서 파생된 존재니까요, 서로를 아프게 하지 마세요, 내가 아프지 않으려면 다른 사람이 아프지 않아야 하니까요."

이것이 인생이 내게 가르쳐준 비밀 중 세 번째인 인생의 동질성이다.

성공하려면
노력하라

04
Secret
인생이 내게 가르쳐준 네 번째 비밀은 성공에 관한 것이다. 일반적인 성공의 의미를 되새겨보자. 성공하면 가장 먼저 떠오르는 것이 돈, 명예 등이다. 그러나 여기서 정의하는 성공은 이런 일반적인 성공의 정의와는 조금 다르다. 진짜 성공이라고 부를 수 있는 성공은 따로 있다. 정말로 한 사람이 성공했다고 말할 수 있는 것은 그가 가진 재능을 100퍼센트 인류의 공영을 위해 발휘했을 때이다. 이것이야말로 부와 명예가 따르는 그 어떤 성공보다 더 값진 진정한 성공이다.

역사를 되짚어보면 획기적인 무엇인가를 발견하거나 발명해서 돈을 엄청나게 벌거나 명성을 얻어 성공한 이들이 많다. 하지만 그 무엇인가가 수백 년 후에 인류와 환경에 해를 끼치는 것으로 판명되어 역사의 죄인이 되고 마는 경우도 있다.

알프레드 베른하르드 노벨은 다이너마이트를 발명해 채굴과 건설 사업에 도움을 줬지만 한편으로는 다이너마이트가 인명 살상용으로 사용되면서 악명을 얻었다. 또한 유연휘발유와 프레온 가스를 발명해 살아생전에 발명왕으로 칭송받았던 토머스 미즐리는 유연휘발유와 프레온 가스가 인체와 환경에 치명적이라는 것이 밝혀져 최악의 발명가로 추락하고 말았다. 이는 성공이란 것이 인류의 공동 발전과 번영에 궁극적으로 이바지하지 않는다면 무익하다는 것을 보여주는 예이다.

그렇다면 진짜 성공에 이르려면 어떻게 해야 하는가. 진짜 성공을 하면 부수적으로 부와 명예가 따르기도 하지만 전부 그러하지는 않다. 성공한 사람들 중에서는 평생을 가난하게 살다 죽는 사람도 많다. 심지어 생전에는 가난의 굴레를 못 벗어나 허덕이며 비참하게 살다가 죽고 나서야 빛을 본 사람들도 있다. 훌륭한 이들 중에 많은 이들이 너무나 가난했다. 하지만 그들의 사후에는 그들의 작품과 생애가 인류를 감동시켰다.『죄와 벌』을 쓴 러시아 최고의 작가 도스토옙스키는 평생을 가난하게 살았다. 그의 명작『죄와 벌』이 빚을 갚기 위해 쓴 책이라는 사실을 아는 이는 드물 것이다. 진짜 성공에 이르려면 어떻게 해야 하는지, 이런 일련의 성공한 사람들로부터 힌트를 얻을 수 있다.

진짜 성공하고 싶다면 열매를 보지 말고 뿌리를 가꾸어야 한다. 결과만을 맹목적으로 좇을 것이 아니라 자신이 가진 재능의 전부를 걸고 열심히 노력해야 한다는 뜻이다.

인생에는 보상 법칙이 있다. 도대체 무슨 보상 법칙일까. 인생은 우리에게 가르쳐준다. 무엇을 얻고 싶다면 죽도록 노력하라. 무엇이 되고 싶다면 죽도록 노력하라. 무엇을 만들고 싶다면 죽도록 노력하라. 무엇이든 갖고 싶다면 죽도록 노력하라. 이 노력 앞에서 불가능한 것은 없다고 인생이 우리에게 가르쳐주고 있다. 그렇게 죽도록 노력한 자에게 인생은 보상을 해준다. 그렇지만 모두 보상받는 것 또한 아니다. 인생이 가르쳐준 비밀 첫 번째에서 말한 것처럼 1퍼센트 정도는 보상을 받지 못할 수도 있다. 그러나 99퍼센트는 보상을 받는 것이 인생이다. 죽도록 노력하면 거의 모든 사람들이 그에 상응하는 결과를 얻는다. 그런데 사람들은 약간의 노력만 기울이고서 인생을 원망하곤 한다.

"내 나이 마흔, 지금까지 발바닥에 땀나도록 열심히 살아왔는데 이직도 이 모양 이 꼴로 살고 있어."

이런 원망은 해서 안 될 말이다. 100세 시대에 마흔이라면 앞으로 60년은 더 살 수 있는 나이다. 60년을 더 노력하지 않고서 벌써 달콤한 열매를 원한다는 것은 인생의 보상 법칙에 어긋난다.

"결혼하고 나면 내 인생이 바뀔 줄 알았는데 더 엉망이야. 이젠 희망 같은 건 갖지 않을 거야."

이런 원망도 해서는 안 된다. 결혼한다고 해서 인생이 바뀌는 것이 아니라 자신이 변해야 인생이 바뀐다. 노력을 해야 한다는 말이다. 행복해지려는 노력을 하지 않고서 결혼 생활을 원망하지는 않았는지 자신을 반성해야 할 일이다.

인생은 내게 가만히 속삭이듯 말해주었다. "그대여, 무엇인가 이루기를 원하나요? 그렇다면 최선을 다해 노력하세요. 그대가 죽기 전까지 온몸과 온 영혼을 바쳐 노력하세요. 그리하면 신께서 그 노력의 99퍼센트는 응답해주실 것입니다. 나머지 1퍼센트는 보상받지 못할지라도 자신이 그만큼 노력한 사실에 만족하세요."

이것이 인생이 내게 가르쳐준 네 번째 비밀인 인생의 보상 법칙이다.

행복은 현재라는
순간에 있다

05
Secret

함박눈이라도 내릴 것처럼 흐린 겨울 날씨다. 겨울은 춥다. 몸이 추우면 마음까지도 꽁꽁 얼어붙는 것 같아서 겨울이 싫다는 사람도 있다. 그러나 어찌 되었든 현재는 겨울이고 이 겨울을 견뎌야 하는 건 우리 몫이 아니겠는가.

그러나 겨울답지 않게 눈 대신 비가 오는 아침에 나는 인생이 선물해준 다섯 번째 비밀을 받아든다. 인생이 내게 이야기해준 이번 비밀은 많은 사람들이 동경하는 것, 바로 행복에 관한 것이다.

인생은 내게 자신이 지닌 다섯 번째 비밀을 말해주었다. "인생에는 행복 법칙이라는 것이 있답니다. 이 법칙은 언제 어디서나 변함이 없어요. 수억 년 전 인간이 탄생하기 전에도 그러했고 지구가 멸망한 후에도 변하지 않을 것입니다. 이 행복 법칙은 인간에게만 적용되는 것이 아니라 우주 만물에게 적용되는 원리인 거죠. 행복해지고 싶은가요? 그렇다면 현재에 전념하세요. 생각이 현재를 벗어나면 그대의 머릿속은 뒤엉키고 말 거예요. 왜냐하면 인간은 현재에 머물 때 가장 안전하거든요."

이것이 인생이 내게 가르쳐준 행복에 관한 비밀이다.

현재에 전념한다는 것의 의미를 풀이해보자. 우리는 생각의 자유를 가진 인간이다. 그러나 지나치게 자유를 탐닉하는 것은 때론 부작용을 낳는다. 그 부작용이란 바로 생각이 현재를 벗어나서 과거나 미래로 달려가는 것이다. 부정적인 기억에 사로잡혀서 괴로워하는 사람들, 불안한 미래를 미리 앞질러 그려보면서 두려워 떠는 사람들, 그들에게 필요한 것은 현재라는 보약이다. 그들의 생각이 현재를 벗어나 있기 때문에 괴롭고 불안한 것이다. 만일 그들이 현재에서 올곧게 산다면 그런 불안과 괴로움은 발붙일 틈이 없을 것이다.

현재를 벗어날 때 인간이 얼마나 불안정해지는지는 우리가 체험을 통해 잘 알 수 있다. 잠깐 과거를 기억해보자. 불행했던 어린 시절, 우울했던 지난 달, 시험에 낙방했던 기억, 애인에게 버림받은 기억, 누군가에게 속았던 기억, 맞았던 기억, 어떤 일을 하다가 실패한 기억 등. 이런 좋지 않은 기억들을 접하게 되면 현재 가지고 있던 긍정적인 기운을 모두 빼앗기고 만다. 미래는 또 어떤가. 돈이 떨어져서 빈털터리가 될 것 같은 두려움, 건강이 나빠질 것 같은 두려움, 인간관계가 악화될 것 같은 두려움 등으로 현재가 편할 수가 없다. 생각은 자유롭게 하되 자신을 지키려면 현재에 머물러야 한다.

행복은 현재라는 순간에 있음을 반드시 기억하자. 갑자기 기분이 나빠지거든 혹시라도 자신의 생각이 과거나 미래에 있는 건 아닌지 되돌아보라. 그럴 가능성이 100퍼센트다. 현재에 머물면 정신은 즉시 안정을 찾게 된다. 현재가 아무리 열악한 상황이더라도 현재에 온전하게 존재하는 사람은 불안하거나 괴롭지 않을 것이다. 왜냐하면 현재에 머무는 동안에는 근심과 걱정이 있을 수가 없기 때문이다. 오히려 현재는 그런 부정적인 것들을 치유하는 약을 선물해줄 것이다. 어떻게 하면 현재를 더 발전시킬까, 어떻게 하면 이 상황을 지혜롭게 헤쳐 나갈까, 이런 화두를 주는 것이 현재의 특성이기 때문이다.

세상 모든 것은
변한다

인
생
의

가
변
성

06
Secret 사람들은 늙는 걸 두려워한다. 주름이 늘고 흰머리가 늘어나면 벌써 이렇게 늙었구나, 한숨을 쉬는 것이 사람의 심리다. 그래서 주름을 펴는 화장품을 바르거나 수술을 하고 염색을 한다. 조금이라도 어려 보이는 것이 사회의 추세가 되어버렸다. 이렇듯 젊음을 유지하고 싶은 것은 인간의 욕망이다. 영원히 변하지 않고 살고 싶지만 그건 불가능하다. 세월이 흐르면 외모도 변하고 주변의 모든 것들이 변해간다.

이러한 변화에 대한 저항은 인간을 불행하게 만드는 원인 중 하나이다. 변화를 받아들이지 못해 비롯되는 갈등이 얼마나 많은가. 자식이 변하는 것을 받아들이지 못하는 부모는 고통받는다. 그 고통은 부모의 잘못에서 기인한다. 변하는 자식 잘못이 아니다. 변화를 인정하는 공부를 하지 못한 부모의 잘못인 것이다. 친구가 변한다는 것을 받아들이지 못해도 고통받는다. 그것 또한 변한 친구 잘못이 아니라 자신 탓이다. 변화에 대한 공부를 하지 않은 자신을 탓해야 한다. 사람이 과거나 현재에도 똑같을 것이라고 기대하지 마라. 환경이 변하지 않고 그대로 있을 것이라고 바라지 마라. 모든 건 변한다.

사회가 변한다는 것을 받아들이지 못해도 또한 고통받는다. 변화에 대한 인식이 부족하기 때문에 인간은 수시로 고통받는다. 인생이 내게 가르쳐준 여섯 번째 비밀은 바로 인생의 가변성이다.

인생은 내게 여섯 번째 비밀에 관해 이렇게 말해주었다. "인생의 가변성이란 우주의 모든 것들이 변한다는 사실입니다. 이 사실만큼 확실한 것도 없지 않을까요. 태양도 변하고 있고 지구도 변하고 있어요. 식물들도 변하고 있고 동물도 역시 변하고 있습니다. 시대의 흐름도 변하고 있고 유행도 변하고 있으며 계절도 변하고 있는 중입니다. 변한다는 사실을 받아들이는 것은 초등학생이 구구단을 외우는 것처럼 기본적인 일이에요. 변화는 살아가는 동안 멈추지 않을 겁니다. 그러니 변화를 받아들이세요."

이것은 아마도 변화를 수용하지 못한 상태에서는 인생 공부를 제대로 할 수 없다는 뜻일 것이다.

나는 지금도 누군가가 갑자기 구구단을 물으면 즉시 다 맞힐 수 있다고 장담하지 못한다. 공부라는 것은 해도 해도 끝이 없다. 기초가 중요하다는 것은 누구나 다 아는 상식이다. 인생 공부의 기초는 변화한다는 사실을 깊이 인식하는 데서 출발한다. 변화에 대한 정확한 인식은 여러 가지 측면에서 유익하다.

어떤 사람이 어제와 다른 행동으로 자신을 경악하게 하여도 변화한다는 진리를 깨우친 상태라면 화가 나지 않을 것이다. 이 원리는 자기 자신에 대해서도 마찬가지로 적용된다. 인생의 가변성을 숙지한 사람은 자신이 어느 날 갑자기 파산자가 되어도 절망하지 않을 것이다. 또한 자신이 어떤 일을 하다가 모두를 실망시키는 일이 발생해도 깊은 좌절감에 빠지지 않을 수 있다. 자기 자신 또한 다른 모든 존재들처럼 변화한다는 것을 알기 때문이다.

변화를 인정하고 받아들여라. 그래야 마음이 편해질 수 있다. 우리의 삶이 얼마나 변화무쌍한가는 여러분 자신이 더 잘 알 것이다. 이제 받아들이지 않았던 변화에 대해 마음을 열고 수용하길 바란다. 그 변화가 진정으로 인정하고 싶지 않은 일이어도 변한 것을 부정하지 말고 받아들여야 한다. 이 세상에서 변하지 않는 건 없기 때문이다. 그것을 부정하는 한 결코 행복할 수 없다.

정직해야만
성공한다

07
Secret

어느 도시에 거짓말을 밥 먹듯이 하면서 사는 사람이 있었다. 그 사람은 거짓말을 해도 모두 진실처럼 여기는 특출한 재능(?)을 지니고 있었다. 그것도 재능이라면 말이다. 어찌 되었든 거짓말을 잘하는 그 사람은 온갖 거짓말로 세상에서 가장 부유한 사람이 되었다. 사람들은 겉모습을 보고 그를 부러워했다. 좋은 차, 좋은 집, 엄청난 돈. 그도 자신이 잘나서 성공했다고 거만해졌다. 그런데 어느 날 거짓말이 들통 나기 시작했다. 너무 많은 거짓말을 해서 자신이 한 거짓말을 기억하기도 힘들 지경에 이르러서야 그는 자신이 한 거짓말을 후회했다.

"거짓말하지 않고 살았어도 성공할 수 있었을 텐데."

그러나 후회로 돌이킬 수 있는 건 없었다. 정말 순식간에 그동안 거짓말로 모은 재산은 사라져버렸다. 재산을 잃은 것도 괴로웠지만 무엇보다도 사람들에게 거짓말쟁이, 신용 없는 인간으로 낙인찍힌 게 힘들었으며 나머지 인생은 참으로 처참해졌다. 이게 거짓말쟁이의 말로다. 인생이 내게 가르쳐준 일곱 번째 비밀은 정직과 성공의 관계다.

성공한 듯 보이는 사람과 성공한 사람의 차이를 아는가. 성공한 듯 보이는 거짓 성공자들은 진실되지 못하다. 그들은 성공한 듯 보이지만 실상은 성공한 자가 아니라 실패자들일 뿐이다. 거짓말, 사기, 기만 등으로 부를 쌓는 사람은 태양 아래서 얼음으로 집을 짓는 것과 같다. 분명히 녹아 사라져버릴 허무한 짓을 하고 있다는 뜻이다. 정직하지 않으면서 성공하려고 하는 사람은 참으로 어리석다. 자신의 능력만 믿고서 거짓말을 아무렇지 않게 하는 사람들은 도처에 있다. 사소한 거짓말에서 중대한 거짓말에 이르기까지 무수한 거짓들로 자신을 포장하고 부풀려서 이득을 취하는 인간들은 헤아릴 수 없다.

그리고 사회적 지위가 높은 사람들 중에도 그런 이들이 많이 있다. 우리가 익히 알고 있는 언론인, 정치인, 연예인, 학자 등등. 소위 사회의 지도층이라고 하는 이들 중에는 일반인보다 더 거짓말을 잘하는 사람들이 많다.

정치인을 보자. 그들의 거짓말은 일일이 열거하기도 힘들 정도다. 선거 때 국민과 약속한 공약을 실천하는 정치인을 찾기란 쉽지 않다. 증권방송에 출연한 증권 전문가가 특정 주식을 매입한 후에 그 주식을 방송에서 홍보해 수십억 원의 부당 이익을 챙겨 구속되기도 했다. 모든 직업군에서 정직하지 못한 사람을 발견할 수 있다. 거대한 부를 이룬 사람 중에는 정직하고는 담을 쌓고 사는 사람도 많다. 그들을 부자라고 부르는 경우도 있다. 그러나 정직하지 못한 부자를 존경하는 사람은 거의 없다.

자, 자기 자신에게 질문해보자.

"거짓말로 사람들을 속이고 엄청난 돈을 모은 사람을 존경할 수 있겠는가?"

사람을 속인다는 것은 정직하지 못하다는 말과 동의어다. 거짓된 말과 행동은 타인에게 가하는 일종의 폭력 행위다. 물리적 힘을 가하지 않았어도 그건 분명히 한 사람을 죽일 수도 있는 폭력적인 행동인 것이다. 얼마 전에 모 연예인이 믿었던 지인에게 속았다는 배신감 때문에 자살을 시도한 적이 있었다. 그의 말이 모두 진실은 아닐지라도 배신감이 사람을 죽음으로 내몰 수도 있다는 것을 드러낸 사건이 아니겠는가. 그러므로 정직하지 못한 삶을 살면서 성공하겠다는 것은 자신과 세상을 해치는 범죄행위를 저지르는 것과 같다.

정직해야만 성공한다. 인생이 가르쳐준 이 비밀을 명심하라. 너무 흔해 빠진 말이라고 우습게 여겨서는 곤란하다. 진리는 때로 익숙한 것들 속에 보석처럼 존재하는 법이다. 정직한 삶 역시 마찬가지다. 고리타분한 도덕 선생님 말씀 같지만 인생은 우리에게 조언한다. 정직하게 말하고 정직하게 행동하라고. 왜 그런 조언을 해주는 걸까. 그것은 우리가 누군가에게 속았을 때의 감정을 되새겨보면 알 것이다. 사람에게 기만당했을 때 그 불편한 심정은 인간에 대한 불신을 넘어서서 삶에 대한 의욕까지도 잃게 만들 만큼 지독하기 때문이다.

인생은 내게 자신이 알고 있는 일곱 번째 비밀인 성공 법칙에 관해 말해주었다. 그 어느 때보다 간곡한 부탁의 어조였다. "그대여, 가슴 속에 정직한 생각을 품고 사세요. 거짓으로 얻을 수 있는 것이 백 개 라면 정직으로 얻을 수 있는 것은 백 개의 백만 배는 됩니다. 정직해 야만 성공할 수 있을 거예요. 왜냐하면 정직하지 않으면 그 어떤 업 적도 가치와 정당성을 인정받지 못할 것이기 때문입니다."

작은 것에도 감사하는 사람에게 복이 찾아온다

인생의 감사 법칙

08
Secret

새해가 되면 인사치레로 하는 말이 있다.
"새해 복 많이 받으세요!"

이 말을 듣는 사람치고 기분 나쁜 사람은 없을 것이다. 복이란 말이 사람을 행복하게 만든다. 복을 많이 받고 잘 산다는 것은 건강하고 행복하게 산다는 말일 것이다. 그래서 사람들은 복 받으라는 말을 새해 인사로 하는지도 모른다. 복조리를 걸고 복을 부른다는 여러 가지 행동을 하는 것도 모두 복에 대한 갈망의 표현이다. 인류의 소망이 복을 받는 것이라고 해도 납득이 될 정도로 복에 대한 갈망이 크다. 건강하게 오래오래 장수하면서 걱정 근심 없이 사는 것이 복 받은 인생이라면, 어떻게 해야 그런 삶을 살 수 있을까 공부해보자. 인생이 내게 가르쳐준 여덟 번째 비밀은 바로 이 복을 받을 수 있는 가장 손쉬운 방법에 대한 것이다.

인생은 내게 가르쳐주었다. 복을 받고 싶다면 무조건, 어떤 경우에도 감사하라고. 건강하게 장수하면서 행복한 삶을 살려면 우리는 감사해야 한다. 감사하면서 사는 사람에게는 모든 일들이 긍정의 요소들이다. 트집 잡으려고 마음먹으면 모든 것에서 트집 잡을 거리가 생긴다. 인생의 단점을 찾아 투덜거리려고 하는 사람에게는 그런 것들만 무궁무진하게 눈에 띄기 마련이다. 왜냐하면 그는 그런 것에 관심의 초점을 맞추고 있기 때문이다.

"난 가난한 집에서 태어나서 이 모양, 이 꼴로 살아." "우리 부모는 내게 해준 게 없어." "저 친구 정말 맘에 안 들어! 하는 짓마다 밉상이야." "정치를 개판으로 해서 살기가 힘들다니까." "날마다 출근하기가 지겹다, 지겨워." 등등. 얼마나 많은 투덜거림이 인간을 피곤하게 만드는가.

인생은 우리에게 가르쳐주고 있다. 투덜거림으로써 삶이 더 힘들어진다는 것을. 투덜거림과 불평불만을 멈춰라. 이젠 그 대신 감사하는 말을 하라. '감사'라는 말이야말로 이 세상에서 가장 향기로운 언어다. 무엇에서든 감사할 것을 찾으려고 한다면 찾을 수 있는 것이 또한 인생이다. 세상은 바라보기 나름이다. 사람도 바라보기 나름이다. 미운 사람이라고 낙인찍고 못마땅한 점만 찾으면 한없이 잘못된 점이 보이지만, 괜찮은 사람이라고 생각하고 좋은 점을 찾아보면 찾을 수 있는 것이 사람이다. 관점의 차이가 인생을 천국과 지옥으로 가른다.

감사하는 것도 공부해야 한다. 그저 막연하게 감사하면서 살자고 다짐한다고 해서 감사하는 삶을 살 수 있는 건 아니다. 감사의 필요성과 정의, 감사의 법칙 등을 공부한 사람은 감사에 대한 새로운 관점을 가지게 된다. 그래서 어떤 경우에도 불평불만으로 삶을 개탄하지 않게 된다. 감사는 인간을 살리는 기적의 치료제다. 감사의 정의란 이러하다. 감사로 인해서 모든 것은 존재한다.

인생은 오늘 내게 감사에 관한 여덟 번째 비밀을 말해주었다. "그대여, 감사하세요. 작은 것에도 감사하는 사람에게 복이 찾아옵니다. 보잘것없는 환경도 감사할 줄 아는 사람에게 복이 깃들어요. 지금 있는 그대로의 자신에게 가장 먼저 감사하세요. 그것이 감사의 출발입니다."

작은 것에도 감사할 줄 아는 마음 자세를 가져라. 이런 감사야말로 진정한 감사다. 아주 엄청난 그 무엇이 주어져야만 감사한다면 그건 감사하는 인간의 자세가 아니다. 그런 태도는 조건에 따른 감사일 뿐이다. 진정한 감사의 인생을 사는 사람은 별일 아닌 것에도 크게 감사할 줄 아는 사람이다. 밥상 앞에서 감사하는 것, 길을 걸으면서 살아서 걸을 수 있음을 감사하는 것, 작은 성의를 받았을 때 감사하는 것, 편리한 물질문명을 누리면서 사는 것을 감사하는 것, 자신의 재능을 펼칠 수 있는 기회가 주어진 것을 감사하는 것. 더불어 자신의 불행에 대한 감사도 잊지 말아야 한다. 좋은 일이든 나쁜 일이든 일어날 가치가 있어서 일어난 것이다. 자신에게 벌어지는 모든 일들에 대해 감사하면서 살아라.

불행하지 않으려면
사유하라

09
Secret
인생이 내게 가르쳐준 비밀 중 아홉 번째 비밀은 인생의 위기 대처법에 관한 것이다. 인간은 살아가면서 적극적으로 추구해야 하는 것과 적극적으로 회피해야 하는 것을 잘 분간할 줄 알아야 한다. 이런 분간법이 서툴수록 삶이 고달프다. 그럼 적극적으로 추구해야 할 것은 무엇인가. 나는 여러분에게 이 한 가지를 적극적으로 추천한다. 바로 사유다. 그렇다면 적극적으로 회피해야 하는 것은 무엇인가. 그건 불행이라고 할 것이다. 불행을 피하고 사유를 추구하는 삶을 살아라. 사유란 어떤 것이기에 불행을 피할 수 있게 하는 것일까.

사유, 어렵게 생각하지 않아도 된다. 사유는 생각의 끝에 있는 생각의 완성이라고 보면 된다. 생각은 온갖 것들에 대해 개방되어 있다. 옆집 개가 짖는 소리에도 생각의 날개를 펼 수가 있다. 우리 이웃의 개 두 마리는 하루에 대여섯 번씩 싸운다. 아니 거의 일방적으로 개 한 마리가 당하는 소리가 들린다. 개 소리를 들으면서 개가 어떤 모습일까를 생각하는 것도 생각이다. 10년 전에 헤어진 연인을 생각하는 것도 생각이다. 수학 문제를 푸느라 생각하는 것도 생각이다.

이처럼 생각은 잡다한 것들의 집합이다. 사유란 이런 잡다한 생각들이 이성이란 필터를 거쳐서 완성되어 생각이 된 것을 말한다. 사유를 할 줄 아는 사람은 잡다한 생각, 쓸모없는 생각을 버리고 자신에게 유익한 생각을 할 줄 아는 기술을 지닌 사람이다.

왜, 사유하는 것이 불행을 예방할 수 있을까. 사유란 잡다한 생각, 즉 무익한 생각을 배제하고 자신을 지키는 생각이기 때문이다. 자신을 지키는 생각이 바로 사유다. 자신을 지키는 생각이란 인생의 위기에 대처할 수 있는 최고의 비법이 아니겠는가. 모든 것은 생각에서 비롯되므로 자신을 지킬 줄 아는 생각이 없이는 인생의 위기를 극복할 수 없는 것이다. 불행을 미연에 방지하는 것은 자신에게 침투한 부정적인 생각들로부터 자신을 지키는 것이다. 불행이란 불행한 생각이 만들어낸 허상이기 때문에 원천적으로 불행한 생각을 잉태하는 생각의 씨앗을 차단하면 불행하지 않게 된다. 쉽게 말해서 불행하지 않으려면 인간은 자신을 지키는 생각을 해야 한다는 말이다.

여러분을 지키는 생각은 여러분 자신이 가장 잘 알 것이다. 인간은 저마다 다른 환경 속에서 살아가고 있으며 자신의 역사를 가장 잘 아는 사람은 자기 자신이다. 그러므로 자기 자신을 지키는 생각은 자기 자신이 가장 잘 알 수밖에 없다. 사유하는 것은 자신에게 꼭 필요한 생각을 하는 것이다. 불행을 부르는 생각을 버려라. 그리고 보다 깊고 오래 생각하라. 자기 자신을 기쁘게 할 수 있는 생각을 하라. 떠올리기만 해도 우울해지는 생각으로 그동안 얼마나 자신을 고통스럽게 해왔는가.

그런 과거는 누구에게나 있다. 인간은 불행한 생각들을 습관처럼 하는 버릇이 있다. 그 버릇을 고치는 것이 바로 사유다. 사유는 내면의 지적 에너지가 응축되어서 하나의 해답을 구하는 작업이다. 어려움에 처하거든 사유로써 돌파하라. 위기는 사람을 벼랑 끝으로 내몰 수 있는 응급 상황이다. 하지만 사유의 힘은 그러한 위기 상황에서도 침착하고 유연하게 생각하는 것이다.

인생이 내게 가르쳐준 아홉 번째 비밀은 이러한 위기 대처법에 관한 가장 명확한 조언이다. 인생은 우리에게 조언한다. "그대여, 위기 앞에서도 의연하게 생각하세요. 위기 앞에서 더욱 사유하세요. 사유가 깃든 대처만이 불행을 물리칠 수 있으며 사전에 예방할 수 있습니다."

자신을 불행하게 만드는 생각을 붙들고 있지는 않은가. 생각의 분리수거가 절실하게 필요한 시기다. 자신을 힘들게 하는 것이 부질없는 갖가지 생각이라는 것을 일찍 깨닫는 것도 사유로써 가능하다.

흘러가는 대로
내버려두어라

인
생
의

불
가
피
성

10
Secret
몇 년 전, 치열했던 대선이 끝난 후 한 후보는 과반을 넘었고 한 후보는 절반 가까운 표를 얻었다. 개표 후에 지지자들은 두 패로 갈렸다. 한 패는 승리의 기쁨에 도취되었고 한 패는 깊은 한숨 속에서 좌절감에 빠져 있었다. 나 역시도 한 후보에게 투표를 했다. 그렇지만 나는 격정에 휩싸이지 않는다. 승리했다고 해서 들뜨지 않고 패배했다고 해서 절망하지도 않는다. 왜냐하면 나는 인생의 불가피성을 알고 있기 때문이다. 인생이 내게 가르쳐준 열 번째 비밀은 바로 인생의 불가피성이다.

우리 인생은 불가피한 일들의 집합소이다. 불가피하게 태어났고 불가피하게 살아가는 것이 사람살이다. 이런 불가피성을 거부하면 할수록 삶이 고단해지는 건 당연하다. 흘러가는 대로 내버려둔다는 것은 불가피성에 대한 적절한 대응법이다. 대통령 선거든 뭐든 다 마찬가지다. 누구를 지지했건 흘러가는 대로 내버려두어라. 자신이 지지했던 후보가 탈락했다고 해서 우울해하지 말기 바란다. 어쨌든 역사는 흐른다.

사랑하는 사람의 죽음도 마찬가지다. 인생은 불가피성의 연속이므로 이런 일들은 반드시 발생하게 된다. 우리 곁에서 영원히 함께할 것만 같은 사람들이 불가피하게 이 세상을 떠나는 일이 발생한다. 사랑하는 사람을 잃은 슬픔은 그 어떤 슬픔보다 크다. 마치 자신이 죽는 것처럼 힘겨운 시간들이 될 것이다. 그럴 때 생각하라. 죽음 역시도 불가피하다는 것을. 이별 역시도 불가피하다는 것을. 피할 수 없는 것들에 저항하지 말고 순응하는 것도 인생의 지혜다.

자기 자신이 병에 걸렸을 때도 정신적 충격을 받는다. 드라마의 단골 소재는 주인공이 불치병에 걸린 채 그 사실을 숨기고 어딘가로 도망치거나 멀쩡한 척 연기하면서 사는 것이다. 자신이 중병에 걸린 사실을 알고서도 태연한 사람은 별로 없을 것이다. 하지만 병에 걸리는 것 역시 불가피한 일이라는 사실을 받아들인 사람이라면 그렇게 심하게 고통스러워하지 않을 것이다. 담담하게 현실을 받아들이는 사람이 인생의 현자다. 흘러가는 대로 내버려둘 줄 아는 사람이 되자. 누구도 불가피한 일을 되돌릴 수는 없다.

죽은 사람을 되살릴 수도 없고 이미 떠나버린 연인의 마음을 되돌릴 수도 없다. 한번 엎질러진 물을 주워 담을 수 없듯이 한번 벌어진 일을 원상 복구할 수는 없다. 마음에 들지 않는 일들이 벌어진다고 해서 삶에 저주를 퍼붓는 사람을 본 적이 있다. 그건 잘못된 행동이다. 삶은 저주의 대상이 아니라 감사의 대상이다. 살아간다는 것만큼 축복받은 일이 어디 있겠는가. 한번 떠나면 다시는 되돌아올 수 없는 것이 이 삶이다. 자신의 삶을 사랑하는 방법은 불가피한 일들을 기꺼이 수용하는 자세다.

> **인생은 신비로운 열 번째 비밀을 내게 가르쳐주었다. 그것은 인생의 불가피성이다. "그대여, 사는 동안 불가피한 일들이 수도 없이 일어날 거예요. 그러니 놀라지 마세요. 그것은 예정된 일이니까요. 불가피한 일들을 거부하지 말고 받아들이면서 담담하게 살아가세요. 그것들을 잘 받아들일수록 인생이 순탄해질 거니까요."**

사랑하는 사람을 떠나보내는 일, 경제적 어려움에 봉착한다는 것, 인간으로서 도저히 받아들일 수 없는 고통을 감내해야 할 때. 이 모든 상황은 불가피한 일들이다. 인간으로서는 어쩔 수 없는 일도 있는 법이다. 어떤 일이 자신이 처리할 수 없다고 여겨질 때는 괴로워하지 말고 흘러가는 대로 내버려두고 지켜보라. 그것이 불가피한 일에 맞닥뜨렸을 때 할 수 있는 최선이다.

다른 존재에게 보낸 것은
대부분 되돌아온다

11
Secret
정이 많은 한국인의 정서 탓일까. 옆집에서 무엇인가를 가져다주면 빈 그릇으로 되돌려주기가 미안한 게 한국 사람이다. 그래서 빈 접시 위에 조그만 물건이나 다른 음식이라도 담아서 되돌려주는 것이 보통이다. 그래야 마음이 놓인다. 마땅히 줄 것이 없어서 빈 접시를 되돌려줄 때면 뭔가 미진한 느낌이 든다. 한국인의 정서에는 이렇듯 정이 흐른다. 인생이 가르쳐준 열한 번째 비밀은 우리의 정서와도 비슷하다. 다른 존재에게 보낸 것은 대부분 돌아온다. 인생은 우리에게 속삭인다. "네가 다른 존재에게 해준 것이 무엇이든 대부분 너에게 돌아올 거야."

인생은 부메랑 법칙이 적용된다. 우리가 무심코 혹은 고의적으로 날린 말, 행동, 생각이라는 부메랑은 대부분 돌아오게 되어 있다. 모든 부메랑이 돌아오지는 않는다. 가끔은 예외성이 적용되는 것이 인생이기 때문이다. 그렇지만 거의 대부분은 잊지 않고 주인을 찾아온다. 오늘 여러분은 어떤 말과 행동, 생각을 다른 존재들에게 보내고 있는가. 그들은 여러분이 보낸 부메랑에 상처를 입기도 치유를 받기도 별다른 영향을 안 받기도 하지만 자신이 받은 부메랑을 되돌려주는 걸 잊지는 않는다.

사랑을 주었다면 사랑이 되돌아올 것이고 미움을 주었다면 미움이 되돌아올 것이다. 간절한 그리움을 전했다면 그리움이 되돌아올 것이고 화를 내었다면 화가 되돌아올 것이다. 분노를 주면 분노가, 무심함을 주면 무심함이, 멸시를 주면 멸시가 돌아올 것이다.

식물도 우리가 주는 것을 되돌려준다. 얼마 전 지인에게 선물 받은 다육 식물을 물을 주지 않고 방치했더니 서서히 말라서 죽고 말았다. 식물은 내게서 받은 것이 없었으므로 나에게 아무것도 주지 않고 자신의 삶을 마무리한 것이다.

20여 년 전 집에서 잠깐 키우던 강아지가 있었다. 노랑이라는 이름의 그 강아지는 우리 집에서 두 달 정도 살았다. 두 달, 짧으면 짧고 길다고 하면 긴 시간이다. 하여튼 그 두 달 동안 나는 늘 이렇게 말하면서 밥을 주곤 했다.

"우리 노랑이 예쁘다. 어서 밥 먹어라."

그리고 볼 때마다 정답게 머리를 쓰다듬어주었다. 그런 노랑이가 두 달 만에 다른 집으로 가게 되었다. 나는 그날로 노랑이와 인연이 끝난 줄 알았다. 그런데 그게 아니었다. 노랑이는 다른 집에 가서 크면서도 내가 가면 늘 꼬리를 치곤 했다. 15년이 흐른 후에 보게 되었을 때도 노랑이는 나를 보고 반갑게 꼬리를 쳤다. 그렇게 긴 세월이 흘렀어도 날 기억하고 있었던 것이다. 아니, 강아지 적에 내가 준 사랑과 관심을 기억하고 있었던 것이다. 그래서 내게 그 사랑과 관심을 되돌려주려고 늙어서 힘없어도 꼬리를 쳤던 것이다. 강아지도 인간이 준 부메랑을 되돌려준다.

사람도 마찬가지로 반응한다. 사람은 더욱 명확하게 반응한다. 다른 사람에게 독기 가득한 말을 내뱉어보라. 그는 더 독기 어린 말을 할 것이다. 다른 사람에게 따뜻한 표정을 지어보라. 그 표정을 보면서 그가 저절로 미소를 지을 것이다.

<u>인생의 열한 번째 비밀인 부메랑 법칙은 우리에게 이런 가르침을 준다. "자신이 받고 싶은 것을 다른 존재에게 보내세요."이 말을 기억하자. 또한 이 말도 더불어 기억하자. "자신이 받고 싶지 않은 것은 절대로 다른 존재에게 보내지 마세요."</u>

자신의 입술을 단속하라. 무슨 말을 할지 모르는 통제 불능의 입이 되지 않게 주의해야 한다. 자신이 한 말은 자신에게 되돌아온다는 인생의 부메랑 법칙을 기억하면서 말하라. 내가 사랑을 말하면 사랑이 오고 내가 증오를 말하면 증오가 온다. "너, 미워!" 하면 "너 미워!!"가 되돌아올 것이다. "너 좋아!" 하면 "너 좋아!!"가 다시 되돌아올 것이다.

여러분 자신이 듣고 싶은 말은 무엇인가. 그 말을 하기 바란다. 여러분 자신이 보고 싶은 다른 사람의 행동은 무엇인가. 그런 행동을 하는 사람이 되기 위해 노력하라. 인생 공부는 실천이 중요하다. 머리로만 아는 지식은 산지식이 아니다. 일상에서 실천하는 지식이 인간을 성장시키고 행복하게 만드는 참 지식이다. 인생의 부메랑 법칙은 24시간 적용된다.

불안해하면 염려하던 일이 일어날 가능성이 높아진다

인생의 불행 법칙

12
Secret

인생은 나에게 수많은 비밀들을 가르쳐주었다. 지금도 인생은 내게 자신이 숨겨온 비밀들을 가르쳐주고 있는 중이다. 이제 그 열두 번째를 공부해볼 차례다. 인생은 가르쳐주었다. 여러분이 불안해하고 있는 것이 무엇이든 지금 즉시 멈춰라. 그렇게 하지 않는다면 그 일이 일어날 것이다. 이 말을 줄여서 인생의 불행 법칙이라고 한다.

<u>인생에는 불행 법칙이 있다. 불행에도 법칙이 있다니 믿어지지 않지만 불행 또한 모든 현상과 마찬가지로 법칙에 따라 일어나는 현상에 불과하다. 어떤 법칙인가. 바로 불행을 부르는 습관이다. 즉 불행을 연습하면 불행을 겪을 수밖에 없다는 뜻이다.</u>

불행을 부르는 습관이야말로 삶을 파국으로 이끄는 주범이다. 그렇다면 불행을 부르는 습관이란 무엇인가 알아보자. 위에서 이미 언급했듯이 불행을 불러들이는 행동은 바로 불행을 예상하는 것이다. 미래에 일어날지도 모르는, 아니 어쩌면 일어나지도 않을 일을 자기 맘대로 상상해서 걱정하는 것이다. 이런 태도는 사

람의 감정을 극도로 예민하게 만든다. 또한 현재에 집중할 수 있는 에너지를 소진시킨다.

어떤 일을 상상하면서 불안해본 적이 있는가. 예를 들어, 갑이라는 사람이 자신이 내일 교통사고를 당할지 모른다고 불안해한다고 가정해보자. 갑은 그 생각 때문에 밥을 먹어도 밥맛을 제대로 모르겠고 재밌는 드라마를 봐도 도통 재미를 느낄 수가 없다. 갑에게는 온통 내일 당할 교통사고만 있을 뿐이다. 지극히 안전한 그의 현재는 내일 벌어질 것만 같은 교통사고 때문에 완벽하게 지워진다. 대신 불행한 느낌만 가득하다. 그래서 현재에만 누릴 수 있는 행복을 그는 결코 누릴 수가 없다. 그는 지금 자신의 불안에 점령당해서 불행한 것이다.

많은 이들이 지금도 갑과 같은 행동을 한다. 불안감에 현재를 잠식당하면서도 왜 자신이 불행해지는지 모른다. 미래를 염려하는 것과 불안에 떠는 것은 다르다. 미래에 대한 건전한 염려는 미래에 대한 대비로 이어지지만 미래에 대한 무지한 불안은 불행으로 이어진다. 나 역시 과거에는 불안으로 밤을 지새우기도 한 사람이었다. 불안에 떨던 과거의 시간들은 도무지 생산적인 면이 없는 죽은 시간이었다. 나는 인생을 공부하면서 불안이 얼마나 삶을 피폐하게 만드는지 알게 되었다. 불안해한다고 해서 불안의 요소가 사라지는 것이 아니라는 것 또한 공부하게 되었다. 이제는 불안에 떠는 대신에 미래에 대한 생산적이고 긍정적인 생각을 한다. 어떻게 하면 더 나은 나로 거듭날 것인가, 어떻게 하면 더 좋은 글을 쓸 것인가. 생산적이고 밝은 생각이 불안에 떨던 나를 주체성을 지니고 꿈을 이루어가는 사람으로 변화시켰다.

불행해지고 싶지 않다면 다음 사항을 명심하라. 불안해하는 것은 불행을 부르는 즉각적이고도 확실한 행위다. 갑이 교통사고가 일어날지도 모른다는 불안에 떨면 사고가 경직된다. 사고의 경직은 육체의 경직으로 이어져 일어나지 않을 교통사고마저 일어나게 하는 것이다. 즉 불안으로 경직된 정신과 육체가 정상 범주를 벗어나 불행을 불러들이는 것이다. 불안은 사람을 경직되게 한다. 그렇다면 사람의 심신을 부드럽게 풀어주는 것에 몰두해야 할 것이다. 그것은 유쾌하고 행복한 생각이다. 기분 좋은 생각들이야말로 사람의 심신을 부드럽게 풀어주는 최고의 보약이다. 행복해지고 싶다면 불안을 멀리하고 자신감 있고 행복한 생각을 많이 하길 바란다. 바로 다음과 같은 생각들이다.

"정말 좋은 하루구나, 오늘은 어떤 좋은 일들이 일어날까. 무척 기대된다!"

"오늘 만날 사람들에게 긍정적인 말과 행동을 해서 서로가 웃을 수 있는 관계를 만들어야겠다. 난 사람들이 좋아. 그들과 어울리는 것도 좋고 그들의 모습을 보는 것도 즐거워!"

"요즘 부쩍 이런저런 사고가 많이 일어나는구나. 조금 더 안전에 유의해야겠다. 조금씩 양보하고 조심하면 사고 같은 건 일어나지 않을 거야. 난 걱정 없어!"

친구가 되려면
우선 들어라

13
Secret
잠시 숨 가쁘게 달려오던 발걸음을 멈추고 자신의 삶을 반추해보자. 살아오면서 만난 수많은 사람들 중에 자신의 마음을 편하게 해준 사람은 누구였는가. 많은 이들이 이런 사람을 꼽는다. 내 말을 잘 들어준 사람. 이 말이 의미하는 바는 무엇일까. 내 말을 잘 들어준 사람이란 내 마음을 잘 이해해준 사람, 혹은 내 생각을 공감해준 사람 등으로 해석할 수 있다. 우리는 이런 사람에게서 위안을 얻는다. 내 말을 잘 들어준 사람을 좋아한다는 말이다.

인생이 내게 가르쳐준 열세 번째 비밀은 바로 인생의 대화 법칙에 관한 것이다. 우리 인생은 사람과의 관계로 이루어진다. 그리고 대화는 관계의 핵심이다. 그렇다면 어떤 대화를 해야 좋은 친구를 얻을 수 있을까.

<u>인생은 내게 열세 번째 비밀을 가르쳐주었다. "그대여, 누군가의 친구가 되려면 먼저 들어주세요. 그대에 관해 말하지 말고 친구가 하는 말에 귀 기울여주세요. 그가 무슨 말을 하는지 호기심을 가지고 들어주</u>

세요. 사람은 자신의 말을 누군가가 진지하게 경청해줄 때 가장 안도한답니다. 친구를 얻으려면 먼저 말하지 말고 우선 상대방의 말을 들어보세요."

학창 시절의 친구만이 친구가 아니다. 인생의 친구는 나이와 성별에 관계없이 폭넓게 형성된다. 이런 친구의 확장은 필요에 의해서라고 볼 수 있다. 험난한 인생살이에서 친구만큼 자신의 속마음을 허심탄회하게 털어놓을 사람은 없기 때문이다. 가족보다도 때로는 더 가까운 존재가 친구다. 하지만 그런 밀접한 친구, 진실한 친구를 사귀는 건 쉽지 않은 일이다. 우리는 여기에서 인생의 제1법칙을 적용해야 한다. 인생의 제1법칙은 내가 받고 싶은 것을 내가 먼저 주는 것이다. 그러면 내가 받고 싶은 대화법은 무엇인가. 그렇다. 많은 이들이 소망하듯이 타인의 말에 귀 기울여주는 사람이 되는 것이다.

먼저 귀를 기울여라. 말을 많이 하는 사람은 실수를 하기가 쉽지만 잘 들어주는 사람은 실수를 할 일이 거의 없다. 입보다는 귀를 잘 여는 사람이 사랑받고 존경받는다. 왜냐하면 인간은 자신의 말을 들어주는 사람에게서 편안함을 느끼기 때문이다. 내 말을 경청해주는 사람만큼 고맙고 사랑스러운 사람이 또 어디 있겠는가. 내가 말을 하고 있는데 딴 곳을 바라보는 사람만큼 기분 나쁜 상대방도 없다. 반대로 내가 하는 말을 집중해서 주의 깊게 들어주는 상대방은 왠지 신뢰가 가고 사랑스럽게 여겨진다. 그러므로 친구나 가족 모든 관계에서 최우선으로 해야 할 대화법은 듣는 것이다. 친구가 되려면 우선 들어라. 무조건 들어라. 나 자신에 대해 말하고 싶은 충동을 억누르는 자제력을 발휘하라.

나는 대화를 할 때 먼저 듣는 것으로 시작한다. 특히 처음 만난 사람과는 나에 대해 떠벌리기보다 상대방 얘기를 듣는 걸 좋아한다. 그러면 상대방은 유쾌하게 자신에 대해 자랑한다. 들어주는 것은 행위 자체만으로도 상대방에게 용기를 줄 수도 있고 자존감을 높여줄 수도 있는 고결한 일이다. 잘 들어주는 사람이 되는 것은 그만큼 인간 세상에서 가치 있는 사람이 된다는 뜻이다.

나에 대해 백 마디 말하는 것보다 상대방의 말 열 마디를 들어주는 것이 자신을 더 어필할 수 있다. 한마디로 말해서 말 잘하는 수다쟁이보다 말 못하는 진중한 경청자가 사람들의 뇌리에 더 깊이 각인된다는 말이다. 사람을 만나거든 그에게 궁금증을 가져라. 어떤 사람일까, 어떤 삶을 살아왔을까, 무엇을 좋아할까, 이런 궁금증을 지녀라. 그러면 그의 말이 진심으로 듣고 싶어질 것이다. 나 자신에 대해 자랑하려 하지 말고 상대방의 역사와 삶, 생각 등을 궁금해하는 사람이 되면 친구는 저절로 생길 것이다.

삶의 최저점에 다다르면
반드시 회복된다

인
생
의

회
복

법
칙

14
Secret
재수가 없는지 하는 일마다 실패할 때가 있다. 손대는 일마다 망하고 꿈꾸는 것도 허락되지 않을 때가 있다. 그 시기에 어떻게 사느냐가 긴 인생의 향방을 좌우한다는 사실을 아는가. 시도하는 일마다 실패를 겪게 되는 것은 기존의 부정적 생활 태도와 해묵은 습관이 대부분 원인을 제공한다. 잘못된 생활 태도와 습관을 바로잡았음에도 불구하고 실패하는 경우도 있는데 사람들은 이걸 이렇게 말하곤 한다.

"정말 억세게 운이 없군!"

"미치겠어, 도대체 뭘 어떻게 해야 한단 말이야?"

그렇게 자신의 의지와 노력에도 상관없이 벌어지는 불행은 결국 나락으로 이끈다. 아무리 노력해도 장사가 망하더라는 자영업자의 하소연이 우연은 아니다. 삶은 인간의 의지와 노력을 물거품으로 만들며 시련을 종종 주곤 한다. 그렇게 추락을 거듭하게 되면 더 이상 떨어질 수도 없는 가장 밑바닥까지 떨어지게 된다. 예컨대 방 한 칸 없이 길거리에 나앉게 되었다는 말이다. 여관방을 전전하면서 아이들을 키우는 이야기는 더 이상 남의 이야기가 아니다. 그들도 처음부터 그런 처지는 아니었다는 것을 알아야 한다. 인생 최악의 시기, 그런 시점에 다다르면 사람들은 절망과 타협하기 쉬워진다. 만일 그런 일이 생기거든 이렇게 대비하라고 인생은 내게 조언해주었다. 자, 함께 주목해보자.

인생은 내게 자신이 지닌 귀중한 열네 번째 비밀을 가르쳐주었다. 그것은 인생의 회복 법칙에 관한 것이다. "그대여, 사는 게 힘드시죠? 알아요. 그대가 지금 얼마나 힘든지 다 알아요. 힘든 일이 거듭되다 보면 언젠가는 이런 시기와 부닥칠 것입니다. 바로 가장 낮은 곳으로 추락하는 거죠. 그곳은 암흑천지에 마실 물도 없고 숨 쉴 공기도 없는 것처럼 답답할 거예요. 눈물겹고 서러운 인생 최악의 시기가 반드시 올 거예요. 그럴 때는 이 말을 꼭 기억하세요. 삶의 최저점에 다다르면 반드시 회복된다. 그대가 가장 불행하다고 여길 때조차 포기해서는 안 되는 이유가 되는 말입니다. 절대로 울지 마세요, 희망을 가지고 어둠을 헤쳐 나가세요. 가장 불행할 때가 가장 높이 비상할 수 있는 기회라는 것 잊지 마세요."

그렇다. 나는 인생의 이 조언에 공감한다. 가장 불행할 때야말로 우리가 가장 높이 날아오를 수 있는 조건을 갖춘 때이다. 깊은 슬픔을 음미해본 사람만이 인생의 참맛을 안다. 가장 확실한 지혜는 자신이 직접 경험해서 얻은 지혜라는 것을 우리는 알고 있지 않은가. 삶의 최저점이란 어쩌면 삶이 우리에게 주는 연습 문제 같은 것 아니겠는가. 이 문제만 잘 풀면 다음 문제는 무조건 100점을 맞을 것이다. 사람은 삶의 최저점에 다다랐을 때 더욱 겸손하게 자신을 응시해야 한다. 무엇이 이곳에 다다르게 했는지 심사숙고해야만 한다. 그것이 부주의나 지나친 탐욕, 이기심, 공정하지 못한 가치관, 이성적 혼란 등이라면 마땅히 수정해야 한다.

또한 지금 있는 곳이 밑바닥이라고 생각한다면 감사해야 한다. 그런 시기는 일생에 단 한 번 올 것이기 때문이다. 삶에서 단 한 번 찾아오는 보물 같은 시간이다. 이 시기에 자신을 단련시킬 수도 있고 보다 나은 삶의 방향을 찾을 수도 있다. 그리고 인생의 주도권을 확실하게 쥘 수 있는 시기다. 그러므로 삶의 최저점에 다다랐을 때 더욱 진지한 자세로 살아야 한다. 명철한 지성으로 위기를 극복할 지혜를 찾는다면 밑바닥이던 시절을 추억하면서 웃을 수 있을 것이다. 최저점이라고 생각되거든 다시 회복할 수 있음을 믿고 추진력 있게 밀고 나가길 바란다. 무엇보다 자신에 대한 변치 않는 믿음이 회복력의 최대 관건이다.

부지런하고 성실한 태도가
호감을 갖게 한다

15
Secret
시내의 편의점에 근무하는 김 양은 보기 드문 추녀다. 그녀의 얼굴은 심하게 얽었고 이목구비도 엉망이었다. 몸매도 뚱뚱했고 볼품없었다. 처음 그녀를 본 사람들은 그녀의 못생긴 얼굴과 뚱뚱한 몸을 보고 거리를 두었지만 채 1분도 되지 않아서 호감을 갖게 되었다.

그 비결은 무엇일까. 그 비결은 그녀의 남다른 태도다. 김 양은 외모는 최하로 보였지만 일할 때의 태도는 최고였던 것이다. 그 최고의 태도란 것이 바로 지금부터 공부할 호감 법칙을 실천하는 사람의 태도이다.

> 인생이 내게 가르쳐준 열다섯 번째 비밀을 이제 이야기하려고 한다. 인생은 내게 이렇게 말해주었다. "부지런하고 성실한 자세를 지니세요. 자가용, 내 집, 어마어마한 통장 잔고, 그런 것보다 더 먼저 지녀야 하는 것은 바로 성실한 자세랍니다. 그대가 그런 자세를 유지한다면 사람들이 그대에게 호감을 가지게 될 거예요. 그리고 그로써 그대가 얻을 수 있는 건 무궁무진하답니다."

일터는 제2의 인생이 펼쳐지는 곳이다. 가정이 휴식과 치유의 장소라면 일터는 꿈을 이루기 위한 장소라고 할 수 있다. 또한 일터는 자신의 재능을 발휘하는 장소다. 그런 일터에서 불성실하고 태만한 태도로 일관하는 사람들을 볼 수 있다. 그들의 태도는 자기 자신에게도 해가 되지만 그를 고용한 사람과 그와 함께 일하는 동료들에게 좋지 않은 영향을 미친다. 한 사람의 좋지 않은 태도가 온 일터에 부정적인 기운을 퍼뜨리는 것이다. 게으르고 나태한 태도로는 행복한 인생을 살 수가 없다. 이것은 부정할 수 없는 사실이다.

일터뿐만 아니라 우리가 머무는 모든 곳에서 일관성 있게 성실한 태도를 가져야 한다. 부지런하고 성실한 태도로 하루를 사는 사람에게는 우울, 삶에 대한 회의, 부정적인 관점 등이 찾아올 겨를이 없을 것이다. 왜냐하면 몸과 정신을 부지런히 움직이는 사람은 비관적인 기운에 빠질 시간조차도 없기 때문이다. 부지런하고 성실한 사람에게는 능동적인 에너지가 넘친다. 활기차고 긍정적인 에너지가 충만하고 삶에 대한 자신감이 넘치게 된다. 이로써 모든 부문에서 좋은 면이 부각되기 마련이다.

인생의 호감 법칙은 부지런하고 성실한 사람에게 주어지는 사람들의 좋은 평가라고 할 수 있다. 일종의 신의 선물이다. 사람들은 게으르고 나태하며 불성실한 인간을 경멸한다. 아무것도 하지 않고 다른 사람에게 기대어 사는 사람을 싫어한다. 충분히 돈을 벌 능력이 있는 사람이 아무런 노력도 하지 않고 가족에게 얹

혀사는 모습만큼 눈살을 찌푸리게 하는 일도 드물 것이다. 반면 자신이 맡은 임무를 성실하게 해내는 사람에게는 어떤 공통의 울림 같은 것을 느낄 수 있다. 우리는 이런 영화를 보면서 눈시울을 적시곤 한다. 활활 불타오르는 화재 현장에서 몸을 사리지 않고 인명을 구조하는 119 소방대원을 보거나 위험한 상황에서도 자기의 본분을 잊지 않고 범인과 대결하는 경찰관을 볼 때. 바로 한 인간이 자신의 사명을 성실하게 해낼 때 다른 존재에게 주는 감동이다. 이런 감동이 바로 호감의 원천이다.

이왕 한번 사는 인생, 부지런하고 성실하게 살아라. 무엇을 하든 자신이 할 수 있는 최선의 것을 해내겠다는 당찬 포부와 의지를 가지고 살아라. 그리고 누가 보든 안 보든 자신이 할 일에 진지하게 임하라. 그것이 성실한 사람의 태도다. 그런 태도가 바람직한 삶의 자세다. 누구에게 보여주고자 하는 삶이 아닌 자신에게 자랑스러운 삶을 살려면 부지런하고 성실해야 한다. 그것만큼 자신에게 떳떳하기도 드물다. 내 손으로 번 돈으로 밥을 먹어라. 내 손으로 일해서 먹고살아라. 자신이 지닌 능력을 무덤까지 가지고 가지 말고 살아생전에 이 세상에 모두 풀어놓고 가는 것이 부지런하고 성실한 사람이 지닌 마인드다.

생각하지 않고 사는 것은
스스로를 죽이는 행위다

인
생
의

생
각

법
칙

16
Secret

요즘 사람들은 책을 잘 읽지 않는다고 한다. 왜 그럴까 생각해보니 책보다 더 자극적이고 흥미로운 것들이 많이 있어서다. 휴대폰이나 컴퓨터 등에 빠지게 되면 책을 읽기는 더 어려워진다. 지하철을 타면 책 대신 모두들 집단 최면에 걸린 것처럼 휴대폰을 들여다보고 있다. 어떤 신성한 집단의식 같은 그 모습은 몇 년 전만 해도 책을 읽던 이들이 바로 그들이었다는 사실이 믿기지 않을 지경이다.

책보다 즉각적이고 단순한 재미가 가득한 스마트폰 등에 빠진다는 것은 무엇을 의미하는가. 그것은 생각하기 싫다는 항변이나 마찬가지다. 현대인들은 너무나 고달픈 나머지 생각하는 것을 회피하고 있다. 사는 것이 힘들어서 생각하는 것조차 잊어버리고 있는 것이다. 그렇지만 생각하지 않으면 삶이 더 암울해진다는 것을 알아야 한다.

인생은 어젯밤에 내게 열여섯 번째 비밀에 관해 말해주었다. 인생은 이 비밀을 말하기 전에 골똘히 생각하는 것 같았다. 그가 말한 열여

섯 번째 비밀은 생각에 관한 것이다. 인생은 우리에게 염려스러운 목소리로 말한다. "그대여, 생각하세요. 어떤 경우에도 생각하는 것을 멈추지 마세요. 생각하지 않고 사는 것은 스스로를 죽이는 행위라는 것을 꼭 기억하세요."

생각하지 않으면 스스로 죽는 것이라는 인생의 조언을 어떻게 생각하는가. 생각이 그만큼 삶에 미치는 영향력과 파급 효과가 크다는 의미일 것이다. 왜 생각하지 않고 사는 사람에게 인생을 스스로 죽이는 가학적인 행위를 한다고 극단적인 말을 하는 걸까. 생각한다는 것이 무엇인지 제대로 이해한다면 인생의 열여섯 번째 비밀을 이해할 수 있을 것이다. 그럼 지금부터 생각에 대해 제대로 공부해보자.

생각은 인간의 모든 것을 포함한다. 생각은 인간 그 자체다. 생각은 삶을 유지시킬 수 있는 필수적인 요소다. 생각은 인간관계 형성에 지대한 영향을 미친다. 생각은 꿈에 기여한다. 생각은 기본적인 생활 유지에도 반드시 필요하다. 생각은 고차원적 인간으로서 품위를 유지하는 데 필요하다. 생각은 행동을 지배하므로 생각하지 않는다는 것은 행동을 제멋대로 하게 방치하는 것과 같다. 생각에 대해 다양하게 정의를 먼저 내려보았다. 여러분이 생각하는 생각이란 것은 무엇인가.

수많은 정의를 내릴 수 있겠지만 생각을 대표할 만한 정의는 이것이 아닐까 싶다. 생각은 인간을 지배하는 가장 기본적인 틀이다. 한 인간을 지배하는 기본적인 틀이 형성되지 않았다면 그는 인간으로서 구실을 할 수가 없다. 이 말인즉 생각하지 않는 것은 보통의 인간으로서 살아가기가 어렵다는 말이다.

두부를 직접 만든 경우는 드물지만 두부를 만드는 영상을 본 사람은 많을 것이다. 두부는 네모난 틀에 콩물을 부어서 응고시킨 것이다. 그런데 네모난 틀이 없다면 도대체 두부는 어떻게 만들어야 하는 걸까. 틀 자체가 없다면 두부는 만들 수조차 없다. 아무리 콩물이 고소하고 맛있어도 두부라는 것은 틀이 있어야 제 모습을 갖출 수 있다. 인간도 그러한 맥락에서 이해해보자. 인간이라는 형체가 세상에 태어나서 살아가기 위해서는 생각이라는 틀이 있어야 한다. 그러므로 생각을 하지 않는 사람은 그런 틀이 없는 것과 마찬가지다. 생각을 거치지 않는 말과 행동은 마치 틀에 붓지 않고 쏟아져 내리는 콩물 같아서 질펀하고 무질서하게 삶을 망치게 된다.

생각하라. 언제 어디서나 생각하라. 생각하는 것은 한 인간을 고결한 인격체로 만드는 가장 적절한 방법이다. 자신이 원하는 삶을 살고자 한다면 더욱 생각해야 한다. 행복하게 살고 싶다면 더욱 간절히 생각해야 한다. 성공하고 싶다면 살아 숨 쉬는 순간마다 생각해야 한다. 생각하는 인간은 이미 그 자체로서도 성공한 인간에 속한다. 생각하지 않는 인간이 된다는 것은 스스로 죽음을 자초하는 어리석은 인간이 된다는 말과 같다. 생각하지 않고 살아갈 때 인간은 그만큼 추하고 어리석기 때문이다.

사색함으로써
생각은 완성된다

인
생
의

사
색

법
칙

17
Secret
생각이 얼마나 중요한지 인생은 내게 생각에 관한 비밀을 두 가지 가르쳐주었다. 그 하나는 열여섯 번째 비밀로 이미 말했고 나머지 하나는 사색에 관한 것이다. 인생은 열여섯 번째 비밀을 말해주면서 생각을 멈추지 말라고 충고했다. 그런데 무작정 생각해서는 곤란하다. 생각도 생각 나름이지 않은가. 물론 인생이 말한 열여섯 번째 비밀의 생각이란 긍정적인 생각을 말하는 것이다. 이걸 눈치채지 못한 사람은 없을 것이다. 하지만 막연히 긍정적인 생각, 좋은 생각을 하면서 살라는 것이 아니었다.

인생은 열일곱 번째 비밀을 내게 말해주었다. 그 비밀은 바로 생각이 사색으로 바뀌어야만 하나의 온전한 인생을 살 수 있다는 것이었다. 사색함으로써 생각은 완성된다. 사색을 해야만 생각이 비로소 인간과 유기적인 관계를 이룰 수 있다는 말이다. 인간과 생각이 유기적인 관계를 이룬다는 말은 생각하는 대로 삶을 이끌어갈 수 있다는 말이다. 자신의 생각대로 사는 인생, 참으로 멋진 인생 아니겠는가.

사색과 생각이 무엇이 다르단 말인가. 그 궁금증을 풀어보자. 생각과 사색은 다르다. 분명히 다르다. 생각이 긍정적, 부정적, 객관적, 주관적, 이성적, 감성적, 감각적, 물리적, 내향적, 외향적, 감정적 들로 분류된다면 사색은 한마디로 귀결된다. 사색은 생각의 완성이다. 사색은 인간이 바라는 것이다. 구체적으로 말하면 사색은 생각이 맺은 소중한 결실이라고 할 수 있다. 사색 역시 생각이지만 생각 그 자체가 아니라 생각이 하나의 완전체로서 완성된 것을 의미한다.

그렇게 중요한 것이 사색이라면 어떻게 해야 하는지 궁금하지 않을 수 없다. 인생은 친절하게도 내게 사색하는 방법을 가르쳐주었다. 사색은 생각이 자유롭게 비상한 결과물이다. 생각하다가 이런 두려움이 든 적은 없었는가. '내가 이런 생각을 하다니 너무 지나친 바람이 아닐까.' 이런 생각이 들었다면 사색의 초입에서 발길을 되돌린 경우다. 사색은 두려움을 거부한다. 생각이 두려움 없이 가지를 뻗어 하늘을 지향해 자랄 때 사색은 탄생하는 것이다. 자신의 생각에 제동을 걸지 말라. 단, 부정적이고 파괴적인 생각은 애초에 하지 말아야 할 것이다. 대신 부정적이지 않고 파괴적이지 않은 생각은 마음껏 해도 괜찮다.

생각이 사색이 되는 시간은 1초도 되지 않을 수도 있고 수십 년이 걸릴 수도 있다. 어떤 생각은 죽음에 이르러서야 사색이 되기도 한다. 그만큼 방대한 생각의 양이 인간의 생애 전반에 걸쳐 존재한다. 생각은 자유롭게 하라. 내가 그렇게 생각해도 괜찮은가,

의문한다면 자신을 믿지 못하는 사람이다. 자신을 믿고 생각에 무한한 자유를 부여하면 사색의 길이 열릴 것이다.

또한 사색에서 중요한 것은 진지한 접근이다. 사색은 생각보다 더 깊이 있게 다가가야 한다. 생각이 온갖 것을 겉에서 맛보는 것이라면 사색은 모든 걸 속 깊은 곳까지 들여다보는 작업이다. 사색은 겉보기로 알 수 없는 것들을 느끼고 깨치는 것이다.

얼마 전에 길을 가다가 나는 도무지 속을 알 수 없는 자동차를 발견하고 한참을 쳐다보았다. 얼마나 진하게 선팅을 했는지 절대로 안이 보이지 않는 차였다. 젊은 여자를 태운 후 그 자동차가 내 눈앞에서 홀연히 사라질 때까지 난 이런 생각을 했다.

"도대체 저 차 운전석에는 누가 타고 있을까. 여자? 남자?"

속을 알 수 없는 자동차는 뭔가를 숨기고자 하는 주인의 성향을 드러내고 있었다. 자동차 주인이 "내가 이 차에 타고 있다는 걸 드러내고 싶지 않소!"라고 굳이 소리 지르지 않아도 짙은 색으로 선팅한 차 유리가 그 마음을 대변해주고 있었던 것이다. 하지만 내부를 볼 수 없었으므로 속내를 알 수는 없었다. 나의 상상과는 다른 사정이 있는지도 모르고 누가 타고 있는지도 알 수가 없었다. 하지만 내가 그 자동차 문을 열고 들어갈 수 있다면? 뜻밖의 진실과 마주하게 될지도 모를 일이다. 이처럼 겉에서 대충 훑어보는 것과 속에 들어가서 바라보는 세상은 다를 수밖에 없다.

현상도 그렇다. 어떤 현상이 일어날 때 생각만 하고 끝내버리면 그 현상의 본질을 볼 수가 없다. 사색을 하지 않고서는 현상의 내면을 깊이 응시할 수가 없는 것이다. 그래서 사색은 인생에 반드시 필요한 기술이다. 그런 사색을 하려면 진지한 접근이 필요하다. 생각을 진지하게 하라. 장난치듯 하는 생각은 전혀 도움이 되지 않는다. 진지하게 생각에 접근하는 자세가 필요하다. 지금 하는 이 생각이 내 인생을 바꿀 수도 있다고 믿으면서 생각하라. 그렇게 하다 보면 생각하는 태도가 달라질 것이다. 귀청을 울리는 소음이 들리는 대로변에서도 사색은 가능하다. 진지하게 이 생각을 하겠다는 의지만 있다면 주변 환경에 전혀 구애되지 않는다.

인생의 사색 법칙은 명료하다. 진중한 자세로 진지하게 생각을 하는 사람은 자신의 길에서 벗어나지 않는다는 것이 사색 법칙의 핵심이다. 여기서 자신의 길이란 자신이 소망하는 꿈의 길이다.

인생은 내게 열일곱 번째 비밀을 말해주었다. "생각을 한 후에는 반드시 사색하세요. 사색하는 사람은 생각하는 사람을 이깁니다. 생각은 사색으로 비로소 완전해진답니다. 오늘 그대의 삶이 힘겹다면 사색의 부족일 것이라고 확신합니다. 사색은 삶의 소소한 어려움까지도 단번에 해결할 수 있는 최고의 선택이니까요."

운명은 기회를 잡으려는
자에게 기회를 준다

인
생
의

기
회

법
칙

18
Secret
우리 사회는 실로 다양한 부류의 사람들이 존재한다. 그중에서 한탄을 밥 먹듯이 하는 사람들이 있다. 늘 실망 가득한 얼굴빛으로 이렇게 투덜거린다.

"왜 내겐 저런 좋은 기회가 주어지지 않는 거지?"

동료나 지인이 좋은 기회를 얻어 승승장구하는 모습을 보면서 이런 한탄을 늘어놓는 사람들이 꽤 있다. 똑같은 사람인데 누구에게는 기가 막히게 좋은 기회가 주어지고 누구에게는 단 한 번의 기회도 주어지지 않아서 억울하다고 한다. 그럼 같은 사람인데 도대체 왜 그런 차이가 생기는 걸까. 그 이유를 지금부터 공부해보자.

인생은 내게 자신이 지닌 열여덟 번째 비밀을 가르쳐주었다. 그 비밀은 바로 기회에 관한 것이다. "운명이 자신을 속인다고 생각하시나요? 천만에요. 운명은 그대를 속이지 않았습니다. 다만 그대의 용기 없음이 그대의 운명을 이렇게 바꿔놓은 것뿐이에요. 기회를 얻으려면 그것을 얻기 위해 노력하세요. 아주 쉬운 일 같지만 쉽지 않은 일인 것 잘 알아요. 그렇지만 그대가 운명의 개척자가 되어서 기회를 얻기 위해 노력하지 않는다면 기회는 영영 오지 않을 거예요. 운명은 기회를 얻으려는 사람의 편에 서니까요."

운명은 기회를 잡으려는 자에게 기회를 준다고 인생은 말했다. 이것이 인생의 기회 법칙이다.

동료가 좋은 기회를 잡아서 잘나간다고 한탄하는 사람은 그렇게 속절없이 한탄할 것이 아니라 그 시간에 기회를 잡기 위해 노력해야 한다. 기회란 그저 주어지는 것이 아니다. 아무것도 하지 않고 성공하고 싶다고 해서 기회가 "날 받아라." 하고 나타나지는 않는다. 그건 우연한 행운에 불과하다. 우연한 행운은 인생의 보람이 될 수 없다. 진짜 좋은 기회는 수많은 준비와 노력, 정성이 있을 때 기웃거리면서 찾아온다. 성공한 사업가나 베스트셀러 작가, 유명한 연예인 등 좋은 기회를 운 좋게 얻어 잘 먹고 잘사는 것처럼 보이는 사람들 전부가 기회를 포착하기 위해 피나는 노력을 했다는 사실을 잊지 말자.

아무리 노래를 잘해도 가수가 될 수 있는 기회를 잡기 위해 노력하지 않으면 고향 마을의 노래 잘하는 사람으로 남게 될 것이다. 아무리 글을 잘 써도 베스트셀러 작가가 되기 위해 노력하지 않는다면 혼자서 만족하는 무명작가로 생을 마감하게 될 것이다. 아무리 사업적 기질이 넘치는 사람이라도 성공한 사업가가 되기 위해, 좋은 사업 기회를 얻기 위해 발바닥이 부르트도록 뛰지 않는다면 성공할 수가 없을 것이다. 기회란 거저 주어지는 우연의 결과물이 아니다. 좋은 기회란 그것을 얻기 위해 성심을 다한 자에게 주어지는 운명의 선물이다.

인생을 뒤바꿀 기가 막힌 기회를 얻고 싶은가. 그렇다면 기회를 잡을 수 있도록 일해라. 그만큼 눈물 흘리고 그만큼 뜨겁게 땀 흘려라. 가수가 되고 싶다면 목에서 피가 날 정도로 노래를 불러라. 연기자가 되고 싶다면 연기의 신이 될 정도로 열심히 연기 연습을 해라. 작가가 되고 싶다면 모니터 앞에서 죽을 각오로 글을 써라. 우수한 세일즈맨이 되고 싶다면 물건을 팔 수 있게 최선의 노력을 다하라. 운명은 놀고 쉬고 게으른 자에게 절대 기회를 주지 않는다. 대신 어떻게 해서든 기회를 얻기 위해 자신이 가진 재능을 열정적으로 불사르는 사람에게 기회라는 선물을 준다.

단, 기회를 얻기 위해 저지르지 말아야 할 것들을 기억해야 한다. 비겁한 술수로 다른 사람을 속이면서 기회를 얻으려고 하지 말기. 자신을 과장해서 기회를 잡으려고 하지 말기. 타인이 노력해서 일구어놓은 것들로 기회를 얻으려고 하지 말기. 오직 돈과 권력을 얻기 위해서 기회를 얻으려고 하지 말기.

기회를 얻는 건 즐거운 일이다. 그러나 불순한 의도를 지닌 채 기회를 얻는다면 불행한 삶에 한 발 다가서는 결과가 될 것이다. 순수한 마음으로 기회를 얻기 위해 최선을 다하면 하늘은 그 정성과 눈물을 보고 반드시 기회를 줄 것이다. 자신을 속이지 말고 타인을 기만하지 말고 순수한 심정으로 노력하라. 그러면 기회는 어느새 곁에 성큼 다가와 있을 것이다.

인생에는
빛과 어둠이 있다

인
생
의

양
면
성

19
Secret

대단히 성공한 작가가 있었다. 그의 책은 수백만 권이 팔려서 인세 수입도 엄청났다. 엄청난 부와 명성도 따랐다. 그렇지만 그는 안주하지 않고 더 열심히 공부하고 글을 썼으며 사회에 환원하기 위해 기부도 하고 다방면으로 노력했다. 그런 그가 후에 시련과 맞닥뜨렸다. 왜냐하면 그의 성공을 보고 달려들었던 사람들이 배신하고 떠나갔기 때문이다. 지금도 그는 여전히 잘나가는 베스트셀러 작가지만 실의에 빠진 채 술잔을 기울이곤 한다.

"사람들이 날 배신했어. 난 그들에게 모든 걸 주었는데 말이야."

이처럼 착하고 성실한 사람에게도 어둠은 찾아온다. 물론 게으르고 불성실한 사람에게도 어둠은 찾아온다. 빛도 마찬가지다. 인생의 빛과 어둠은 지위고하, 성별, 연령 등에 구애받지 않고 공평하게 찾아오는 것을 우리는 목격하곤 한다.

<u>인생은 내게 그가 간직한 열아홉 번째 비밀을 말해주었다. "그대여, 기억하세요. 인생에는 빛과 어둠이 있습니다. 모든 일이 술술 풀려 기</u>

분 좋은 빛의 날이 있는가 하면 모든 일이 엉망진창으로 꼬여 기분 나쁘고 슬픈 어둠의 날도 반드시 있답니다. 인생은 빛과 어둠이 공존하는 곳입니다. 그러니 빛의 날이 지속된다고 방심하지 말고 어둠의 날이 지속된다고 슬퍼하지 마세요."

이것이 인생의 양면성이다. 인생에만 양면성이 있는 건 아니다. 인간도 양면성을 지니고 있다. 천사와 악마가 공존하는 곳이 인간의 내면이다. 그렇지만 악마보다는 천사를 더 많이 보고 싶은 것이 사람의 마음일 것이다. 그래서 천사처럼 착한 사람들이 잘사는 나라를 만들고 싶어 한다. 인생의 양면성인 빛과 어둠도 그러하다. 어둠보다는 빛을 더 자주 만나고 싶은 것이 인지상정이다. 가난하고 칙칙한 친구와 잘살고 화려한 친구가 있다면 어떤 친구를 더 자주 만나고 싶을까. 조금 양심에 걸리지만 가난하고 칙칙한 친구는 멀리하고 화려하고 잘사는 친구를 만나는 것이 대중이다. 그렇지만 모든 사람이 그러한 것은 아니다. 빛과 어둠, 이 두 가지를 모두 인정하고 두 가지 모두에 관심을 쏟는 사람도 있다.

어둠보다는 화려한 빛의 세계에 머무르고 싶지만 그것은 인간의 순진한 바람에 불과함을 기억하라. 빛은 어둠에 의해 사라지게 되어 있다. 그 빛 또한 어둠에 의해 점령되기 마련이다. 빛과 어둠은 쳇바퀴처럼 순환하면서 사람을 혼란시킨다. 빛의 날들이 지속되기만 바라던 사람에게 어둠은 크나큰 충격파가 되어 다가오게 된다. 그러므로 인생의 양면성을 항상 유념해야 한다. 인생에는 빛이 있고 또한 그 반대편에는 어둠이 도사리고 있다. 그래서 늘 불행한 사람도 없고 늘 행복한 사람도 없다.

　재수라는 것도 그렇다. 늘 재수 없는 사람도 없고 늘 재수 있는 사람도 없다. 건강도 그렇다. 늘 건강한 사람도 없고 늘 아픈 사람도 없다. 기분도 그렇다. 늘 기분 좋은 사람도 없고 늘 기분 나쁜 사람도 없다. 인생의 양면성에 눈을 떠라. 위에 언급한 베스트셀러 작가도 마찬가지다. 그가 어떤 책을 써서 베스트셀러 작가로 성공했는지는 모르지만 그는 아직 자기 인생의 베스트셀러를 쓰지는 못한 사람이다. 인생의 베스트셀러란 자기 인생을 철저하게 통제할 수 있는 품성을 갖추는 사람이 되는 것인데 감정적인 제어도 포함된다. 빛이 사라지고 잠시 들어온 어둠에 감정을 유린당해서 괴로워했다면 그는 좀 더 인생 공부를 해야 하는 사람이다.

　나는 날마다 인생의 양면성에 대해 공부한다. 나에게 잠깐 찾아온 빛의 시간은 그리 길지 않을 것이며 곧 어둠이 찾아올 것임을 깨닫는다. 또한 나에게 잠깐 찾아온 어둠의 시간 역시 그리 길지 않을 것이며 곧 빛이 찾아올 것임을 깨닫는다. 빛과 어둠은 인생의 불행과 행복이 아니라 불행과 행복을 예시하는 것들이다. 우리가 어떤 마음으로 그것들을 받아들이느냐에 따라서 빛이 어둠이 될 수 있고 어둠이 빛이 될 수도 있다. 또 영원히 빛을 누릴 수 있고 영원히 어둠의 터널에 갇힐 수도 있다. 즉 인생은 빛과 어둠이란 양면을 주었고 인간은 그 양면을 조화롭게 가꾸어 나가는 사명을 지닌 셈이다. 인생의 양면성은 자칫 지루해지기 쉬운 인생을 좀 더 모험적이고 재미있게 만들어주었다는 것을 느낀다.

비우면
더 많은 것을 얻는다

인생의 소유 법칙

20
Secret

여러분에게 수수께끼를 하나 내겠다. 잠시 머리도 식힐 겸 맞혀주시기 바란다.

"비우면 비울수록 채워지는 것은 무엇일까요?"

자, 답이 생각났는가. 그렇다. 비우면 비울수록 채워지는 것은 휴지통이다. 휴지통은 날마다 비워도 날마다 채워진다. 그것이 휴지통의 존재 이유이기 때문이다. 만일 휴지통이 가득 찼는데 버리지 않고 가만히 놔둔다고 하자. 어떤 사태가 발생하는가. 휴지통은 넘칠 대로 넘쳐서 악취가 나고 그 근처에는 구더기가 생길 것이다. 휴지통은 본연의 임무를 다하지 못한 채 방치되고 사람들로부터 외면당할 것이다. 이 사건의 발단은 비우지 않았기 때문이다.

휴지통의 존재 이유는 비우는 것이다. 그럼 인간의 존재 이유는 무엇인가. 채우는 것? 요즘 사람들에게 존재 이유를 묻는다면 이렇게 말할 가능성이 높다.

"성공해서 부자가 되고 행복해지는 것이죠."

여기에서 행복을 빼면 성공과 부자라는 두 단어가 남는다.

성공과 부자가 의미하는 것은 바로 채우는 것이다. 가득 채우지 않으면 낙오되는 세상이 되어버린 것은 아닐까. 하나라도 더 채우기 위해 사람들은 열심히 일한다. 그런데 40대를 넘긴 뒤 인생을 돌아보면 도대체 무엇을 채웠는지 아리송해질 뿐이다. 그토록 채운다고 채우며 살아왔건만 막상 남은 건 인생에 대한 쓰디쓴 후회뿐일 경우가 많다. 그래서 중년들이 우울증에 시달리게 되는 것이다. 채우는 것이 인간의 존재 이유가 아닌 이유가 여기에 있다. 만일 채워온 것이 인간의 존재 이유라면 채우기 위해 죽도록 달려온 중년들이 그토록 자괴감에 사로잡혀서는 안 되는 것이다.

그럼 다른 답을 해보자. 인간의 존재 이유가 비우는 것이라면 어떤가. 그렇다면 더할 수 없는 평화로움을 느끼게 된다. 채우기 위해 그동안 아등바등 살아온 인생이 한없이 초라하게 여겨진다. 비운다는 것만큼 사람을 자유롭게 하는 것도 없기 때문이다. 날마다 비우면서 산다면 채울 수 있는 공간이 그만큼 많아진다. 만일 채우기만 하고 비우지 않는다면 새로운 것을 갖다놓을 공간도 없어질 것이다. 그러므로 비움을 실천한다는 것은 더 나은 삶을 위한 가능성의 공간을 열어두는 것과 같다. 비운다는 것은 자신을 살리는 길이다. 이 비움의 철학은 인생을 풍요롭게 만드는 지름길이 될 것이다.

인생이 내게 가르쳐준 스무 번째 비밀은 인생의 소유 법칙이다. 인생은 내게 가르쳐주었다. "비우면 더 많은 것이 얻어집니다. 소유 욕심은 인간의 본능에 가깝지만 본능은 아니랍니다. 인간은 소유의 본능이 아니라 나눔과 비움의 본능을 지니고 있어요. 모성애와 사랑에 대한 갈구 등을 보세요. 얼마나 인간이 이타적인지 알 수 있을 겁니다. 비우는 사람일수록 삶이 평화롭고 자유롭습니다. 그 까닭은 비우고 사는 사람에게는 추한 욕심이 없기 때문입니다. 소유하고자 하면 비워내세요. 그래야 궁극적으로 바라는 바를 소유할 수 있습니다."

연인의 사랑을 바란다면 연인에 대한 집착을 비워라. 자식의 효도를 받고 싶은 욕심이 있다면 자식에 대한 모든 바람을 비워라. 돈을 많이 벌고 싶다면 돈에 대한 모든 갈구를 비워라. 명예를 얻고 싶다면 키울수록 인간을 공허하게 하는 명예욕을 비워라. 그래야 연인도 얻고 자식의 효도를 받을 수 있으며 돈도 많이 벌 수 있을 것이다. 아이러니하게도 인생은 집착을 버리고 놓아주면 그것이 제 스스로 다가오게 되어 있다.

전 세계적으로 추앙받는 성직자나 존경받는 인물들의 공통점은 비우는 삶을 살았다는 것이다. 그리고 유명하지는 않지만 우리 주위에 있는 존경스러운 인물들의 공통점 또한 비움을 실천한 분들이다. 자신의 곳간만 채우려고 발악하는 사람은 절대로 훌륭한 업적을 이룰 수가 없다. 존경이나 사랑도 받기 어렵다. 대신 자신의 곳간을 열어 빈곤한 사람들에게 나눠주고 비우는 사람은 존경받고 사랑받는다. 비우는 삶을 살아라. 아등바등 뭔가를 채우려고 하면 할수록 삶은 버거워진다. 그리고 그러한 삶은 인생이 바라는 진정한 인생이 아니다. 인생은 우리에게 바란다. 비우고 또 비우라고. 그래야 더 많은 것들을 얻을 수 있다고 말하고 있다.

잊어주는 것이
최고의 용서다

21
Secret
인간관계의 가장 어려운 점은 이 점이 아닐까 싶다. 바로 용서하는 것. 사람들과 관계하면서 살다 보면 자신에게 상처를 주는 사람을 만나게 된다. 여러 곳곳에서 받은 상처들은 개인의 아픔에만 국한되는 것이 아니라 나아가 사회적인 문제로 대두되기도 한다. 무차별적으로 행인들을 공격한 범죄자들의 경우 그들이 받은 어린 시절의 상처가 큰 원인이었음이 밝혀지곤 했다. 그러나 상처받은 사람들 전부가 범죄자가 되지는 않는다. 그 이유는 무엇일까.

그것은 인생이 내게 가르쳐준 스물한 번째 법칙을 공부하면 배울 수 있을 것이다. 인생은 우리에게 말하고 있다. "그대여, 미워도 잊어버리세요. 잊어주는 것이 최고의 용서입니다. 수많은 사건들을 겪으면서 인간은 성장합니다. 용서도 성장의 한 계단이나 같아요. 그대는 용서라는 계단을 밟고 올라감으로써 인생을 변화시킬 수 있는 계기를 맞이하는 것입니다. 또한 용서함으로써 그대 자신을 고통의 감옥으로부터 구할 수 있게 될 것입니다."

이것이 인생의 용서 법칙이다. 자신을 아프게 한 사람을 떠올려보라. 비수와 같은 말을 내뱉거나 모욕적인 행동을 하거나 혹은 믿음을 배반하거나 얼토당토않게 모함한 사람들이 떠오를 것이다. 그들에게 지금 그대는 상처받은 것이다. 누군가를 떠올림으로써 아프고 괴로운 감정이 생긴다는 건 그에게 앙금이 남아 있다는 것과 같다. 그 사람으로부터 상처받았고 그 상처가 전혀 치유되지 않고 있다는 반증이다. 이러한 상처의 잔존은 인간을 고통의 연옥에 빠뜨린다.

칠순이 다 된 어느 여인의 이야기를 들어보자. 그녀는 열여덟 꽃다운 나이에 지금의 남편과 결혼했다. 그 당시에는 얼굴도 보지 않고 어른들 소개로 결혼을 하곤 했으므로 그녀 역시 남편의 얼굴을 첫날밤에 처음 보게 되었다. 남편은 철이 없었다. 40년이 넘는 결혼 생활 동안 술, 도박, 여자 등의 문제를 단 하루도 일으키지 않은 적이 없었다. 그녀는 혼자서 세 명의 자녀를 길러내야 했다. 고단한 삶의 무게로 지치고 병든 그녀는 지금 칠순의 문턱에 서 있다. 그런데 그녀의 남편이 작년에 교통사고로 죽고 말았다. 그 이후가 문제였다. 골칫거리 남편이 사라지면 모든 게 평온해질 줄 알았는데 그녀는 지금 남편이 살아 있을 때보다 더 고통스러워하고 있다. 병원에 다녀봐도 소용이 없었다. 이유는 단 하나였다. 바로 남편에 대한 지독한 원망 때문이었다.

"살아생전에 그렇게 속을 썩이더니 내게 미안하단 말 한마디 없이 떠나버린 나쁜 사람!"

이것이 그녀가 읊어대는 넋두리의 주요 내용이다.

그렇다. 그녀의 남편은 이 세상에 없는 사람이다. 그런데도 그녀는 그를 떠올리면서 고통스러워하고 있다. 이것은 누구의 잘못일까. 우선은 원인을 제공한 남편의 잘못이 클 것이다. 그렇지만 결론적으로 보면 그녀의 잘못이 더 크다. 왜냐하면 그녀가 아직도 남편을 용서하지 못하였다는 것을 스스로 입증하고 있기 때문이다. 만일 그녀가 남편이 죽은 후에라도 용서를 했다면 이렇게 고통스러운 나날을 보내지는 않을 것이다. 용서하지 못하는 사람은 죽은 사람도 원망하고, 그 때문에 자기 삶 역시 황폐하게 만든다. 죽은 사람이 산 사람을 죽일 수도 있다는 말이다. 죽은 자 때문에 산 자가 고통스러워하는 것, 그건 용서하지 못하는 사람에게 주어지는 형벌이다.

용서는 자신을 위한 것이라는 말은 자칫 식상한 말 같지만 진실이다. 우리는 용서해야 한다. 진정한 어른이란 누구든지 용서할 수 있는 사람이다. 작은 잘못을 저지른 사람도 크나큰 잘못을 저지른 사람도 모두 용서할 수 있는 사람이야말로 인생 공부의 최고 우등생이다. 나는 용서하지 못한 사람을 품고 사는 것을 경계한다. 그것만큼 무모한 일도 없다. 용서하지 못해서 가슴에 품은 사람이 있다면 지금 이 순간 가만히 내려놓아라.

누군가를 증오하면서 꿈을 이룬들 무슨 소용이 있으랴. 누군가를 원망하면서 성공하면 무슨 소용이 있으랴. 누군가를 죽도록 미워하면서 행복하다고 말한다면 그건 거짓말이다. 다른 사람을 증오하면서 행복할 수 있는 사람이란 이 세상에 없다. 이것 역시 진리다. 용서하라. 그동안 그 사람 때문에 힘들었던 기억조차 용서하고 잊어라. 그가 금전적으로 손해를 끼친 사람이든 육체적·정신적으로 학대한 사람이든 잊어줄 수 있는 아량을 베풀어야 한다. 용서는 자기를 위한 선행이기도 하다. 최고의 용서 방법은 바로 잊어주는 것이다. 날마다 잊어라. 나를 아프게 한 사람, 나를 아프게 한 상황, 그 모든 것들을 기억 속에서 말끔히 지워내라.

이별은
반드시 찾아온다

인
생
의

이
별

법
칙

22
Secret
누군가 나에게 세상에서 가장 슬픈 일이 무엇이었느냐고 묻는다면 나는 이별이라고 말할 것이다. 이별을 한 후에 겪는 정신적 고통은 말로 형언할 수 없을 정도다. 어떤 이별이든 이별은 통증을 수반한다. 연인과의 이별뿐만 아니라 직장이나 이사 때문에 사람들과 헤어지게 될 때도 마음이 좋지 않다. 또한 더 괴로운 것은 사랑하는 사람과 사별하는 것이다. 이것만큼 사람의 심정을 뒤흔드는 강력한 사건도 드물다. 사랑하는 사람이 죽은 후에 바로 따라 목숨을 끊는 경우도 있고 죽은 자식을 그리워하다 그게 병이 돼 죽는 경우도 있다.

<u>인생은 내게 스물두 번째 비밀을 가르쳐주었다. 그 비밀은 많은 이들이 이미 알고 있는 이별에 관한 것이다. "그대여, 내 말을 기억하세요. 이별은 반드시 찾아올 것입니다. 피하려고 해도, 외면하고 싶어도 이별은 찾아올 거예요. 그대가 인간으로 태어난 이상 이별은 이미 준비된 선물이랍니다. 그것을 거부할 수는 없어요. 마치 죽음과 같죠. 그러므로 이별하지 않을 때 미리 이별을 대비하세요."</u>

이것이 인생의 이별 법칙이다. 인생에는 이별 법칙이 있다. 지금부터 이별 법칙을 공부해보자. 누구나 이 말에는 공감한다. "사람은 살다 보면 헤어지는 날이 오게 된다." 그런데 이상한 것은 이 말을 익히 알면서도 이별의 순간을 대비하지 않는다는 것이다. 이별 법칙은 이런 무관심에 대한 일침이다. 아름답게 이별하기 위해서는 이별을 공부해야 한다. 이별은 피할 수 없는 것이고 언젠가는 반드시 찾아온다는 사실을 깨우쳐야 한다. 그렇다면 이런 피할 수 없는 이별 앞에서 인간은 어떻게 처신해야 하는가. 이별을 공부하지 않는 사람은 이별과 대면하면 허둥댄다. 준비 없이 찾아온 이별만큼 사람을 혼란스럽게 하는 일도 드물다.

이별을 준비하자. 첫 번째 이별 준비법은 이별하기 전에 그들과 행복하게 지내는 것이다. 그래야 이별하게 되더라도 후회스럽지 않다. 학교 폭력으로 사랑하는 아들을 잃은 어느 부모는 이런 후회를 하였다. "살아 있을 때 너에게 공부하란 잔소리 대신 사랑한다는 말을 더 많이 해주고 더 많이 안아줄 것을. 미안하구나."

떠난 후에 후회하고 울면 무슨 소용이 있겠는가. 여러분 주변 사람들에게 잘해주어라. 그들과 곧 이별할 날이 올 것이다. 그들의 얼굴을 다시는 보지 못할 날이 곧 올 것이다. 잘해준다는 건 이런 것이다. 단점을 지적하지 않기, 화내지 않기, 아플 때 함께 아파해주기, 외로울 때 따뜻한 말 건네기, 억지로 무엇인가를 강요하지 않기 등.

두 번째 이별 준비법은 자기를 위해 선물을 하는 것이다. 이별은 타인과 내가 겪는 것이지만 이별의 당사자는 나 자신이다. 그러므로 내 마음을 더 단단하게 만들어놓아야 한다. 이별이 견딜 수 없을 만큼 괴로워도 나를 지킬 줄 아는 사람에게는 견딜 만한 일이 되는 것이 인생이기 때문이다. 나 자신이 갖고 싶은 것을 사서 가끔 스스로에게 선물하라. 가족들만 챙기지 말고 나 자신을 챙겨라. 최후에 이별할 사람은 다른 누가 아닌 자기 자신이다. 우리는 자신과 작별할 때 비로소 모든 것들과 헤어진다.

세 번째 이별 준비법은 그들과의 추억을 많이 기억하는 것이다. 요즘 드라마에 자주 등장하는 소재가 있다. 바로 치매이다. 노년층만 치매에 걸리는 줄 알았는데 최근에는 젊은 층도 치매에 걸린다고 한다. 초로기 치매 환자들은 채 60세도 안 된 사람들이다. 그들은 자신의 기억을 서서히 잃어간다. 자의로 하는 이별이 아니라 병 때문에 이별을 하게 되는 것이다. 건강한 사람도 이별을 하게 되어 있다. 자의든 타의든 자연적인 원인이든 이별은 반드시 찾아온다. 그럴 때 현명한 이별법을 공부한 사람은 이렇게 행동한다. 이별하기 전에 그들과의 추억을 많이 기억하는 것이다. 그들은 어머니, 아버지, 연인, 오빠, 자식, 누나, 남동생, 여동생, 친구, 지인 등 그대가 아는 모든 이들이다. 그들에 대해 모든 것들을 다 기억할 수는 없겠지만 적어도 모습, 목소리, 체취 등은 확실하게 기억하라.

나는 아직도 사랑하는 엄마의 목소리와 체취, 모습을 생생하게 기억한다. 우리 엄마는 이런 목소리를 가지셨지, 하면서 혼자

엄마의 목소리를 흉내 내기도 하고 엄마의 냄새를 쿵쿵거리면서 맡아보기도 한다. 엄마의 동작, 엄마의 미소를 모두 기억하기 때문에 엄마와의 영원한 이별을 잘 견디고 있는 중이다. 이별을 견디려면 그만큼의 추억이 필요하다. 그러므로 살아 있을 때, 함께 있을 때, 즉 이별하기 전에 그들과 더 많이 웃고 떠들고 행복한 시간을 가져라. 그것이 가장 지혜로운 이별 법칙이다.

인간은
우주로 회귀한다

인
생
의

회
귀

법
칙

23
Secret
사람이 죽으면 어디로 갈까. 인간이 가장 많이 한 생
각 중 하나가 아닐까 싶은 통속적인 질문이다. 과연
사람이 죽으면 어디로 가는 걸까?

<u>이에 대해 인생은 자신이 지닌 스물세 번째 비밀을 내게 가르쳐주었
다. "인간은 죽어서 무엇이 될까? 궁금하셨나요. 제가 그 비밀을 알려
드릴게요. 인간은 본래의 곳으로 회귀한답니다. 여기서 본래의 곳이란
어디를 지칭하는 것일까요. 그대가 상상하는 대로 본래의 곳이란 자
연입니다. 더 나아가 우주라고 볼 수 있습니다. 그대는 죽어서 우주가
될 거예요. 그러니 자신의 죽음이 허무하다고 생각하지 마세요. 우주
는 모든 생명이 탄생하는 자궁이니까요."</u>

이것을 인생의 회귀 법칙이라고 말할 수 있을 것이다. 이런
회귀 법칙을 공부하지 않은 사람은 죽음이 무척 두려울 것이다.
왜냐하면 죽어서 도대체 어디로 가는지 알 수 없기 때문이다. 모
호한 추측은 두려움을 잉태하는 근원이다. 확실히 뇌리에 각인시
켜라. 우리는 죽어서 우주로 돌아간다.

우주 하면 낯선 느낌이 드는 것도 사실이다. 우주란 개념 자체가 막연하고 광대하기 때문이다. 우주란 것은 과학자나 천체물리학자 등 별이나 과학에 관심 있는 사람들에게나 열려 있는 곳이란 느낌이 든다. 하지만 그건 오해다. 우주는 바로 우리 자체이기 때문이다. 우리가 숨 쉬는 공간, 시간, 느끼고 볼 수 있는 모든 것, 느낄 수도 볼 수 없는 모든 것, 들을 수 있는 모든 것과 들을 수 없는 모든 것 등이 우주다. 그러므로 우리는 우주에 속해 있는 중이다. 그리고 우리가 온 곳도 우주다. 우주에서 온 우리는 인간이라는 육체 안에 잠시 거주하는 중이다. 본래의 우주로 돌아가기 위해서는 아쉽지만 인간이라는 굴레를 벗어나야 한다. 그것이 죽음이라는 의식이다.

죽는다는 것에 대해서 너무 두려워하지 말라. 죽음은 인간이 우주가 되기 위한 하나의 과정에 불과하다. 사람들은 죽은 이를 보고서 깜짝 놀라거나 소름이 끼치거나 무서워하곤 한다. 그것은 인간이라면 누구나 느낄 법한 죽음에 대한 공포에서 비롯된 현상이다. 하지만 인간의 사체를 죽음이라는 부정적 관점이 아니라 우주로 돌아가는 과정에 있다는 시각에서 보면 그렇게 혐오스럽지만은 않을 것이다. 모든 것은 무에서 유로, 다시 무로 돌아가게 되어 있기 때문이다. 거름이 되기 위해서 썩는 퇴비처럼 인간도 죽음 후에 해체의 시기를 거쳐 우주로 돌아간다.

인간은 영과 육 그리고 정신, 이 세 가지로 구성된 존재다. 죽음은 육체를 벗어나는 의식이다. 우주로 돌아가는 것은 우리가 자연이 된다는 의미일 것이다. 그런데 인생의 회귀 법칙에는 독특한 면이 있다. 돌아가되 자신이 살아생전에 바라던 곳으로 돌아간다는 것이다. 이 점은 인생의 회귀 법칙 중 가장 중요한 부분이다. 우리는 죽어서 우리가 생전에 추구하던 대로 존재할 것이다.

여러분은 꽃을 좋아하는가. 그럼 여러분은 꽃이 될 것이다. 하늘을 좋아하는가. 그럼 하늘이 될 것이다. 바람을 좋아하는가. 그럼 바람이 될 것이다. 시간의 흐름을 좋아하는가. 그럼 시간의 흐름이 될 것이다. 나뭇잎을 좋아하는가. 그럼 나뭇잎이 될 것이다. 지금 살아 있는 내가 좋아하는 것들이 바로 내가 죽은 후의 모습이다.

사람은 죽어서 자신이 바라는 우주가 된다. 그러므로 항상 아름다운 것들을 바라보는 사람이 되어야 할 것이다. 추한 것을 바라보고 즐기는 사람에게는 그런 사후 세계가 펼쳐질 것이다. 인생의 회귀 법칙은 우리에게 경고한다. "살아생전에 걸어온 그대의 발자취가 미래의 자신이 될 것입니다."라고.

자신의 일을 사랑하면
최고가 될 수 있다

인
생
의

직
업

법
칙

24
Secret
어떤 일을 하고 싶어서 미칠 것 같았던 기억이 있는가. 그 일이 그대의 직업이 되어야 한다. 춤을 추고 싶어서 미칠 것 같다면 그대는 춤꾼이 되어야 한다. 글을 쓰고 싶어서 미칠 것 같다면 그대는 작가가 되어야 한다. 연기를 하고 싶어서 미칠 것 같다면 그대는 연기자가 되어야만 한다. 이것을 소질 또는 재능이라고도 한다. 소질과 재능에 따라서 직업을 선택하면 행복한 삶을 살 가능성이 높아진다. 왜냐하면 인생의 행복은 자신이 하고 싶은 일을 할 때 가장 뚜렷하게 감지할 수 있기 때문이다.

인생이 내게 가르쳐준 스물네 번째 비밀은 직업에 관한 것이다. 사회생활을 하려면 누구나 직업을 가져야만 한다. 직업이 없다는 것은 아무런 일도 하지 않고 논다는 것을 의미한다. 그렇다고 보면 모든 인간은 직업을 가진다고 볼 수 있다. 직장인이든 주부든, 학생이든 실업자든 직업을 가지고 있다. 실업자도 직업인에 속한다고 말하는 것은 실업자란 직업을 구하기 위해 일시적으로 휴식하고 있는 사람들이기 때문이다. 백수와 실업자는 다르다. 이렇게 많은 직업을 가진 사람들이 살아가는 세상에서 최고의 직업인이 되는 길은 어떤 것인지 궁금하지 않을 수 없다. 이에 대해 인생은 이렇게 조언한다.

"그대여, 지금 하고 있는 자신의 일을 사랑하세요. 그 일이 자신에게 주어진 최고의 천직이라고 여기세요. 미치도록 열정을 불태워 일하세요. 그러면 최고가 될 수 있어요." 이것이 인생이 내게 가르쳐준 스물네 번째 비밀인 직업 법칙이다. 즉 자신이 일하는 분야에서 최고의 장인이 되고 싶다면 이유 불문하고 그 일을 사랑해야 한다는 것이다.

자기 일을 사랑한다는 것은 자칫 오해하면 관념적인 개념이라고 볼 수도 있다. 하지만 관념적이지 않다. 실제로 일상에서 직업을 사랑하는 일은 얼마든지 가능하다. 누구나 자기 일을 사랑하면서 할 수 있다.

시장에서 생선을 파는 상인이 자기 일을 사랑한다면 더 많은 매출을 올리게 될 것이다. 왜 그럴까. 그것은 그 반대의 경우를 생각해보면 쉽게 답을 구할 수 있다. 생선을 파는 상인이 자기 일을 사랑하지 않는 경우를 생각해보자. 그는 자기가 하는 일을 매우 싫어한다. 심지어 혐오한다. 그는 생선비린내가 구역질난다. 그래서 아침에 마지못해서 느릿느릿 출근한다. 싱싱한 생선 대신 오래되고 부패한 생선이 진열대에 쌓여 있다. 그는 자기 일을 사랑하지 않기 때문에 적극적으로 신선한 생선으로 교체해놓을 생각을 하지 못한다. 그래서 생선을 사러 온 손님들은 불결한 위생 상태와 품질 나쁜 생선을 보고 기겁해 발길을 돌린 후에는 다시 찾아오지 않는다. 결과적으로 자기가 하는 일을 사랑하지 않는 생선가게 주인은 곧 망하게 될 것이다.

만일 반대로 그가 자기 직업인 생선 파는 일을 사랑했다면 위와 반대로 행동할 것이다. 날마다 즐겁고 기쁜 마음으로 이른 새벽에 일어나서 싱싱한 생선을 가져다놓을 것이고 손님들에게도 밝고 활기찬 얼굴을 보여줄 것이다. 그러면 손님들도 생선가게의 깨끗한 위생 상태와 주인의 생생한 기운과 친절함, 품질 좋은 생선을 보고 단골이 될 것이다. 여러분이라면 어떤 생선가게의 주인이 될 것인가. 어떤 생선가게의 손님이 되고 싶은가.

자기가 하는 일을 심장이 떨리도록 사랑하라. 그러면 억지로 기를 쓰고 발버둥치지 않아도 저절로 최고가 될 것이다. 사람은 자기가 하는 일을 사랑할 때 자기도 모르는 천재적 재능이 분출된다. 미치도록 그 일을 사랑하면 내면에 잠재돼 있던 위대한 자질이 남김없이 쏟아져 나온다. 그때 비로소 직업과 하나가 된 최고의 직업인이 되는 것이다.

희망 없이는
아무것도 이룰 수 없다

인
생
의

희
망

법
칙

25
Secret
인생이란 꿈을 이루어가는 지난한 여정이다. 그런데 꿈이란 결국 이것이 있어야만 제 구실을 할 수 있다. 이것은 바로 희망이다. 꿈은 희망이라는 동력이 있어야만 이룰 수 있다는 사실을 알고 있는가. 희망과 꿈은 불가분의 관계다. 희망만 있고 꿈이 없는 인생은 빈껍데기 인생이고 꿈만 있고 희망이 없는 인생은 추진력을 잃은 통통배에 지나지 않는다.

인생은 내게 가르쳐주었다. 가슴속 깊이 간직한 스물다섯 번째 비밀인 인생의 희망 법칙을. 그의 목소리는 어느 때보다 떨렸다. "사랑하는 그대여, 희망을 가지세요. 희망 없이는 아무것도 이룰 수 없다는 사실을 아시나요. 그대의 꿈이 무엇이든지 희망을 접목시키지 않는다면 결코 이룰 수 없답니다. 희망을 버리지 마세요. 반드시 좋은 날이 올 것이니까요. 무릎이 꺾일 것처럼 힘들더라도 버티세요. 조금만 더 버티고 견뎌내세요. 희망은 끈기 있게 버티는 사람에게 머문답니다."

희망이란 무엇일까. 조금 더 구체적으로 공부해보자. 희망은 절망의 반대편 의미로 자주 회자된다. 절망하지 말고 희망을 가져

라. 절망 대신 희망을! 이런 비슷한 말을 많이 들었을 것이다. 맞는 말이다. 절망은 희망으로 교체될 수 있고 희망만이 절망을 물리칠 수 있다. 희망이란 미래에 대한 가장 긍정적인 기대다. 희망은 자신의 가능성을 조건 없이 믿는 것이다. 희망은 운명이 자신을 버리지 않을 것임을 낙관하는 것이다.

우리는 희망을 지닐 때 내면에서 어떤 변화가 생기는지 잘 알고 있다. 희망으로 가슴이 가득 차 있을 때는 좌절의 기운이 스며들어도 동요하지 않는다. 마치 독감 예방주사를 맞은 사람처럼 불운한 기류를 물리칠 힘을 지니고 있는 것이다. 하지만 희망이 없는 사람은 작은 불운에도 뿌리째 흔들린다. 그는 희망이라는 예방주사를 맞지 않은 사람이기 때문이다.

희망이란 예방주사를 어떻게 하면 맞을 수 있을까. 어디에 가야 맞을 수 있을까. 희망은 어디에 가거나 어떤 방법으로 맞을 수 있는 예방주사가 아니라 스스로가 놓는 것이다. 이 말을 풀이하면 누구나 희망이라는 예방주사를 맞을 수 있다는 말이다. 아무것도 지불하지 않고서 말이다. 희망은 무료, 공짜, 평생 맞아도 부작용 없는 예방주사다.

앞서 말했듯 희망은 미래에 대한 가장 긍정적인 기대다. 자신의 미래를 낙관하는 일은 자신을 위한 최고의 투자가 될 것이다. 앞날을 두려워하지 말고 낙관하라. 무슨 일이 벌어질까 염려하지 말고 나쁜 일이 벌어져도 자신을 위한 절호의 기회라고 생각하라. 그런 마음가짐이라면 얼마든지 좋은 방향으로 일을 진행시킬 수 있게 된다. 희망은 불운이라는 물줄기를 행운과 축복이라는 지류로 되돌려놓는 방향타와 같다. 인간이 희망으로 무장한다면 불행에 눈물 흘릴 일은 없지 않을까 싶다.

우리는 자주 희망으로 새 삶을 찾은 이웃들의 이야기를 듣거나 본다. 뜻하지 않은 병이나 사고로 시력을 잃은 이웃이 다른 기능을 활용해서 더 활발하게 사회생활을 하고, 척추뼈가 녹아내리는 병에 걸린 사람이 하루 종일 침대에 누워서도 인터넷 등을 통해 가수로 활동하는 모습 등을 말이다. 그들에게 희망이 없었더라면 과연 그 자리에 있을 수 있었을까.

나는 요즘 깊은 감동을 자주 받는다. 뉴스를 볼 때마다 그를 보면 가슴이 벅차오른다. 두 눈을 지그시 감고 신뢰감 있는 목소리로 말하는 그를 보면 숙연해지기까지 한다. 그는 시각장애가 있는데도 불구하고 아나운서로 뉴스를 진행한다. 그의 생활 뉴스를 볼 때마다 나는 감동한다. 왜냐하면 그의 희망을 볼 수 있기 때문이다. 눈이 보이지 않아도 좌절하지 않고 희망을 가지고 공부를 해서 아나운서가 되어 당당하게 공중파 뉴스를 진행하는, 그야말로 인간 승리의 표본이 아닐까 싶다. 그는 어떤 아나운서보다 잘생겼고 멋있다. 그에게서는 희망이라는 빛나는 오로라가 뿜어져 나오기 때문이다. 사람들은 그의 뉴스를 보면서 희망을 함께 전송받을 것이다.

비루한 삶이든 풍족한 삶이든 모두 받아들이고 감사하라. 희망은 감사하는 마음에서 출발한다. 매사를 긍정적으로 해석하

는 것도 희망찬 삶을 사는 사람의 행동 패턴이다. 죽어도 희망을
버리지 않겠다는 마음을 가져라. 절대로 희망의 끈을 놓치지 않겠
다는 의지를 다져라. 그대가 희망을 버리지 않는 한 희망은 그대
곁을 떠나지 않을 것이다. 희망이야말로 빈털터리 거지가 되어도
내 곁을 떠나지 않을 마지막 존재라는 사실을 기억하라.

존경받으려면
겸손해야 한다

인
생
의

겸
손

법
칙

26
Secret
최고의 명성을 얻은 사람이 이것을 겸비하지 못하면 결국엔 사람들에게 외면당한다. 이것은 무엇일까. 이것은 겸손이다. 겸손이 겸비되지 않는 지식, 재력, 외모 등은 아무 소용이 없다. 절세미녀도 겸손하지 않다면 그 미모가 반감될 것이고 세계 최고의 지능을 가진 사람도 겸손하지 않다면 그의 지능은 길거리의 걸인보다 못하게 취급당할 것이다. 지능과 미모, 재산과 모든 배경을 한순간에 물거품처럼 사라지게 할 수 있는 것이 바로 겸손의 부재다.

내가 아는 어떤 사업가는 겸손하지 못한 말 한마디 때문에 수천억 원어치의 계약을 날려버렸다. 상대편이 그의 거만한 말투 때문에 계약을 취소해버린 탓이다. 그는 통탄하며 후회했지만 때늦은 후회가 되고 말았다. 겸손이란 사람을 이처럼 단시간에 최고에서 최저로 만들어버릴 수 있는 것이다. 겸손하지 않은 사람은 자기 목에 폭탄을 매단 채 사회생활을 하고 있는 것과 같다. 그 폭탄은 바로 거만함이라는 역겨운 자세이다.

<u>인생은 내게 스물여섯 번째 비밀을 가르쳐주었다. "그대여, 항상 겸손</u>
<u>하세요. 존경받으려면 겸손해야 합니다. 설령 존경받고 싶지 않더라도</u>
<u>그대는 겸손해야 합니다. 자신을 낮추면 다른 이들이 그대를 높여줄</u>
<u>거예요. 겸손을 생활의 기준점으로 삼으세요. 겸손이야말로 인간에</u>
<u>대한 가장 큰 사랑이니까요."</u>

이 겸손 원칙은 모든 인간에게 공평하게 적용된다. 겸손이
란 다른 존재를 위하는 마음에서 우러나오는 태도다. 내가 잘났다
고 말함으로써 다른 사람이 받을 상처를 미리 헤아리고 자화자찬
하지 않는 것이 겸손이다. 그러므로 겸손하다는 것은 다른 존재에
대한 최고의 존중이라고 해도 될 것이다.

사랑받는 것은 겸손하지 않아도 가능하다. 왜냐하면 사랑은
모든 것을 불문하고 행할 수 있기 때문이다. 하지만 인간으로서
존경받으려면 겸손하지 않으면 안 된다. 나 잘난 것을 스스로 떠벌
리는 것은 자기 얼굴에 가래침을 뱉는 일이다. 기억하라. 자화자찬
하는 그 순간이 자신에게 가장 치욕적인 순간이라는 것을. 그것을
공부하지 않은 사람은 자기 자랑에 침이 마를 지경이다.

"난 말이야, 이 방면에서 다른 사람보다 훨씬 능력이 뛰어나.
나 이렇게 잘난 사람이야." "우리 집에는 온갖 보석이 있고 가진 재
산도 어마어마하지. 나만큼 부자인 사람 있으면 나와보라고 해."

이런 사람은 스스로 높임으로써 다른 사람들이 자기를 우러
러볼 것이라고 착각하지만 실상은 조소를 면치 못하고 있는 중이
다. 인간은 자기보다 잘난 사람을 보면 무의식적인 질투가 우러나

온다. 그 질투는 마음에 상처를 주기 쉽다. 그래서 우리는 나보다 잘났다고 여겨지는 사람이나 그렇지 않은 사람이 스스로 잘났다고 말하는 것을 참을 수 없어 한다.

여러분이 아무리 다른 사람보다 똑똑하고 잘났더라도 그 사실을 스스로 떠벌리는 실수를 범해서는 안 될 것이다. 그것은 인생 최악의 치명적인 실수다. 천재여도 천재라는 것을 밝히지 마라. 모든 것을 다 알아도 다 안다고 떠들어대지 마라. 입을 무겁게 하는 대신 행동으로 능력을 보여줘라. 여러분이 가진 일말의 천재성마저도 짓밟는 것이 바로 겸손하지 못하게 행동하는 것이다. 겸손은 나를 낮춤으로써 오히려 존중받게 하는 마력이 있다. 그런 겸손을 왜 실천하지 못하는가.

하나를 얻으려면
하나 이상을 내놓아라

인
생
의

대
가
성

27
Secret

지금 이 시간에도 인기를 얻기 위해 땀 흘리는 연예인 지망생들이 많이 있다. 긴 무명 시절을 잘 견디고 톱스타가 된 어느 연예인이 하소연했다. 귀 기울여 들어보자.

"인기를 얻고 보니 무명 시절이었던 지난날이 그립습니다. 그 시절에는 길거리에서 친구들과 어울려 떡볶이도 마음대로 먹고 다른 사람 눈치 보지 않고 자유롭게 살았는데 지금은 대중들 시선 때문에 함부로 행동할 수가 없습니다. 마치 족쇄를 찬 것처럼 힘드네요."

이 말을 들은 보통 사람들은 배부른 투정이라고 무시할 수도 있지만 그들 입장도 이해가 간다. 인기를 얻고 나니 사생활이 사라졌다는 말은 연예인들이 자주 하는 말이기도 하다. 집 안 곳곳을 향해 카메라를 들이대고 있는 파파라치에게 시달리는 그들의 삶도 녹록지는 않을 것이다. 집 앞 슈퍼에 갈 때도 메이크업과 패션에 신경 써야 하고 연애도 제대로 못하는 삶이 때론 힘들기도 할 것 같다.

인생은 내게 스물일곱 번째 비밀을 가르쳐주었다. 그 비밀은 바로 인생의 대가성에 관한 것이다. 인생은 하나를 얻으려면 하나 이상을 내놓으라고 말한다. 그 말을 음미해보면 왜 스타가 인기를 얻은 대신 사생활을 포기해야 했는지 이해가 갈 것이다. 인기 스타만 그러한 것은 아니다. 보통 사람들도 마찬가지다. 새로 하나를 얻으려면 자기가 지닌 것 중 하나 이상은 내놓아야만 한다. 이것이 인생의 대가성이다.

그런데 이 법칙을 공부하지 않은 사람은 하나를 더 얻으려고만 하고 하나 이상을 내놓을 생각을 전혀 하지 않는다. 모든 걸 움켜쥐려고만 하고 대가를 지불하려고 하지 않으니 말썽이 생기는 것이다. 심심찮게 들려오는 사기 범죄 등의 뉴스는 인생의 대가성을 공부하지 않은 사람들의 말로를 보는 것 같아 씁쓸하다. 무엇을 얻고자 한다면 그만한 것을 지불해야 하는 것이 세상 이치다. 그런 이치를 무시하고 무조건 자기 잇속만을 챙기려고 하면 반드시 문제가 생기기 마련이다.

원한을 사거나 범죄를 저지르거나 대가를 지불하지 않은 사람은 타의에 의해서라도 그 대가를 치러야만 한다. 타의에 의해 대가를 징수당하는 것은 인간으로서 수치다. 그렇게 되기 전에 스스로 대가를 지불하는 떳떳한 삶을 살아야 할 것이다. 하나를 얻으려면 하나 이상을 내놓는 것을 원칙으로 세상을 살아라. 인기를 얻으려면 사생활쯤은 포기할 줄 알아야 한다. 또한 자기 재능을 갈고 닦는 수고도 해야 한다. 사생활도 완벽하게 노출시키지 않고 노력도 하지 않으면서 인기 스타가 되려고 하는 사람은 없을 것이다. 유명해진다는 것은 유명으로 얻을 수 있는 것에 비례해 다른 것을 대가로 지불하는 것을 수락한다는 일종의 합의다. 그러므로 여러분이 유명해지고 싶다면 그로 인해서 벌어질 불편을 충분히 예상하고 행동해야 할 것이다.

이 원칙은 다른 여러 상황에도 적용된다. 손님을 얻으려면 손님에게 그만한 것을 내놓아야 한다. 가게만 근사하게 차려놓는다고 해서 손님이 제 발로 찾아오지는 않는다는 말이다. 손님을 얻으려면 가게 주인으로서 무엇을 내놓아야만 할까. 우선 가게를 차린 목적을 잘 기억해야 할 것이다. 가게란 물건을 파는 곳이다. 그러므로 물건이 우선 좋아야 할 것이다. 또한 가게 내부도 깨끗하고 청결해야 할 것이다. 더불어 물건을 파는 사람의 자세도 중요하다. 친절하지 않으면서 자기 가게에 손님이 오지 않는다고 한탄하는 주인은 가게를 운영할 자격이 없는 사람이다. 장사란 것은 대가를 치르는 직접적인 형태다. 가게 주인은 손님을 얻어야 하고 손님은 물건을 얻어야 한다. 가게 주인은 손님을 얻기 위해 해야 할 일이 있고 손님은 물건을 얻기 위해 지불해야 할 것이 있다. 하나는 친절과 전문성이고 하나는 돈이다.

하나도 내놓지 않고 하나 이상을 얻으려고 하는 사람은 도둑이나 마찬가지의 심보를 지녔다. 어떤 거래에서건 자기 이득만 챙기려고 하는 사람은 망할 것이다. 내가 사는 곳은 농촌 지역이다. 그래서 밭일을 하는 사람들이 많다. 하루하루 밭에 가서 일을 하고 사는 사람들에게 어떤 사장은 노임을 주지 않고 차일피일 미루기도 한다. 하루 벌어서 하루 사는 사람들에게 일당을 주지 않는다는 것은 굶어 죽으라는 의미나 마찬가지다. 그런데 사장은 자기 몫은 챙기고 인부들의 돈을 주지 않았다. 그 사장은 그 후에 부자가 되었을까. 당연하게도 그 사장은 점점 망해가고 있는 중이다. 노임을 떼먹는다는 소문이 퍼져서 사람들이 그 사람과 함께 일하기를 꺼리게 되었기 때문이다.

얻으려면 주어야 하는 것이 인생의 법칙이다. 그런데 하나를 얻는다고 하나만 주어서는 늘 그 자리 신세를 면치 못한다. "네가 하나를 주니까 나도 하나만 줄게." 이런 사고방식으로는 인생을 변혁시키기도 어렵고 발전시키기도 어렵다. 직장 생활에서도 이런 사고방식으로 일하면 승진이 어려울 것이다. 대신 "네가 하나를 주면 난 둘을 줄 거야." 혹은 "네가 하나를 주니까 난 그 이상을 주겠어." 이런 마음으로 일하게 되면 승진하기도 쉽고 대인 관계도 원만해지게 될 것이다. 왜냐하면 사람들은 자신에게 하나라도 더 주는 사람에게 끌리기 때문이다. 기억하라. 사람들은 자신에게 조금이라도 이득이 되는 사람을 좋아한다. 주부들은 단돈 100원이라도 싸게 파는 가게를 단골가게로 삼는다. 이것이 사람의 심리다.

하나를 얻으려면 하나 이상을 반드시 주어야 한다. 그래야 개인의 변혁과 발전이 가능하다. 아깝다고 생각하지 말고 하나를 얻으려면 둘, 셋, 열, 백……, 더 많이 주어라. 그래야 여러분 삶이 발전하고 사람들에게 좋은 평판을 얻게 될 것이다.

외롭지 않으려거든
먼저 다가서라

인생의 공존 법칙

28
Secret

현대인만큼 고독에 몸부림치는 인류도 없을 것이다. 산업화가 가속화되면서 농경시대의 가족 중심의 분위기가 해체되기 시작하였고 지금은 1인 가구가 절반에 육박하는 시대가 되었다. 마트에 가도 소포장이 더 잘 팔린다. 식당에도 혼자서 밥을 먹는 사람이 늘었다. 혼자 사는 원룸의 수요가 폭발적으로 증가했다. 그만큼 혼자 사는 사람이 많아졌다는 뜻일 것이다. 이러한 사회적 추세에 맞게 사람들은 혼자 사는 일에 점점 익숙해지고 있다. 그리고 외로움도 그만큼 더 자주 느끼게 되었다. 외로움, 누구나 한번쯤 뼈저리게 느꼈을 법한 감정이 아닌가.

인생이 내게 가르쳐준 스물여덟 번째 비밀은 바로 외로움에 대한 법칙이다. 인생은 내게 말해주었다. "외롭지 않으려거든 먼저 다가서세요. 이것이 인생의 공존 법칙입니다. 인생은 함께 사는 공존의 장이랍니다. 비록 혼자 산다고 해도 포괄적으로 보면 그대는 혼자가 아니거든요. 모든 사회는 혼자가 아닌 여럿이서 함께 만들어가는 공동의 장이랍니다." 인생은 우리에게 외롭게 살지 말라고 은연중에 말하고 있다.

외롭게 살지 말고 먼저 다른 사람에게 다가가서 함께 사는 방법을 모색하라고 언질을 주는 것이다.

우리는 지금 더불어 살아가고 있는 중이다. 옆집에 사는 이웃이 없다면 얼마나 외로울까. 학교에 친구들이 없고 혼자서만 수업을 받는다고 상상해보라. 회사에 동료나 상사들이 없고 혼자서 모든 업무를 다 봐야 한다면 얼마나 막막할까 상상해보라. 길을 걸을 때 사람 한 명도 찾아볼 수 없다면 얼마나 적막할까. 원룸에 혼자 사는 사람도 실상은 혼자가 아닌 더불어 사는 공동의 삶을 살고 있는 것이다.

인간은 무척 외로운 존재지만 외로워서는 안 될 존재다. 외로움은 극한의 공포를 유발할 수 있다. 그것은 아무도 없는 빈방에서 외롭게 죽어가지나 않을까 하는 두려움에 도달한다. 고독사라는 말이 요즘 많이 회자되고 있다. 선진국일수록 고독사가 증가하고 있으며 우리나라도 그러하다. 죽은 이의 처소를 정리해주는 직업이 주목받고 있기도 하다. 그런데 알고 있는가. 고독사보다 더 무서운 것은 고독하게 살아 있는 것이라는 것을. 고독하게 살지 마라. 그것은 스스로를 섬에 유배시키는 것이다. 우리는 혼자가 아니다. 조금만 옆을 돌아보면 나와 똑같은 모습의 사람들을 발견할 수 있다. 그들이 바로 가족이고 친구고 이웃이다.

왜 이 사회에 이토록 외로운 사람들이 많은 걸까. 그 이유는 마음의 방이 좁아졌기 때문이다. 마음의 방이 좁아진 사람은 다른 사람을 받아들일 여유가 없다. 자기 혼자서도 살기 벅차기 때문이다. 이 방이 좁아진 이유는 한 가지다. 바로 이기심이다. 자기 자신만 챙기느라 주변 사람들에게는 무관심하게 대응한 탓이다. 마음의 방을 넓히려면 인생이 우리에게 조언해주었듯이 먼저 다가서려는 시도를 해야 한다. 그것이 외로움이라는 차디찬 냉방에서 자신을 구할 길이라는 것을 알아야 한다.

친구를 사귀고 싶다면 먼저 다가서라. 가족과 관계를 회복하고 싶다면 먼저 다가서라. 사랑받고 싶다면 먼저 다가서라. 인정받고 싶어도 먼저 다가서라. 이야기하고 싶거든 먼저 다가서라. 이해받고 싶거든 먼저 다가서라.

"왜 저 사람은 내게 먼저 다가오지 않는 걸까?"

이런 의문을 품는 사람이 되지 마라. 그 시간에 오히려 먼저 다가서려고 시도하는 것이 낫다. 인생의 공존 법칙이란 먼저 다가서려고 하는 자에게 외로움을 면해주는 신의 선물이다. 타인에게 먼저 다가서려는 시도를 하는 사람은 외롭지 않을 것이라는 말이다. 그런 시도가 성공하든 실패하든 나름대로 가치가 있다는 뜻이다. 이제부터 외롭다고 서러워하지 마라. 여러분에게는 여러분을 사랑해줄 사람들이 있다. 그 사람에게 먼저 다가서라. 외로움은 벗으라고 준 외투와도 같다. 그것을 입고 있느냐 벗느냐는 각자의 선택이다. 단, 너무 오래 입고 있으면 곤란한 외투다. 빨리 벗을수록 좋은 외투이다. 외로움 대신 공존을 택해라. 그렇게 하면 삶이 훨씬 더 풍요로워질 것이다.

신뢰를 쌓아라,
그러면 인정받을 것이다

인
생
의

신
뢰

법
칙

29
Secret

사람은 살면서 참으로 많은 약속을 한다. 하루에 하는 약속의 개수를 손가락으로 헤아려보자. 곰곰이 세다 보면 열 손가락이 부족할 것이다. 전화로 하는 약속, 메일로 하는 약속, 직접 만나서 하는 약속 등등. 인간의 교류는 약속으로 인해 이루어지고 있다고 봐도 과언이 아닐 정도다.

직장인이 제시간에 출근하는 것도 약속의 일환이다. 회사와 그 시각에 출근하겠다고 약속했고 자신과도 그 시각에 출근하겠다고 약속했기 때문에 매일 아침 똑같은 시각에 맞춰 출근하는 것이다. 학생들이 학교에 가는 것도 약속의 일종이다. 주부들이 집안일을 하는 것도 약속의 일환이다. 언뜻 보면 주부들은 매일 별다른 일 없이 노는 것 같지만 모두 자신과의 약속에 맞춰 설거지를 하고 집 안 청소를 하고 요리를 하고 아이들을 돌보고 있는 것이다. 약속에 대한 개념이 없는 주부는 어떨까. 집안일은 나 몰라라 하고 화투를 치러 다니거나 PC방을 다닌다. 물론 자식들도 돌보지 않고 방치한다. 약속은 이처럼 사회 구성원 모두가 제 몫을

하게 만드는 보이지 않는 규칙인 것이다.

약속은 타인과의 약속도 있고 자신과의 약속도 있다. 인간은 자유와 구속이라는 두 가지 측면을 조화롭게 이용하면서 살아가고 있다. 때로는 자유롭게 살지만 때로는 구속받고 싶은 것이 사람이다. 약속은 서로 간에 정한 규율이다. 언제 어디서 무엇을 어떻게 하겠다고 합의한 것이다. 이런 상호간의 약속을 잘 지키지 않는 사람들이 있다. 약속을 지키지 않는 사람은 약속을 별 의미 없는 것이라고 여기는 듯하다. 그런데 대수롭지 않게 여겼던 약속이 한 사람의 삶에 지대한 영향을 끼치는 경우가 있다. 약속을 어김으로써 감당해야 할 것이 너무 많아서 인생을 송두리째 망치는 경우도 있다. 약속이란 사소한 것 같지만 인간관계에 치명적인 핵이 될 수 있음을 기억해야 한다. 약속을 잘 지키는 것은 사람과의 관계에서 가장 기본적인 예의다.

인생은 내게 약속에 관한 비밀을 가르쳐주었다. "그대여, 그대에게 부탁할 말이 있습니다. 신뢰를 쌓으세요. 약속을 잘 지키세요. 그러면 인정받고 사랑받는 사람이 될 거예요." 이것이 인생이 내게 가르쳐준 스물아홉 번째 비밀인 인생의 신뢰 법칙이다.

이 말을 반대로 해보자. "신뢰를 쌓지 않고 약속을 잘 지키지 않으면 인정받지 못하고 사랑받지 못할 겁니다."

사람과 사람은 약속이라는 자율적인 규칙으로 무엇인가를 교류한다. 약속을 지키는 것은 믿음에 대한 도리다. 약속이란 서로를 믿을 때 비로소 맺어질 수 있는 믿음의 산물이기 때문이다.

이러한 믿음은 신뢰의 초석이다. 신뢰란 믿음이 쌓인 결과라고 할 수 있을 정도다. 상대방이 내 믿음을 배반할 때 느끼는 쓰디쓴 맛을 아는가. 그 사람에 대한 실망 그 이상의 것이다. 약속을 어기는 것은 나란 존재를 가장 가치 없게 만드는 일 중 하나라는 것을 명심하라.

또한 약속을 지키지 않으면서 사회에서 리더가 되려고 한다면 그만큼 우스운 일도 없다. 리더의 자격 역시도 신뢰가 바탕이 되어야 한다. 약속을 지키지 않는 리더 밑에서 일한다고 생각해보자. 무엇인가를 하겠다고 해놓고서 하지 않는 리더, 그 약속을 믿고 무엇인가를 해놓았더니 나 몰라라 하는 리더, 그런 리더는 리더가 아니라 다른 사람의 인생을 수렁으로 끌고 가는 사람이다. 그런 사람을 리더로서 따르느니 차라리 혼자서 일하는 것이 마음 편할 것이다.

신뢰란 하루아침에 저절로 쌓이는 것이 아니다. 오랜 기간 동안 차근차근 쌓는 인간의 덕이다. 신뢰를 쌓는 가장 쉬운 방법이 바로 약속을 지키는 것이다. 약속을 잘 지키도록 노력해라. 할 수 있다면 모든 약속을 지켜라. 어쩔 수 없이 약속을 어기게 되었다면 진심으로 그 사실을 사과해라. 약속을 어기면서도 오히려 큰소리치는 사람들이 있는데 그런 사람은 스스로 제 무덤을 파는 격이다. 자신이 약속을 어겼다면 이유가 어떠하든 일단 미안하다고 사과할 줄 알아야 한다. 피치 못할 사정으로 약속을 지키지 못했더라도 상대방에게 사과하는 사람이 되어라.

우리가 약속을 잘 지키기 위해 서로 노력한다면 믿음이 정착될 것이다. 서로 믿고 신뢰하는 사회가 된다는 것은 인간 사회가 그만큼 견고해진다는 의미다. 인정받고 사랑받는다는 것이 목적이 아니더라도 신뢰는 쌓아야 한다. 그것이 우리 모두가 더불어 잘 사는 방법이기 때문이다. 신뢰는 세상이란 대지 위에 뿌리는 찰진 거름과 같다. 신뢰야말로 냉소적인 인간관계를 따뜻한 정이 흐르는 관계로 만들고 얼어붙은 사람들 가슴을 환하게 밝혀주기 때문이다. 사람이라면 무엇을 약속하든 그 순간부터 그 약속은 지켜야 할 것이 된다. 약속의 주체가 다른 사람이 아닌 자기 자신이기 때문이다.

미소는 미소로
보답받는다

인
생
의

미
소

법
칙

30
Secret

인생은 내게 그가 소중하게 간직해온 서른 번째 비밀을 가르쳐주었다. 그것은 우리가 너무나 잘 알고 있는 것이다. 하지만 평소에는 잘 실천하지 않는 일이기도 하다. 미소! 미소는 미소로 보답받는다는 진실. 이 말을 살짝 뒤집어보면 이럴 것이다. 찡그린 표정은 찡그린 표정을 되돌려받는다. 화난 얼굴은 화난 얼굴로 보답받는다. 짜증을 부리면 짜증으로 보답받는다. 우울한 표정은 우울한 얼굴로 보답받는다. 실제로 사람들은 이런 경우를 자주 겪는다. 인간과의 관계에서만 이런 것은 아니다. 강아지에게 실험 삼아 해보라. 강아지에게 미소를 짓고 친절하게 대할 때와 성질을 부리면서 발로 걷어차보라. 어떻게 반응하는가.

서른 번째 비밀, '미소는 미소로 보답받는다'는 우리가 세상에 내보내는 감정이 상대방에게 그대로 투사된다는 의미의 비밀이 아닐까 싶다. 사람들에게 미소란 삶의 단비와 같은 것이다. 좀처럼 웃을 일이 없는 세상살이에 누군가가 뜻하지 않게 미소를 지어준다면 지친 마음에 활력이 될 것이다.

미소는 미소로 보답받는다는 것을 기억하자. 인생에는 미소 법칙이 있다. 그건 우리가 짓는 표정, 즉 감정이 상대방에게 투영된다는 것이다. 이 법칙에 따르면 인간의 감정은 전염성이 있다. 그래서 미소를 지으면 미소가, 화가 난 사람에게는 화가, 짜증을 부리는 사람에게는 짜증이라는 감정이 다시 돌아오게 되는 것이다. 인간 감정은 복잡 미묘하지만 심리적으로 충분히 조율할 수 있다. 미소를 받고 싶다면 평소에 미소를 띠어야 할 것임은 자명한 일이다.

가끔 사람들은 이렇게 투덜거린다. "왜 저 사람은 나만 보면 인상을 찌푸리는 거야?"

이 말에 내포된 의미는 '왜 저 사람은 나만 보면 기분 나빠하지?'이다. 즉 상대방의 부정적 감정이 내 감정에 영향을 미친 것이다. 또한 부정적인 감정에 대한 거부감의 표현이기도 하다. 그리고 또한 자신도 모르는 사이에 인상을 찌푸리게 된다. 이러한 일련의 과정은 감정에 대한 예측으로 비약시킬 수 있다. 즉 감정도 예측할 수 있다는 말이다.

상대방의 감정을 미리 알게 된다면 인간관계가 훨씬 매끄러워질 것이다. 그가 잠시 후에 화를 낼 것을 미리 눈치챌 수 있다면 분쟁의 불씨를 사전에 차단할 수 있기 때문이다. 우리 주변에는 상대방이 화가 날 것을 전혀 눈치채지 못하고 화를 더 돋우는 말을 하다 봉변당하는 사람들이 있다. 그런 사람에게는 감정을 예측해보는 연습이 반드시 필요할 것이다. 그렇다면 화를 낼 것을 어떻게 미리 알 수 있을까. 그건 상대방이 지금 하고 있는 말과 행동을 잘 관찰해보면 알 수 있다. 얼굴 표정과 온몸에서 뿜어져 나오는 감정의 진폭을 감지하면 얼마든지 알 수 있다. 툭툭 던지는 말투, 거칠어진 행동, 무성의한 태도 등은 화가 마음속에서 꿈틀거릴 때 나타나는 행동 양상이다.

미소를 지어 보여라. 그런데 미소 짓는 것이 영 어색한 사람도 있다. 그 이유는 너무 오랫동안 미소를 짓지 않았기 때문이다. 그건 또 다른 말로 이렇게 해석할 수도 있다. 너무 오랫동안 미소 짓는 타인을 보지 못했기 때문이다. 그건 다시 이 말로 귀결된다. "내가 먼저 미소 짓지 않았기 때문에 미소가 어색하다." 미소 짓는 얼굴만큼 아름다운 얼굴도 없다. 우리는 무표정하고 싸늘한 얼굴보다는 미소 짓는 부드러운 얼굴을 보면서 평안을 느낀다. 그건 인간의 공통적인 느낌이다. 그러므로 주름 없이 팽팽한 피부를 만들기 위해 노력하기보다는 주름은 조금 있더라도 인간적인 향기가 나는 미소 짓는 얼굴이 되기 위해 노력해야 할 것이다.

건강하지 않으면
아무것도 이룰 수 없다

인
생
의

건
강

법
칙

31
Secret
인생에는 기초적인 법칙이 있다. 누구나 다 알고 있는 상식에 가까운 이 법칙을 이제 그대에게 다시 한 번 알려주고자 한다.

<u>인생이 내게 가르쳐준 서른한 번째 비밀은 건강에 관한 것이다. 바로 인간의 생존권과 가장 밀접하게 연결된 법칙이다. 인생은 나에게 다음과 같이 경고해주었다. "건강을 지키세요. 건강하지 않으면 아무것도 이룰 수 없어요. 건강할 때 몸과 정신을 함부로 다루는 것은 훗날 큰 슬픔의 원인이 될 겁니다. 무엇을 하든지 일단은 건강해야 해요."</u>

수백억의 재산을 모은 자산가가 어느 날 갑자기 뇌출혈로 쓰러져서 세상을 떠났다. 그의 침대 밑에서는 엄청난 돈다발이 나왔다고 한다. 그런데 그는 평소에 구두쇠로 유명했다. 주변 사람들 누구도 그가 수백억 자산가인 줄을 몰랐다. 절대로 친구들에게 밥을 사는 일이 없었고 가족들 생일에도 선물 하나 사주는 법이 없었다. 그렇게 해서 그가 모은 재산이 수백억이 된 것이다. 그를 무조건 비난해서는 안 된다. 그렇게까지 근검절약하면서 뭔가를 이

111

루려고 했는지도 모르기 때문이다. 모은 돈으로 몇 년 후에 노인들을 위한 복지시설을 운영하려고 했다면 오히려 칭찬받을 만한 일이다. 그런데 그가 비난받아야 하는 이유가 단 한 가지가 있다. 그것은 자기 건강을 소홀히 여긴 것이다. 재산이 수백억이면 무엇 하겠는가. 그는 이미 죽어서 이 세상에 없는데. 병원에 갈 돈 몇 푼을 아끼다가 건강을 잃는 경우는 없도록 해야 할 것이다.

세계적인 골프 선수가 되려고 하는 사람이라면 일단은 건강해야 한다. 유명한 작가가 되고 싶은 사람이라도 가장 먼저 건강을 챙겨야 한다. 좋은 선생님이 되고 싶은 사람 역시 무엇보다 건강해야 한다. 훌륭한 의사가 되고 싶은 사람도 역시 건강해야 한다. 그 밖에 인생에서 무엇인가를 이루고 싶다면 가장 먼저 건강을 지녀야 한다. 생각해보자. 이가 아파서 치과에 갔는데 담당 의사의 치아가 시커멓게 다 썩어 있다면? 공부하려고 학교에 갔는데 선생님께서 결핵에 걸려서 계속 콜록거린다면? 건강하지 못한 몸과 정신으로는 온전한 자기완성을 이룰 수가 없다.

굳이 세계적인 선수나 유명인이 되고 싶지 않아도 건강에 유의해야 한다. 평범한 서민들도 건강 없이는 단 하루도 정상적인 삶을 영위하기가 힘들다. 오히려 부자들보다 더 괴로워진다. 대부분의 서민들은 몸을 움직여서 돈을 번다. 그런데 경제활동의 원천인 몸이 아프다면 수입이 끊기고 만다. 당장 먹을 것을 살 돈이 없어지고 잘 곳을 마련할 수 없는 처지가 된다고 해도 지나친 말이 아니다.

인생은 나에게 말했다. 건강할 때 몸과 정신을 함부로 다루는 것은 훗날 큰 슬픔의 원인이 될 것이라고. 이 말이야말로 가슴 깊이 새겨두어야 할 명언 중의 명언이 아니겠는가. 그대가 온 세상을 가진다고 해도 건강을 잃으면 모두 소용없는 일일 뿐이다. 그러므로 평소에 건강한 생활 습관을 지녀라. 운동도 적당히 하고 건강에 해로운 음식은 멀리하라. 무엇보다도 스트레스를 잘 관리하라. 스트레스는 마음의 병이다. 마음의 병은 곧 육체의 병으로 드러나게 된다. 건강하려면 스트레스를 해소하는 자기만의 비법을 가지고 있어야 한다. 책을 읽거나 영화를 보거나 음악 감상, 여행, 요가, 자전거 타기 등. 잠시라도 번잡한 생각으로부터 벗어나서 마음을 진정시켜라. 건강하지 않으면 아무것도 이룰 수 없다는 것을 늘 유념하라.

주체적으로 삶을 경영해야
행복해진다

인
생
의

경
영

법
칙

32
Secret

가난한 남매가 있었다. 남매는 가난하지만 서로를 위하고 사이좋게 지냈다. 그렇게 세월이 흘러 누나는 연예인이 되었다. 연예인인 누나가 성공을 해서 돈을 많이 벌게 되었다. 어느 날, 누나는 용돈을 주려고 남동생을 불렀다. 그동안 가난한 살림살이에 아르바이트며 온갖 일을 하면서 사는 동생이 안쓰러웠던 것이다.

"자, 이거 가지고 쓰고 싶은 데 써. 누나가 요즘 돈을 많이 벌잖아. 돈 필요하면 언제든 말해."

그러자 동생이 이렇게 대꾸했다.

"누나, 미안하지만 난 그 돈 안 받을래. 내 인생 끝까지 책임져줄 수 있어? 그렇지 않다면 이런 용돈 주지 마. 내 인생은 내가 알아서 할게."

이 동생이야말로 주체적인 인간의 표본이 아닐까 싶다.

인생은 내게 서른두 번째 비밀을 가르쳐주었다. 그것은 인생의 경영 법칙에 관한 것이다. 인생은 말한다. "그대의 생활 전반을 주체적으로 경영하세요. 자신이 주도하지 않는 삶은 영혼이 없는 빈껍데기 같은 삶을 사는 것이랍니다. 주체적으로 삶을 경영해야 진정 행복해질 수 있어요. 무엇을 결정하든 자신이 최후의 결정자가 되세요. 다른 사람에게 의존할수록 자신이 할 수 있는 일들은 줄어들게 될 거예요."

주체적인 삶의 중요성은 아무리 강조해도 지나치지 않다. 갓난아기 때는 모든 걸 부모나 돌보는 이에게 의존하게 되어 있다. 혼자서 할 수 있는 일이 거의 없기 때문이다. 그렇지만 조금만 시간이 지나면 인간은 혼자서 얼마든지 자신을 감당할 수 있게 된다. 다른 사람이 기저귀를 갈아주지 않아도 혼자서 알아서 용변을 처리하고 다른 사람이 밥을 떠먹여주지 않아도 혼자서 밥을 먹을 수 있게 된다. 또한 정신적 자립도 가능하게 된다. 10대 후반이 되면 얼마든지 혼자서 살 수 있게 되는 것이다.

하지만 서른이 지나도 마흔이 지나도 주체적인 삶을 살지 못하는 사람들이 있다. 그들은 부모라는 편안한 그늘 밑에서 살고 싶어 한다. 그런데 그런 삶은 결코 행복을 보장해주지 못한다. 왜냐하면 주체적이지 못한 삶은 자기 의지에 따르는 것이 아니라 타인이 바라는 것들을 해야 하기 때문이다. 그것만큼 사람을 왜소하게 만드는 것도 없지 않겠는가.

그러므로 사람은 주체적으로 살아야 한다. 웬만큼 나이가 들면 독립을 해야 하고 스스로 먹고살아야 한다. 그런 자식이 부모에게는 효자, 효녀인 것이다. 쉰이 되어서도 늙은 부모가 식당 일을 해서 번 돈으로 사는 자식이 있다면 얼마나 기가 막힌 일인

가. 그런데 의외로 그런 철없는 어른들이 있다. 그런 사람이 되지 않도록 경계하라.

아이는 어른이 되기 위해 많은 것을 배운다. 수학, 과학, 영어 등등. 그중에서 가장 먼저 배워야 할 것이 바로 주체적으로 사는 방법이다. 자기를 관리하는 법을 아는 사람은 훌륭한 어른이 될 것이다. 타인에게 의지하는 것도 일종의 버릇이다. 그것은 자기 힘을 감소시키는 좋지 못한 버릇임을 기억하라. 주체적으로 살지 않으면 행복할 수 없다는 인생의 조언을 새겨듣자. 주체적으로 삶을 경영하지 않으면 자신의 가능성을 발견할 기회를 놓치게 된다.

이제부터는 모든 결정을 주체적으로 하라. 무언가를 결정할 때 어떤 외압도 받아들이지 마라. 결정의 전부를 자신이 통제하라. 예를 들어 이사를 가고 싶다면 갈지 말지에 대한 결정을 여러분 자신이 전적으로 내려라. 다른 사람의 의견은 참고 사항 정도로 여기고 여러분이 최종 결정을 해야 한다. 여러분이 할 일에 대한 결정의 주체가 되는 것은 당연한 일이다. 그것이 주체적 인간의 기본적 태도다.

또한 무조건 의존하려는 마음도 깨끗이 접어라. 굳이 타인에게 의존하지 않고 혼자서도 얼마든지 살아갈 수 있음을 기억하자. 지금부터는 경제적 도움을 거절해라. 도움을 받으면 받을수록 빚은 늘어나게 된다. 도움이란 것 자체가 일종의 빚이고 타인에 대한 실례다. 돈에 대해서만큼은 확실히 독립하라.

주체적인 인간의 특징은 확고한 믿음을 지녔다는 점이다. 자기 자신을 확고하게 믿고 사는 것이다. 어떤 가혹한 환경에 처해도 자신을 믿기 때문에 주관적인 해석과 결정으로 문제의 돌파구를 찾아낼 수 있다. 이 삶의 최종 관리자는 자기 자신임을 기억하면서 살기 바란다.

인연을 끊지 마라,
언젠가는 그가 은인이 될 것이다

인
생
의

인
연

법
칙

33
Secret
우리는 살다가 가끔 이런 경우를 만나게 된다. 수십 년 전에 헤어졌던 사람을 중요한 자리에서 만나는 일, 혹은 길거리를 걸어가는데 초등학교 동창생이 말을 걸어오는 일. 만약 이런 경우가 생긴다면 두 가지 마음이 들 수 있을 것이다.

하나는 매우 곤란한 상황, 또 하나는 화기애애한 상황. 첫 번째 상황이 벌어지는 이유는 간단하다. 바로 헤어질 때 좋지 않게 헤어졌기 때문이다. 나에 대한 이미지가 안 좋게 남았을 것이므로 그 자리가 불편해질 수밖에 없다. 이제 헤어지면 저 사람은 다시 볼 일 없다는 생각으로 험한 말을 하였다면 더욱 그럴 것이다. 그런데 반대로 화기애애한 상황이 연출되는 경우는 어떤가. 그런 경우는 헤어질 때의 이미지가 좋았기 때문일 것이다. 지금은 이별해도 언젠가는 다시 볼 수도 있음을 염두에 두고 상대방과 기분 좋게 헤어졌다면 다시 만나도 반갑다.

인연, 사람과 사람의 관계는 인연이라는 말을 만나면서 조금 더 정감 어린 관계로 발전하게 되는 것 같다. 어떤 사람과의 관계든 인연이라고 생각하라. 그래서 그 사람에게 말 한마디를 할 때도 신중하게 하라. 상대방의 마음을 헤아려서 말을 한다면 좋은 인연이 될 것이다. 하지만 사람과 사람 사이가 항상 좋을 수만은 없다. 한쪽의 오해든 두 사람 모두의 오해든 헤어질 수밖에 없는 상황이 생기기 마련이다. 이사를 가든지, 졸업을 하든지, 취업을 위해서라든지, 혹은 싸워서라든지. 이런 이별의 순간에 어떻게 대처해야 하는지 인생이 가르쳐준다.

인생에는 인연 법칙이란 것이 있다. 인연을 소중히 여기라는 가르침이 담긴 법칙이다. 인생은 나에게 충고한다. 서른세 번째 비밀이다. "인연을 끊지 마세요. 지금은 비록 헤어져서 평생 다시 볼 일 없을 것 같아도 살다 보면 다시 만나게 될 테니까요. 헤어질 때도 철저하게 예의를 지키세요. 다시 볼 일 없다면서 가슴에 상처를 남기는 말을 하지 마세요. 너하고는 절대 볼 일 없을 거야, 하는 매몰찬 절교의 말도 하지 마세요. 지금 헤어지는 그 사람이 훗날 절실하게 필요한 사람이 될 수도 있음을 기억하세요. 인연은 목숨처럼 소중하니까요."

사람들은 순간의 분노가 영원할 것처럼 여긴다. 그래서 이 순간 미워 죽겠는 상대방과 헤어지면 영원히 보지 않고 살 것이라고 호언장담한다. 할 수 있는 최악의 악담을 퍼붓고 헤어지는 경우도 많다. 하지만 그런 사람일수록 또다시 만나게 되는 것이 인생의 흥미로운 면이다. 다시 볼 수 없을 것 같아도 다시 만나지는 것이 사람의 인연이다. 그러므로 순간의 분노나 미움이 영원하다고 생각하지 마라. 그때의 감정으로 누군가를 영원히 미워하고 산다는 것도 우스운 일이 아니겠는가.

헤어질 때도 품격 있게 헤어져야 한다. 미운 사람이라도 해서는 안 될 말이 있다. 특히 이런 말이다. "우리 다시는 보지 말자." 그 말을 듣는 상대방의 마음은 결코 좋을 리가 없다. 설령 그와 다시 못 보게 되더라도 그는 영원히 그 말을 기억하면서 서운해할 것이다. 인연은 하늘이 맺어준다. 부부의 인연만 그러한 것이 아니다. 우리 주변에 있는 사람들 모두가 그 인연의 산물이다. 그렇기 때문에 누구도 경원시하는 태도로 대해서는 안 되는 것이다. 특히 헤어질 때는 더욱 예의를 갖추자. 아무리 미운 사람이라도 그가 행복하게 잘살기를 바라는 것이 인생을 공부한 사람의 자세다.

자신이 맡은 일은
정직한 자세로 정성들여 해야 한다

인
생
의

책
임
감

법
칙

34
Secret

말단 직원인 졸려 씨는 항상 지각을 했다. 그에게 주어진 일은 서류 복사나 심부름 등의 잡다한 업무였고 그는 자신이 하는 일에 늘 불만이 많았다. 그래서 항상 대충대충 하곤 했다. 그러다 회사에서 사퇴를 종용받고 말았다. 하기 싫은 일을 하지 않아도 되게 생겼으니 그는 만세를 불러야 마땅하다. 하지만 졸려 씨는 지금 울상이다. 왜냐하면 요즘 같은 불경기에 다른 직장에 취직하기가 그리 쉽지만은 않기 때문이다. 그는 책임감이 없었던 것이다. 자기가 맡은 일에 대한 책임감이 없는 사람에게 누가 일자리를 주고 싶겠는가.

인생은 서른네 번째 비밀을 내게 가르쳐주었다. 책임감에 대한 진솔한 부탁이다. "그대여, 오늘도 하기 싫은 일을 억지로 했나요? 자기가 하는 일이 싫다면 그만두세요. 만약 그럴 수 없다면 최선을 다하세요. 책임감을 가지고 일을 하지 않는다면 그 일은 모든 면에서 엉망이 되고 말 겁니다. 자기 자신의 자긍심에도 손상을 줄 것이고 그 일로 생겨난 부산물도 정상이 아닐 확률이 높죠. 그렇기 때문에 그대는 책임

있는 자세로 일에 임해야 하는 거예요. 자기가 맡은 일에 최선을 다하세요. 오늘 그만두는 일이라도 그만두는 순간까지는 책임지는 것이 사람의 도리랍니다."

　열차가 탈선해서 수많은 사람들이 부상을 입은 아찔한 사고가 났다. 하마터면 대형 인명 사고가 날 뻔했던 그 상황에서 책임감 있는 구급대원들의 구조 덕분에 많은 사람들이 목숨을 건졌다. 반면 그 열차가 탈선한 이유는 책임감 없는 어느 한 사람 때문이었다. 선로를 점검하는 일을 하는 사람 중 한 명이 그 일을 소홀히 했던 것이다. 이처럼 한 사람의 책임감 부재가 수많은 사람들에게 피해를 끼칠 수도 있다는 사실은 놀라운 일이다. 책임감은 개인의 행복이나 성공에만 관여하는 것이 아니었다. 전 인류를 살릴 수도 있고 죽일 수도 있는 것이다.

　어느 나라에서는 불량식품이 판을 친다. 우리로서는 상상도 못할 재료로 먹을 음식을 만들어서 전 세계인들을 경악시킨다. 공업용 재료로 계란을 만들고 하수구에 쏟아부은 기름을 다시 수거해서 식당에서 튀김 요리를 할 때 쓰다가 적발되기도 했다. 술에 독성 물질을 섞어 만들어서 수십 명이 죽기도 했다. 이것은 모두 식품업자들이 책임감이 없기 때문에 벌인 일들이다. 자기가 만든 음식을 먹고 사람이 죽을 수도 있다는 조심성이 없이 돈만 벌면 그만이라는 식으로 음식을 만든 결과인 것이다.

　책임감이란 어떤 일에 대한 정신적 태도다. 책임감이 있다는 건 일을 할 때 정직한 자세로 정성 들여 하는 것을 의미한다. 불량

식품업자가 정직하고 일을 정성 들여 한다면 절대로 불량 식품을 제조하지 않았을 것이다. 또한 열차 사고를 불러일으킨 선로 보수 직원도 자기 일에 정직하고 정성 있는 자세로 임했다면 선로가 어긋나서 열차가 탈선하는 불행도 생기지 않았을 것이다.

무슨 일을 하든지 자신이 그 일의 책임자임을 잊지 말라. 책임감 있는 사람은 벌써 자세부터가 다르다. 허리를 곧게 펴고 눈을 빛내며 일에 임한다. 맡은 바 일을 훌륭하게 완수하는 것 못지않게 좋지 않은 결과가 생겼을 때 자기 잘못을 인정하는 것도 중요하다. 그것도 역시 책임감 있는 사람의 자세다. 정직한 마음으로 정성껏 모든 일들을 처리하라. 책임감 있는 모습은 그 어떤 치장이나 겉모습보다 더 매력적이라는 것을 잊지 말자.

긍정하는 습관이
자유로운 삶을 만든다

인
생
의

긍
정

법
칙

35
Secret
자유를 구속당해보지 않은 사람은 자유의 절실함을 알지 못한다. 항상 자유롭게 뭔가를 하던 사람은 그것이 얼마나 큰 삶의 기쁨인지 깨닫지 못하는 것이다. 하지만 몸만 자유롭게 산다고 해서 자유로운 삶을 사는 건 아니라는 걸 알아야 한다. 인간이 진정으로 자유를 누리기 위해서는 몸과 정신과 영혼이 모두 구속되지 않아야 한다. 그런데 현대인들은 몸은 자유롭지만 정신과 영혼이 구속된 채 사는 경우가 많다. 정신과 영혼을 구속하는 것의 정체는 무엇인가.

인생은 내게 자신이 지닌 서른다섯 번째 비밀을 가르쳐주었다. 그것은 인생의 긍정 법칙이다. "지금 마음이 답답하신가요? 그럼 그대의 정신과 영혼이 지금 어딘가에 갇혀 있는 중이랍니다. 그대를 가두고 있는 건 바로 부정적인 생각이에요. 긍정적인 생각을 하지 않는 이상 그 감옥에서 빠져나올 수는 없답니다. 긍정하세요. 긍정하는 습관이 자유로운 삶을 만듭니다. 조건에 구애받지 않고 긍정할 수 있도록 자신을 담금질해보세요. 그럼 진정으로 그대는 자유로워질 것입니다."

긍정, 긍정은 무엇인가. 우리는 긍정에 대해 공부해야 한다. 긍정은 단지 부정적으로 생각하지 않는 것 이상을 의미한다. 긍정적인 사람이 된다는 건 부정적인 생각을 버리는 것에서 더 나아간다. 긍정이 가득한 사람은 부정적으로 생각하는 것을 멈추고 부정적일 수밖에 없는 환경에서도 긍정할 수 있는 점들을 발견하고 실천한다. 즉 어떤 불행한 상황에서도 부정을 긍정으로 바꿀 수 있는 생각의 힘과 실천력을 지닌 사람이다. 이것은 단시간에 습득되는 자세가 아니다. 무수한 생각의 실패를 겪고 나서야 비로소 자신의 것으로 온전히 만들 수 있는 습관이다. 자기 인생이 지금 만족스럽지 않다면 부정적 요소들로 삶을 장식해오지는 않았는지 반성해보라.

인생은 우리에게 말하지 않는가. 긍정적으로 생각하지 않는 한 마음의 감옥에서 빠져나올 수 없다는 사실을. 정신과 영혼이 부정적인 사고에 물들어서 날개를 꺾고 있는 동안에는 인간은 아무것도 이룰 수 없다. 그러므로 여러분은 긍정해야 한다. 그런데 여기서 주의해야 할 점이 있다. 할 수 있다는 말만 되풀이한다고 해서 긍정적인 사람이 되는 건 아니라는 점이다. 차라리 그 말 대신 직접 행동으로 옮기는 것이 백 번 낫다. 긍정이 몸에 밴 사람은 절대 생각만 하지 않는다. 늘 실행에 옮긴다.

어려운 과제를 풀어야 한다고 해보자. 한 사람은 몇 년째 이 말만 되풀이하고 있다. "난 아마도 언젠가는 이 문제를 해결할 수 있을 거야." 말은 긍정적인데 실행에 나서지 않는 건 긍정이 아니다. 진짜 긍정은 생각과 말과 행동이 일치하는 것이다. 행동하지 않고 말만 하는 사람은 자유로운 삶을 사는 게 아니다. 그는 여전히 부정적인 생각의 감옥에 갇혀 있는 중이다. 그가 행동에 나서지 못하는 건 마음속의 부정적인 생각 때문이다.

"아직 넌 이 문제를 풀기 어려울 거야."

반면 다른 한 사람은 직접 그 문제를 풀어 나간다. 간혹 틀리기도 하지만 몇 번이고 다시 풀면서 결국 해답을 찾아낸다. 그는 긍정적 사고를 할 줄 아는 사람이며 자신의 긍정이 문제를 반드시 해결해낼 것을 믿는 사람이다.

그대는 어떤 사람이 되고 싶은가. 인생을 공부하는 학생은 긍정적인 마인드를 지녀야 한다. 그래야 삶이 주는 난해한 문제들을 해결하는 데 두려움 없이 뛰어들 수 있을 것이다. 틀릴 것을 두려워하지 말고 과감하게 인생의 문제를 풀어 나가라. 긍정적인 생각으로 문제를 풀어가는 시간은 그대 인생의 가장 행복한 순간이 될 것이다. 틀려도 좋다! 엉터리 답을 찾아도 좋다! 즐겁게 긍정적으로 인생의 문제들을 풀어가라. 그래서 몸과 정신과 영혼 모두가 자유로운 사람이 되어라.

이기려면 져라

인생의 필승 법칙

36
Secret

지는 걸 끔찍이 싫어하는 사람들이 있다. 바로 승부욕이 강한 사람들이다. 성공한 사람들 대부분이 이런 승부욕이 특히 강하다. 어릴 적부터 사람들은 이기려면 상대방을 쓰러뜨려야 한다고 배운다. 학교에서도 그렇고 회사에서도 그렇다. 경쟁에서 지지 않기 위해 필사적으로 노력한다. 그건 학생이나 회사원이나 매한가지다. 그렇게 기를 써서 이기고 나면 어떤 기분인가. 이기고 나서도 한동안 기분이 찜찜할 것이다. 상대방을 만신창이가 되게 만들어놓고 얻은 승리는 그리 말끔하지 못하다.

인생은 자신이 지닌 서른여섯 번째 비밀을 내게 말해주었다. 그것은 인생의 필승 법칙이다. 어떻게 해야 언제 어디서든 지지 않고 이길 수 있는지 들어보자. "여러분은 삶이 끝없는 경주라고 생각하시나요. 그렇지 않습니다. 인생은 경쟁자를 물리치고 먼저 결승선에 도착하는 죽음의 게임이 아니랍니다. 그러니 지나친 경쟁으로 몸을 쇠약하게 만들지 마세요. 이기려면 져야 합니다. 그대의 경쟁자들에게 기꺼이 져주세요. 무슨 말이냐면 그대가 어떤 게임을 하든지 일단은 져주는 마음을 가져야 한다는 것입니다. 그것은 자만심을 버린다는 의미죠. 너에게 질 수도 있다는 겸허한 마음으로 경기에 임해야만 이길 수 있습니다. 그것이 진정한 승리랍니다."

나는 인생의 이 말에 격하게 공감한다. 너에게 질 수도 있다는 겸허한 마음이 없이 경기에 임한 사람의 최후를 우리는 자주 봐오지 않았는가. 한 치의 양보도 없이 상대방을 공격하는 선수는 결국 제풀에 꺾여 쓰러지기 쉽다. 왜냐하면 내부에서 불타오르는 지나친 승부욕이 자신을 남김없이 태워버리기 때문이다. 반대로 상대방에게 질 수도 있다는 겸허한 마음을 지닌 선수는 오히려 마음이 가벼워져서 제 실력을 발휘할 수 있다. 그에게는 언제든 다시 이길 수 있는 내적 에너지가 있기 때문이다.

이기려면 져라! 우리는 인생이 가르쳐준 이 비밀을 공부해야 한다. 왜 이기려면 져야 하는가. 위에서 말했듯 져줄 수 있는 아량이 있을 때 비로소 진정한 승리를 만끽할 수 있기 때문이다. 이긴다는 건 즐거운 일이다. 진다는 것보다는 어감이 좋다. 하지만 진다는 것도 그리 나쁜 일만은 아니다. 두 팀이 격돌했을 때 무승부가 없다면 한 팀은 질 수밖에 없다. 그런데 진 팀의 선수들이 지기 싫다고 으름장을 놓는다면 황당할 것이다. 지는 것도 받아들일 줄 아는 사람이 다음 경기에 참여할 수 있는 것 아니겠는가. 이기고 싶다면 져야 한다. 이것만큼 쉬운 승리법도 없다.

무슨 게임이든지 그 게임에서 지는 걸 마음속으로 연습하라. 투수라면 자신이 만루 홈런을 맞았을 때를 먼저 마음속으로 그려보아야 한다. 그리고 그 상황이 되면 어떻게 할 건지 마인드 컨트롤을 해보면 좋다. 축구선수라면 자신이 자책골을 넣거나 승부차기에서 골을 못 넣는 상황을 상상으로 미리 경험해봐야 한다. 이렇게 미리 져보는 연습을 하면 실제 막상 그런 상황이 되어도 침착함을 유지할 수 있게 된다. 굳이 운동선수가 아니라도 이런 방법을 적용할 수 있다. 져보는 것, 이것만큼 확실한 인생 경험도 없다고 본다. 져라! 기꺼이 져라! 마음속에서 수십 번 수백 번 져라. 실전에서도 질 것 같으면 깔끔하게 져라. 져보고 질 때의 그 기분을 잘 간직해라. 그래야 이기고 싶은 건전한 오기와 끈기가 생길 것이다.

과도한 욕심은
인생을 황폐하게 만든다

인
생
의

소
박
성

37
Secret
1년에 10억을 버는 사람이 있었다. 그는 늘 자기 연봉이 적다고 생각했다. 평사원들이 보기에 그는 굉장한 고소득자였지만 욕심에 눈이 어두워져서 그 연봉에 만족하지 못한 것이다. 그래서 회사에 사표를 내던지고 사업을 시작했다. 처음에는 사업이 잘되었다. 약간이지만 이윤이 나기 시작한 것이다. 그런데 점점 욕심이 생긴 그는 무리하게 사업을 확장했다. 그렇게 해서 그는 드디어 1년에 100억 이상을 벌게 되었다. 그렇지만 얼마 되지 않아 파산하고 말았다. 왜 그랬을까. 그 까닭은 과도하게 욕심을 부린 것이다. 그가 욕심 없이 순수한 마음으로 사업을 계속했다면 적어도 파산까지 가지는 않았을 것이다. 인생은 이런 무모한 욕심에 대해 우리에게 조언한다.

<u>인생은 내게 서른일곱 번째 비밀을 말해주었다. 그것은 인생의 소박성에 관한 것이다. "그대여, 지나치게 욕심 부리지 마세요. 욕심은 그대를 결국 파멸시킬 거예요. 하나를 가지면 하나에 우선 감사하세요. 성급하게 둘을 가지려다가는 이미 가진 하나도 잃게 될 거예요. 욕심 대</u>

신 건전한 욕망을 품으세요. 그건 욕심과 다르답니다. 욕심은 자기 분수를 모르고 나와 타인을 희생시켜서 재물과 명예를 얻으려는 것이지만, 건전한 욕망은 자기 분수를 잘 알고 나와 타인을 괴롭히지 않고 순수하게 노력함으로써 꿈을 성취하는 것이니까요. 과도한 욕심은 그대의 인생을 황폐하게 만들 겁니다. 소박한 마음으로 사세요."

소박하게 살자. 인생은 우리에게 소박하게 살라고 조언한다. 물질만능주의 세상에서 소박하게 산다는 건 어려운 일일 것이다. 매일같이 새로운 상품이 쏟아져 나오고 그 상품을 쓰지 않으면 구석기인 취급을 받는 것이 일상이니까 말이다.

중소기업에 다니는 김 부장은 몇 년 전에 산 구형 휴대폰을 여태 쓰고 있다. 그런데 회사 사람들이 그런 그를 보고 이렇게 쑤군거렸다.

"김 부장님은 왜 저래? 정말 촌스럽다. 누가 요즘 저런 구식 휴대폰을 쓴다고."

그러나 김 부장은 그런 말에 아랑곳하지 않고 오늘도 그 휴대폰을 들고 출근했다.

"왜들 그래? 통화도 잘되고 괜찮은데. 허허."

김 부장처럼 주위 사람들의 시선 따위에 신경 쓰지 않고 소박한 정신을 실천하는 사람들도 있긴 하다. 그렇지만 대부분은 주위 사람들의 시선을 의식한다. 그것이 욕심의 근원이 될 수도 있음을 아는가. 과도한 욕심이 부르는 참사는 이루 말할 수 없이 많다. 자신의 경제적 형편을 고려하지 않고 욕심을 부리다가 감옥에간 사람들이 한둘이 아니다. 자신의 지적 능력을 고려하지 않고 과도한 욕심을 부리다가 범죄자가 되거나 자신을 속이는 사람들이 한둘이 아니다. 타고난 기질을 무시하고 과도한 욕심을 부리다가 적성에 맞지 않은 일을 하면서 괴로워하는 사람도 한둘이 아니다. 과도한 욕심은 삶을 파괴하는 원흉이다. 소박한 마음이 없는 사람은 욕심에 휘둘리기 쉽다. 마음을 소박하게 가꾸어라.

그럼 소박한 마음을 지닐 수 있는 방법을 공부해보자. 소박하다는 건 조그만 일에도 감사할 줄 안다는 것이다. 소박하다는 것은 타인과 자신에게 무리한 짐을 지우지 않는 것이다. 소박하다는 건 일상이 주는 것들을 충분히 누린다는 것이다. 예를 들어 가족들이 건강하게 잘 지내고 있다는 것만으로 고마워할 줄 아는 것이 소박한 사람의 마음이다. 앞마당에 빨래를 널면서 황금빛 햇살에 눈살을 찌푸리면서도 즐거운 것이 소박한 사람의 마음이다. 식탁에 비록 고기는 없어도 굶지 않고 밥을 먹는 사실에 감사할 줄 아는 것이 소박한 사람의 마음이다. 소박하다는 건 진정 순수한 감사를 실천하는 것임을 기억하자.

욕심은 그대를 미치도록 괴롭힐 것이다. 끊임없이 더 좋은 것, 더 많은 것을 가져야 한다고 악마처럼 속삭이는 것이 욕심이다. 반면 소박한 마음은 어떤가. 지금 있는 것만으로도 넌 충분히 부자라고 말해주는 것이 소박함이다. 소박하게 살자. 욕심을 버릴수록 그대의 삶은 물질적으로나 정신적으로 풍성해질 것이다.

침묵은
삶의 질을 높인다

인
생
의

침
묵

법
칙

38
Secret
사람은 감정이 격해지면 폭력적인 성향을 드러낼 수가 있다. 툭하면 화를 내는 사람들을 관찰해보라. 그들에게는 공통점이 있을 것이다. 그들은 폭력적인 성향에 물들어 있다. 물건을 집어던지거나 사람을 때리는 것도 폭력적 성향이 드러난 경우다. 이처럼 감정 악화의 요인에는 그 무엇보다 말다툼이 있을 가능성이 높다. 다투다 보면 서로가 지지 않으려고 목소리를 높여가면서 나쁜 말을 하고 그리하여 감정이 격해지는 것이다. 그때 한 사람이라도 평정심을 찾고 그 자리에서 벗어나 침묵한다면 어떨까. 싸움은 거기서 그만 멈출 것이다. 혼자서 화내는 것도 한계가 있기 때문이다.

인생은 내게 서른여덟 번째 비밀을 말해주었다. 바로 침묵에 관한 것이다. "너무 많이 말하지 마세요. 소란한 삶은 분쟁의 씨앗이 된답니다. 때로는 침묵하는 것도 삶의 질을 높이는 좋은 방법이지요. 왜냐하면 침묵은 사람의 감정을 차분히 가라앉히고 자신을 성찰할 수 있는 기회를 주기 때문입니다. 침묵해보세요. 이제까지 그대를 괴롭히던

133

온갖 말들로부터 온전히 떠나보세요. 조용히 자신과 대화하는 시간이 바로 침묵하는 시간입니다. 침묵은 그대를 안정시키고 보다 온화한 사람으로 변화시켜줄 겁니다."

무엇이든 지나치면 부작용이 나타나는 법이다. 말도 마찬가지다. 말을 많이 하다 보면 본의 아닌 실수를 하게 된다. 이런 실수들이 각종 분쟁의 씨앗이 되는 것이다. 인생은 우리에게 말한다. 때로는 침묵하라고. 이런 침묵의 필요성에 대해 공부해보자. 침묵은 고요의 세계에 입문하는 것이다. 침묵은 금처럼 귀하다는 말이 생긴 것은 결코 우연이 아니다. 침묵 하나로 금보다 더 귀한 관계를 지킬 수도 있다. 또한 믿기지 않겠지만 침묵은 생명까지도 지킬 수 있다.

싸우고 헐뜯고 대립하고 논쟁하느라 힘들었을 혀를 조용히 입속에 가두어두라. 그것이 침묵의 외적인 방법이다. 그리고 내적인 변화도 일어난다. 혀가 움직이지 않을 때 마음속에는 생각의 혀가 움직인다. 생각의 혀는 침묵하는 시간 동안 자신의 내면을 깊이 들여다보게 된다. 침묵함으로써 그동안 몰랐던 자신의 단점과 고쳐야 할 점을 깨닫는 것도 이런 이치 때문이다.

말하고 싶어도 참는 연습을 하라. 예를 들어서 이런 경우일 때 침묵해보자. 자식이나 배우자가 밤늦게 들어와서 잔소리를 하고 싶어질 때, 친구가 어리석은 행동을 해서 충고해주고 싶을 때, 동료가 바보 같아서 마음껏 비웃어주고 싶을 때, 자녀의 성적이 떨어져서 혼내주고 싶을 때, 부모님이 사사건건 간섭해서 화내고 싶을 때 등. 이런 경우에는 말하지 말고 참는 것이 침묵의 유효성을 확인할 수 있는 계기가 될 것이다. 마구 말하고 싶은데 참는다는 것은 쉬운 일은 아니다. 그러나 그걸 자꾸 연습함으로써 삶이 평화로워질 수 있다는 것을 기억하자. 침묵은 지극히 이기적인 것일 수도 있고 지극히 이타적인 것일 수도 있다. 자신을 위하고 타인을 위하고 세상을 위한 것이 바로 침묵이라는 금이다.

거절도 기술이다,
예의바르게 하라

인
생
의

거
절

법
칙

39
Secret

사람을 대하는 태도는 사회에서의 성공을 결정하기도 하고 삶의 질을 결정하기도 한다. 태도는 사람의 인품을 결정하는 첫 번째 기준점이 된다. 특히 거절을 어떻게 하느냐는 매우 중요하다. 사랑이든 일이든 특히나 중요한 것이 거절이라는 사실을 우리는 부정할 수 없을 것이다. 거절하는 법을 잘 몰라서 원치 않는 교제를 하면서 고민하는 사람이 의외로 많다.

"그가 날 좋아한다는데 난 도무지 끌리지 않아. 어떻게 해야 좋을지 모르겠어.

이렇게 고민하는 여자도 있고 그 반대의 경우도 많다. 또한 상대방이 제시한 일을 거절하는 게 서툴러서 곤욕을 치르는 경우도 있다. 인생은 이런 거절에 대한 법칙을 내게 가르쳐주었다.

<u>인생은 자신이 간직한 서른아홉 번째 비밀을 내게 기꺼이 말했다. "그대여, 거절하는 것은 수긍하는 것보다 몇 배는 더 진중하게 생각한 후에 하세요. 거절은 상대방의 가슴에 비수를 꽂을 수도 있는 위험한 일이랍니다. 그대의 거절 한마디가 상대방을 평생 아프게 할 수도 있</u>

다는 사실을 잊지 마세요. 거절은 최대한 예의바르게 하세요. 상대방이 제시한 것들이 별 볼일 없고 형편없어도 결코 그것을 짓밟고 폄하하지 마세요. 끝까지 칭찬하고 받아들일 수 없음을 애석해하세요. 그것이 거절의 기술입니다."

인생은 우리에게 말한다. 거절할 때 칭찬하고 받아들일 수 없음을 애석해하라고. 그런데 그것이 말처럼 쉬운 일은 아니란 걸 잘 안다. 단점을 꼭 찍어서 지적하고 싶고 비평하고 싶어서 입이 근질거리기 때문이다. 하지만 상대방의 입장에서 생각해본다면 어떨까. 거절당하는 것도 서러운데 생각지 못한 단점까지 지적받는다면 매우 슬플 것이다. 우리가 그 사람 단점을 굳이 말하지 않아도 다른 이들이 그 단점을 지적할 기회는 많다. 그러니 우리는 상대방의 단점은 그냥 모른 척 지나가주는 센스를 지녀야 한다. 특히 거절할 때는 더욱 그렇다.

거절을 잘 못하는 바람에 어떤 사람에게 질질 끌려다니는 인생을 사는 사람도 있다. 친척이 운영하는 농장에서 일을 하면서도 월급도 제대로 받지 못한 남자의 이야기를 들어보자. 그는 친척 농장에서 하루 20시간 가까이 일을 하면서 다 쓰러져가는 비닐하우스에서 산다. 그의 밥통에는 해놓은 지 일주일이 넘은 것 같은 누런 밥이 있고 가끔 친척에게 구타도 당한다. 그는 약간 신체장애는 있지만 분명히 정상적인 사고를 할 수 있는 사람이었다. 그런데 친척이 도와달라고 하자 거절하지 못해서 무려 15년 동안 사람대접도 못 받으면서 지내고 있는 것이다. 그를 구출하기 위해 사람들이 찾아갔다. 남자는 드디어 그 농장에서 빠져나오게 되었다. 그는 후회했다.

"제가 거절을 잘 못해서. 그동안 나오고 싶은 마음은 굴뚝같았는데."

이 이야기는 지인에게 들은 이야기다. 실제로 어느 곳에서 벌어진 일이라고 한다. 거절을 잘 못하는 것도 답답한 일이다. 거절할 때는 단호하게 거절을 해야 한다. 그래야 자기 삶을 지킬 수 있다. 단, 상대방의 자존심을 건드리지 않고 거절하는 법을 익혀야 한다. 무리하게 상대방을 비난하면서 거절해서 무엇 하겠는가. 내가 어떤 일을 하고 싶지 않다면 그 일을 하고 싶지 않다고 간단히 말하면 된다. 상대방이 이유를 묻는다면 들어서 기분 나쁘지 않은 말로 거절 이유를 설명하면 된다.

예의바른 태도는 언제 어디서든 환영받는다. 거절할 때의 예절을 기억하자. 절대로 상대방을 모욕하지 말 것. 어떤 경우에라도 상대방이 지키고 싶은 최후의 자존심을 건드리지 말 것. 거절도 예의바르게 하라. 이것은 인간에 대한 최소한의 배려다.

세상에 무엇을
남길 것인가 생각하라

40
Secret

조직 폭력으로 사회에 물의를 일으켰던 한 사람이 죽었다. 그 사람의 인생은 무엇을 남겼을까. 성직자로 한 평생을 희생과 봉사로 살아온 한 사람이 죽었다. 그 사람의 인생은 무엇을 남겼을까. 어떤 사람이든 남기는 건 있다. 다만 그 내용이 각자 다를 뿐이다. 어떤 이의 일생을 알고 싶다면 그가 남긴 인생의 유산을 보면 된다. 유산이란 죽은 후에 남겨지는 것이다. 인생의 유산이란 인생을 살아온 동안 그가 먹고, 마시고, 자고, 생각하고, 일한 후에 남겨진 것들을 의미한다. 구체적으로 보면 인생의 유산은 한 사람의 행적이다.

> <u>인생은 내게 마지막 비밀을 가르쳐주었다. 마흔 번째 비밀은 바로 인생의 유산에 관한 것이다. 인생은 우리에게 말한다. "그대여, 이 세상에 무엇을 남길 것인가를 생각하세요. 죽은 후에 이 세상에 남겨진 것이 그대의 유산이랍니다. 인생의 유산은 최악의 것이 될 수도 있고 최선의 것이 될 수도 있어요. 최악의 유산을 남기는 사람이 될지 최선의 유산을 남기는 사람이 될지 스스로 선택해보세요."</u>

나는 작가로서 글을 쓰면서 생각한다. 나의 작품이 내 인생의 유산이 된다면 어떻게 써야 할 것인지를. 고뇌의 순간을 거치지 않고 쓴 글들은 아무런 감동이 없다. 왜냐하면 절실하지 않고 깊이가 없기 때문이다. 자신이 하는 일이 훗날 이 세상에 남겨질 위대한 유산이라고 생각한다면 함부로 일할 사람은 아무도 없지 않을까 싶다. 그 일이 책을 만드는 일이든지, 그림을 그리는 일이든지, 사람들을 상대로 영업을 하는 일이든지에 관계없이 그러하다.

내가 발행하는 책이 사람들에게 인생의 지혜와 마음의 위안을 줄 것이라고 생각하는 출판사 발행인이 대충 아무렇게나 책을 만들까? 내가 그리는 이 그림을 다음 세대가 보면서 삶의 휴식을 얻고 생각의 지평을 넓힐 것이라 생각하는 화가가 성의 없이 그림을 그릴 수 있을까? 내가 만드는 물건이 내가 죽은 후에도 남아서 많은 사람들에게 무수한 영감을 주고 편리를 제공한다면 어찌 정성을 들이지 않겠는가.

인생의 유산이란 한마디로 개인의 총합이다. 한 개인이 살아온 발자취요, 그가 남긴 흔적이다. 또한 그가 이 세상에 말하고 싶은 마음이다. 범죄를 일삼으면서 모은 돈을 남긴 사람은 돈이 아니라 그가 범죄를 저지를 때의 마음을 남긴 것이다. 아무도 모를 것 같아도 그 돈을 물려받는 사람은 그 돈이 어떻게 해서 만들어진 것인지 알게 된다. 아무것도 모은 것 없이 가난한 이웃에게 사랑을 베풀다가 떠난 기부 천사가 남긴 것은 무엇일까. 그는 집도 없었고 남긴 돈도 없는데 무엇을 남긴 것일까. 그는 눈에 보이지 않는 사랑과 희생, 봉사, 인류애, 아름다운 선행의 마음을 남겼다. 또한 인간의 도리를 행함으로써 남겨진 이들에게 삶의 교훈을 안겨주었다.

선행 장면을 목격한 사람은 단지 그 장면을 바라보는 것만으로도 면역력이 증가한다. 실제로 오지에서 봉사를 하는 다큐 영화를 본 그룹이 다른 장르의 영화를 본 그룹보다 면역세포인 T 임파구 세포가 큰 폭으로 증가한 실험 사례가 있다. 그만큼 착하게 다른 존재를 대한다는 것은 파급 효과가 크다는 증거다.

쓸쓸한 묵정 묘 앞에 나무로 만든 작은 묘비가 서 있다. 그 묘의 주인은 자기 자신이다. 묘비명을 쓴 사람은 물론 묘 안에 잠든 사람이 살아온 일생을 모두 알고 있는 사람이다. 어떤 묘비명을 얻고 싶은가. "여기에 평생 다른 사람을 괴롭히고 돈만 밝히던 악질 인간이 잠들다." 혹은 "아름다운 마음씨와 선행으로 많은 이들의 가슴에 사랑과 희망의 꽃을 피운 천사 같은 이가 잠들다."

사람은 죽어서 자신의 모든 걸 적나라하게 드러내게 된다. 살아서는 이것저것으로 추한 면을 감출 수 있었겠지만 죽은 후에는 그것이 불가능하기 때문이다. 인생의 유산으로 무엇을 남길 것인가를 늘 생각하라.

Relationship wi

제2장

사람과 관계에 대한
공부법

eople

사람에 대한
공부를 하라

사람 사는 것이 세상이고 세상은 사람들이 만들어가는 곳이다. 혼자서 깊은 산속이나 바닷가에서 자급자족하면서 먹고살 사람이 아니라면 사람에 대해 공부해야 한다. 현대인들은 그 누구도 완벽하게 자급자족하면서 살 수는 없다. 무인도에서 홀로 생활하고 있다는 사람조차도 생필품인 라면이나 쌀 등을 육지에 사는 가족으로부터 조달받거나 사다 먹는다.

사람에 대한 공부를 해보았는가. 일찍이 이런 공부를 해본 사람은 그리 많지 않을 것이다. 그러나 나이가 들수록 이런 생각이 들 수밖에 없다. '도대체 저 사람은 왜 저래?' '이 사람은 또 왜 이러는 거야?' '도무지 사람들 속을 알 수가 없어.'라는 탄식이 절로 나오게 되는 것이 인생살이다. 도무지 이해할 수 없는 일을 벌이는 사람이 있다. 그런 사람은 왜 그런 행동을 하는지 생각해본 적은 없는가. 그런 경험이 있다면 사람에 대한 공부를 하고자 하는 마음속 욕구가 발현된 것이다.

평생을 해도 모자란 것이 사람 공부다. 지금부터 사람에 대한 공부를 해보자. 사람이란 무엇일까. 사람의 종류, 특성, 욕구, 본성, 사고방식의 유형 등에 대해 알아보자. 이 공부는 그대가 지금까지 한 어떤 공부보다 인생을 살아가는 데 유용할 것이다.

지금부터 말하고자 하는 사람의 종류는 황인종, 백인종, 흑인종 같은 인종의 종류가 아니다. 우리가 공부해야 할 사람의 종류는 지향적 종류와 성격적 종류다. 지향적 종류란 인간이 지향하는 바에 따른 종류요, 성격적 종류란 인간이 표출하는 성격에 따른 종류다. 이 두 가지만 확실하게 알아도 살아가는 데 많은 도움을 얻을 것이다.

먼저 지향적 종류를 공부해보자. 얼굴이 다르듯 성품이 다른 것이 사람이다. 사람마다 지향하는 바가 다르고 그것을 알아내는 것은 그다지 어렵지 않다. 대충 몇 번 겪어보면 사람됨을 알 수 있기 때문이다. 그렇지만 대충 무엇을 하는 것은 이롭지 않다. 그보다는 체계적이고 정확하게 분석해서 사람을 구분할 줄 아는 것이 좋다. 지향적 종류로 나누어본 사람의 종류는 간단하게 세 가지로 구분할 수 있다.

첫째, 자신만을 지향해 사는 사람.

둘째, 자기 자신과 타인을 지향해 사는 사람.

셋째, 타인만을 전적으로 지향해 사는 사람.

지향적 종류의 이 세 타입은 구분하기가 어렵지 않다. 주변에 있는 한 사람을 떠올려보라. 그는 어떻게 삶을 꾸려가고 있는가. 자기 자신만을 위해 투자하고 자기 자신만을 돌보면서 사는가. 혹은 자기 자신과 타인을 골고루 챙겨가면서 사는가. 혹은 다른 사람을 위해 전적으로 희생하면서 사는가.

첫 번째 타입인 자신만을 지향해 사는 사람은 이런 사람일 가능성이 높다. 그는 무척이나 외로운 사람이다. 그의 육체와 영혼은 외로운 섬처럼 고립되어 있다. 그는 세상과 소통하기를 거부한다. 그런 그를 주변인들은 이해하지 못한다. 그렇기 때문에 더욱 자신만의 세계에 갇혀 있는 중이다. 자신만이 자신을 인정해주고 칭찬해주는 존재이기 때문이다. 그런 사람과 같이 원만하게 지내기 위해서는 아량을 가지고 그를 대해야 한다. 그가 굉장히 외롭고 고독한 사람이라는 기본 지식을 가지고 그를 대하라. 그러면 외톨이 같은 그의 행동도 고집불통 같은 그의 행동도 모두 이해가 될 것이다.

두 번째 타입인 자기 자신과 타인을 지향해 사는 사람은 비교적 친해지기 쉬운 타입이다. 그렇지만 그런 사람이라고 해서 모두 편안한 것은 아니다. 그가 편하다고 함부로 대해서는 곤란하다. 그런 사람일수록 예의범절을 잘 따지고 손해 보는 것을 싫어한다. 그는 다른 사람에게 피해도 주지 않지만 자기 자신도 피해받는 것을 싫어하는 인간형이기 때문이다. 이런 사람에게는 적절한 예의와 배려가 필수다.

세 번째 타입인 타인만을 전적으로 지향해 사는 사람은 어떻게 대해야 할까. 그런 사람에게는 어떤 사명감이 있을 것이다. 타인을 위해 전 생애를 바친 위대한 위인들이 그러하듯이 그들에게는 인류에 대한 봉사와 희생, 사랑의 실천 등 자신만의 고결한 꿈과 이상이 있다. 그들의 그런 고결한 사명감을 공감해주면 된다. 절대로 해서는 안 될 행동은 그들의 고결한 사명감을 짓밟는 일일 것이다. 예를 들어 역사의식을 바로잡겠다는 사람 앞에서 반대되는 의견을 논리정연하게 펼친다면 그 의견이 아무리 옳아도 그 사람과의 관계는 단절될 것이다.

이제 사람의 성격적 종류에 대해 공부하자. 성격은 인생을 좌지우지할 만큼 절대적 요소다. 대표적인 성격적 종류 세 가지만 우선 알아보도록 하자.

첫째, 분노를 절제할 줄 아는 사람.

둘째, 분노에 점령당하는 사람.

셋째, 분노를 방치하는 사람.

이 세 가지 성격의 사람에 대해 공부해보자.

첫 번째 타입인 분노를 절제할 줄 아는 사람은 모든 감정을 절제할 줄 아는 사람일 가능성이 높다. 그런 사람은 매우 침착하고 사리 분별이 뛰어날 것이다. 분노를 절제한다는 것은 대단한 자기 수련의 힘이다. 그와 친하게 지내라. 그 사람에게는 말과 행동을 제어할 줄 아는 절제력이 있다. 사업 파트너나 평생 같이할 동반자로서 적합한 사람이다.

두 번째 유형인 분노에 점령당하는 사람은 화가 나면 제 몸과 마음을 추스르지 못하는 사람이다. 그래서 물건을 던지기도 하고 폭행을 하기도 하며 분노를 극도로 표출한다. 그런 사람은 자존심이 약한 사람이다. 자신에 대한 믿음이 부족하기 때문에 분노에 쉽게 점령당한다. 그런 사람과는 거리를 두어라. 분노를 다스리지 못하는 사람은 모든 감정을 다스리지 못하는 사람일 가능성이 높다. 우리는 자신의 감정 중 분노에 점령당하지 않기 위해 자존감을 길러야 한다. 어떤 상황이 와도, 화가 나서 미칠 것 같은 순간이 와도 분노에게 이성을 내어주지 않도록 해야 한다. 사람은 분노 때문에 인생을 망칠 수 있는 연약한 존재이기도 하다는 것을 기억하라.

세 번째 타입인 분노를 방치하는 사람은 분노에 점령당하는 사람보다 더 위험한 사람이다. 분노를 방치한 결과는 무엇일까. 그것은 사회에 대한 악감정, 주변인들에 대한 끝없는 불신 등으로 분노의 골이 깊어져서 생긴 후유증이다. 분노를 방치하는 사람은 자신을 속이는 사람이다. 화가 나는데 화가 나지 않은 척 행동하는 사람이 그 대표적 예다. 분노를 방치해서는 안 된다. 어떻게 해서든 분노를 절제할 수 있도록 해야 한다. 자신이 만약 분노를 방치하는 사람이라면 지금부터라도 분노에 대한 재인식이 필요한 시점일 것이다.

사람의 감정 변화를
잘 읽어라

감정을 읽는 공부

이런 친구가 있다면 참 답답할 것이다. 상대방 감정은 아랑곳하지 않고 제 감정대로만 행동하는 친구, 상대방은 우울해서 조용한 커피숍에 가고 싶은데 자기는 기분이 좋다면서 클럽에 가자는 친구, 상대방은 속이 아파서 매운 걸 못 먹겠는데 자기는 기분이 울적하니까 매운 걸 먹어야 한다면서 한사코 매운 음식점으로 데리고 가는 친구, 상대방의 연인과 헤어져서 가슴 아프고 속상한데 자기는 새로 사귄 여자 친구 이야기에 열 올리는 친구 등. 이런 사람은 어디에나 있다. 상대방의 감정은 전혀 상관하지 않고 본인 감정만 중요시하는 사람, 상대방은 전혀 존중해주지 않고 본인 감정만 존중하는 사람, 그런 사람이 가족이거나 친구거나 직장 동료라면 무척 골치 아프다.

인생 공부는 어려운 것이 아니다. 인생을 공부하려면 가장 먼저 사람에 대한 공부를 해야 한다. 나 자신을 포함해 모든 사람에 대한 공부야말로 인생학교의 학생들이 기본적으로 숙지해야 할 사항이다. 하지만 그런 것들을 가르치는 학교는 없지 않은

149

가. 나 역시도 그 어디에서도 사람에 대한 수업을 들은 적은 없다. 사람과 어울리는 법, 사람의 심리 상태, 사람의 감정 변화, 사람의 욕망 등을 모두 완벽하게 가르쳐주는 곳은 없다. 지금의 학교는 사람에 대한 공부가 아니라 지식에 대한 공부에 열을 올리고 있는 중이다. 학교에서도 배우지 못하고 가정에서도 배우지 못한 사람에 대한 공부, 인생 공부를 지금 그대는 하고 있는 것이다.

사람을 공부하려면 우선 감정을 읽어야 한다. 다른 사람의 감정을 잘 읽어내는 사람이 사랑받는다. 이 사실은 매우 중요하다. 지금 누군가에게 사랑받고 싶은가. 그렇다면 그 사람의 감정 변화를 읽어라. 인간의 감정은 항상 변화의 쳇바퀴를 돌고 있다. 그러므로 수시로 변화하는 타인의 감정을 읽어내려면 순발력과 정확한 분석, 날카로운 예지의 눈이 필요하다. 빙글빙글 돌아가는 원판 위의 숫자 같은 사람의 심리 상태를 정확하게 맞히려면 집중력 또한 필수다.

누군가와 사이좋게 지내고 싶다면 지금 그 사람이 어떤 감정인지를 먼저 알아야 한다. 이것이 사람에 대한 기본적 지식이라고 할 수 있다. "저 사람은 지금 이런 감정이구나." 이렇게 그 사람의 감정 상태를 정확히 진단한 후에 그에 걸맞은 말과 행동을 하면 훨씬 더 인간적인 관계를 이어갈 수 있다. 그렇지 않고 "저 사람이 지금 무슨 감정이든 나와는 상관없어, 내 감정대로만 하면 그만이지."라는 사고방식을 고집한다면 절대로 그와 가까워질 수 없다.

그럼 감정을 읽는 구체적인 방법은 무엇일까 공부해보자. 감정은 여러 신체적 신호로 나타난다. 실제로 상대방의 감정 변화를 우리는 쉽게 눈치챌 수 있다. 신체적 변화만 잘 살펴도 모든 이들의 감정을 읽을 수 있을 것이다. 일례로 고개를 어떻게 하고 있는가만 잘 관찰해도 지금 그의 기분이 어떤 상태인지 알 수 있다.

고개를 들고 멍하니 하늘을 바라보고 있는 경우. 그는 지금 정서적으로 정적인 상태다. 그의 감정은 썩 즐겁지 않을 것이다. 그는 슬픔, 허무, 고독 등의 정적이고 애잔한 감정을 지닌 상태다.

고개를 갸우뚱하고 있는 경우. 그는 지금 생각 중일 확률이 높다. 선택의 기로에서 뭔가를 신중하게 고르는 중이다. 그의 감정은 지금 무덤덤한 상태다. 그는 화가 나지도 않았고 슬프지도 않다. 그렇다고 지나친 기쁨에 들떠 있지도 않다. 그의 감정은 잔잔한 호수처럼 고요하다.

고개를 똑바로 들고 정면을 응시하는 경우. 그는 지금 정서적으로 매우 안정된 상태다. 자신감이 넘치고 자부심도 강하다. 그에게 무슨 말을 걸어도 화를 내지는 않을 것이다. 그의 감정은 지금 괜찮다. 그렇지만 음담패설이나 가벼운 농담 등에는 예민하게 반응할 수도 있다. 그는 자존감이 상승된 상태이기 때문이다.

고개를 푹 숙이고 있는 경우. 그는 지금 졸리거나 굉장한 스트레스를 받고 있다. 그의 감정은 극도로 긴장돼 있거나 극도로 침잠되어 있다. 그에게 함부로 말을 걸었다가는 낭패를 볼 수도 있다. 그는 지금 슬픔이나 분노의 한복판에 있을 가능성이 높다. 그의 감정은 극과 극을 오가는 중이다. 그를 잘못 건드렸다가는 무슨 일이 생길지 모르니 홀로 있게 내버려두어야 한다. 스스로 감정을 다스리는 시간이 필요한 사람이다.

　　이렇듯 고개를 어떻게 하고 있는지만 봐도 감정을 읽을 수 있다. 감정을 읽으려면 무엇보다 그 사람에 대한 전반적인 이해가 필요하다. 평소에 사람들을 꼼꼼하게 관찰해라. 호의를 가지고 다른 사람들을 관찰하면 사람에 대한 정보를 얻을 수 있다. 사람에 대한 정보야말로 인생의 가장 큰 재산이 아니겠는가. 인생은 사람과 사람이 맺어가는 인연이 만들어내는 일들의 연속이다. 그 사람의 성격, 배경, 취미, 특징, 개성 등을 잘 안다면 같은 포즈라도 다양한 감정 상태를 알 수 있을 것이다.

사람과의 관계도
철저하게 분석하라

인생은 사람 관계가 절반 이상을 차지한다고 봐도 지나친 말은 아닐 듯하다. 다른 사람과의 관계로 수많은 이들이 고통스러워하고 있다. 부모님의 지나친 간섭을 받는 자녀, 자식이 방임하는 바람에 불행한 노년을 보내는 노부모, 상사와 관계가 껄끄러워 회사 생활이 지옥 같은 회사원 등. 다른 사람이 없다면 느끼지 않아도 될 아픔이 얼마나 많은가.

이런 맥락에서 볼 때 행복한 인생을 살기 위한 기술로 사람과의 관계를 잘 이끌어가는 것을 배워야 할 것이다. 사람 관계에는 어떤 것들이 있을까. 세 가지로 쉽게 요약해보자.

첫 번째 관계는 '더없이 좋은' 관계다. 이 관계에 있는 사람과는 별다른 문제가 발생하지 않는다. 두 사람은 서로에게 호감을 가지고 있고 최대한 서로를 아끼고 배려한다. 이 관계가 많을수록 삶이 순조롭게 진행될 것이다.

두 번째 관계는 '그저 그런' 관계다. 이 관계에 있는 사람과는 거리감을 느낀다. 상대방에게 대체로 무관심하고, 있어도 그만 없어도 그만인 사람이라고 생각한다. 이 관계가 많을수록 삶이 삭막하지 않을까 싶다.

세 번째 관계는 '생각할수록 화가 나는' 관계다. 이 관계에 있는 사람과는 사이가 좋지 않다. 부딪치면 얼굴을 붉히는 일이 잦다. 가급적 만나고 싶지 않고 생각할수록 열 받는 사람이다. 이 관계가 많다면 삶은 지옥처럼 지긋지긋할 것이다. 가급적이면 줄여야 할 관계이다.

'더없이 좋은' 관계를 많이 형성할수록 인생이 편안해진다. '그저 그런' 관계나 '생각할수록 화가 나는' 관계가 적을수록 삶이 윤택해진다. 여러분 주변에는 어떤 사람들이 많은가. 더없이 좋은 사람? 그저 그런 사람? 생각할수록 화가 나는 사람? 우리는 서로에게 더없이 좋은 사람이 될 수 있다. 그리고 그렇게 한다면 사는 일이 즐거워지게 될 것이다.

하지만 아쉽게도 더없이 좋은 사람은 극히 소수다. 그런 사람보다는 내 돈, 내 지위, 내 배경을 이용하려는 사람들이 더 많다. 그들에게 속지 않기 위해서라도 사람과의 관계에 대한 철저한 분석이 필요하다. A라는 사람은 겉으로는 친절한 척하지만 늘 다른 사람들을 이용해서 잇속을 챙기는 타입이다. B라는 사람은 겉으로는 무뚝뚝하지만 내면의 마음씨는 착하고 따뜻하다. C라는 사람은 분노를 자주 표출하고 조절하지 못한다. 나는 이런 사람들과 어떻게 관계를 유지하고 있을까. 이런 질문을 스스로에게 해보자.

주변 사람들이 어떤 사람들인지 알아야 그들과의 관계를 정립하는 데 도움이 될 것이다. 사람을 보는 안목을 길러야 한다. 그렇게 하려면 사람들의 행동을 유심히 살펴볼 필요가 있다. 나한테만 잘한다고 해서 그를 좋은 사람이라고 섣부르게 단정 짓지는 말라. 또 반대로 자신에게 못한다고 해서 그를 나쁜 사람이라고 딱지 붙이는 일도 삼가자. 평소 행실이 어떤지 살펴보고 그가 가지고 있는 가치관이 무엇인지 알아보라. 그래서 이 사람과 나는 어느 정도의 관계를 유지해야 할 것인지 가늠해보라. 철저한 분석만이 사람과의 관계를 잘 운영해 나갈 수 있는 방법이다.

가장 현명한 분노 처리법은
너그러운 이해다

분
노
를
처
리
하
는
공
부

분노를 어떻게 처리하는가는 우리 인생의 화두다. 그
만큼 살다 보면 화가 나는 일이 많다는 의미다. 그러
면 어떻게 해야 현명하고도 안전하게 분노를 처리할 수 있을까. 일
상적 분노에 대한 공감에서 더 나아가 우리는 분노를 자신의 삶에
서 안전하게 없애는 처리법을 고심해야 한다. 그리고 그런 공부를
해야 한다. 긍정적인 관점에서 분노 해결법을 공부해보도록 하자.

많은 사람들이 자문한다. 화 안 내고 살 수는 없을까? 그 해
답이 여기 있다. 너그러운 이해, 이것은 분노를 처리하는 완벽한
방법이다. 그렇다면 너그러운 이해란 어떤 이해를 말하는가. 화내
기 전에 화를 유발하는 사람이나 상황에 대해 광범위하게 생각하
는 것, 그리고 그것에 대한 적극적인 이해와 관용, 이것이 바로 너
그러운 이해다.

나는 삶을 살면서 매 순간을 공부한다. 배우고 또 배워도 배
울 것이 많은 게 인생이다. 분노에 대한 처리법도 지금까지 살아오
면서 많은 것을 배운 결과물이다. 너그러운 이해는 내가 인생에게

서 배운 매우 합당한 분노 처리법이다. 이 분노 처리법은 자극적이지 않다. 그 누구도 자극하지 않으면서 원하는 바를 이룰 수 있는 방법이다.

> 그대가 만일 끓어오르는 분노 때문에 괴롭다면 너그럽게 이해하는 연습을 하라. 너그러운 이해야말로 분노를 가장 빠른 시간 안에 잠재울 수 있다. 그러나 단순히 너그럽게 이해만 한다고 해서 분노를 처리할 수는 없다. 여기에서 말하는 너그러운 이해란 보다 적극적인 이해와 관용을 통틀어 이야기하는 것이다.

우리가 분노에 대해 광범위하고도 적극적인 이해와 관용을 실천하지 않는다면 실제적인 분노 처리법이 될 수 없다. 실생활에서 분노를 없애려면 다소 귀찮더라도 적극적으로 상대방을 이해하고 관용을 베풀어야 하는 것이다. 분노를 불러일으키는 사건들과 사람들에 대한 광범위하고 깊이 있는 생각은 분노 처리법의 기본이다.

갑이라는 사람이 나를 화나게 한다면 '갑'이라는 사람 자체만 생각하지 말고 그 사람이 가진 배경을 이해하고 그가 살아온 삶의 발자취를 이해하라. 그것이 바로 적극적인 이해의 방법이다. 또한 무조건 단죄의 시선으로 그를 생각하기보다는 왜 그 사람은 그 시각에 그곳에서 그럴 수밖에 없었는지 생각하라. 그것이 바로 부드러운 이해다. 이 두 가지를 통틀어서 너그러운 이해라고 하는 것이다. 쉽게 풀어보면 적극적인 이해는 개인의 사생활까지 깊숙이 이해하는 것이고, 부드러운 이해는 인간애에서 비롯된 넓은 아량으로 상대방을 이해하는 것이다. 이 두 가지가 서로 합쳐질 때 시너지 효과를 내는 너그러운 이해가 완성된다.

내일 또 다시 '갑'이라는 사람이 나를 화나게 만들 수 있을 것이다. 그럴 때 너그러운 이해라는 카드를 꺼내라. 이 카드를 사용하면 두 사람 다 승리할 수 있다. 아무도 패배하지 않는다는 말이다. 모두가 이기고 모두가 잘살고 모두가 행복해질 수 있는 길이 바로 너그러운 이해다. 어디 '갑'뿐이랴. '을'도 나를 화나게 할 것이고 '병'도 나를 화나게 할 것이다. 그럴 때 분노의 불길에 휘말려서 불타오르지 말고 너그러운 마음으로 상대방을 이해할 줄 아는 사람이 되어야 한다. 사람 자체의 어긋난 행동에만 초점을 맞추면 분노는 사라지지 않는다. 오히려 그런 태도는 분노를 키운다. 대신 너그러운 관점에서 그 사람이 그럴 수밖에 없었던 이유를 곰곰이 생각해보면 수긍이 가고 이해가 갈 것이다. 그런 면에서 적극적이고도 너그러운 이해와 관용은 분노에 대한 완벽한 처리법이라고 할 수 있다.

화내지 않는
사람이 되어라

화내는 횟수가 줄어들수록 인생에 대한 만족감은 커져간다. 다시 말해 화를 내지 않을수록 삶이 행복해진다는 말이다. 지극히 통속적인 것 같지만 이 말은 불변의 진리다. 날마다 화를 내는 사람이 자기는 인생이 만족스럽다고 말할 리는 없을 것이다. 화란 분노의 표현이자 자기 삶에 대한 불만족의 표현이다. 무언가가 결핍되어서 화를 내는 사람, 무언가가 자신의 뜻과 맞지 않아서 화를 내는 사람 등 화를 내는 이유는 각각 다르지만 화란 삶의 마이너스 요소인 것은 분명하다.

사람은 화를 내면 낼수록 자신이 살고 있는 현실이 부정적으로 여겨지게 되어 있다. 설령 현실이 부정적일 수밖에 없다고 해도 화를 내지 않고 산다면 그 부정적인 현실도 긍정적인 현실이 될 수 있다. 그러나 화를 표출하는 횟수가 잦아질수록 삶의 질은 떨어지기 마련이다. 왜냐하면 화는 좋은 것은 나쁘게, 나쁜 것은 더 나쁘게 여기게 만드는 특성이 있기 때문이다. 매일 화내면서 살면 삶의 질이 한 단계 이상은 더 하락된다는 것을 알아야 한다. 대체적으로 만족한 삶을 사는 사람이라면 웬만한 일에 얼굴을 붉히지 않는다.

이유는 우리가 자기 의지와 소망대로 살아갈 때는 마음이 넓어지기 때문이다. 그렇다면 화내지 않는 사람이 되는 방법이 나오질 않았는가. 화내지 않고 살 수 있다! 그것은 더 이상 요원한 꿈이 아니다. 우리는 남은 생애 동안 화를 내지 않고 기분 좋게 살 수 있는 것이다. 어떻게? 바로 자기 의지와 소망대로 살아가면 되는 것이다.

말이 쉽지 자기 의지와 소망대로 살아간다는 게 어디 쉬운 일인가. 누구는 그렇게 살고 싶지 않아서 지금 이 모양 이 꼴로 사냐고 또다시 화를 낼 사람도 있을 것이다. 그렇지만 일단 흥분을 가라앉히고 생각해보자. 쉬운 일이 아니기 때문에 더 좋은 점도 있다. 바로 그 목표를 달성했을 때 얻을 수 있는 성취감이다. 화내지 않고 살아가는 것은 우리가 사는 동안 반드시 해결해야 할 문제다.

"내일부터는 화내지 않겠어." "다음 달부터는 화내지 않아야지." "내년에는 화내지 않겠어."라고 미루면서 살아오지 않았는가. 이건 마치 애연가가 "내일부터는 금연해야지." "내년부터는 담배를 끊겠어."라고 자신감 없이 막연히 약속하는 것처럼 답답한 일이다. 화를 내지 않으려면 지금 이 순간부터 실행하라.

화를 버럭 내는 사람을 보고 뒤돌아서서 고개를 가로저으면서 "역시 화내는 모습은 바람직하지 않아!"라고 말해놓고서 자기도 모르게 화내고 살지 않았는가.

<u>화내는 모습은 아름답지 않다. 그리고 인생에 백해무익하다. 아무런 이득이 없는 행동이 바로 화를 내는 것이다. 화내는 것도 생활 습관 이다. 이 습관을 과감하게 버려라. 내 의지와 소망대로 살아가기 위해 노력하라. 그러면 점점 화나는 일이 줄어들 것이다. 내 의지와 소망대 로 살아가는 구체적 행위는 꿈을 향해 사는 것이다.</u>

인간은 꿈을 위해 만들어진 존재다. 자신만이 이룰 수 있는 것은 누구에게나 있다. 그것이 꿈이라는 실체다. 꿈을 향해 힘차 게 걸어 나가라. 그렇게 한다면 자질구레한 것들에 화내는 일도 없 어질 것이다. 화내면서 보내기에는 시간이 너무 아깝다는 것을 자 신도 모르는 사이에 깨닫게 될 것이다. 자기 의지와 소망대로, 자 기가 바라는 대로 꿈을 향해 달려가는 것이 화내지 않는 사람이 되기 위한 최소한의 자세다. 우리는 화를 내면서 인생을 낭비할 시 간이 없다. 여러분과 나는 이 세상에 머무는 동안 이루어야 할 것 들이 너무나 많기 때문이다.

그래도 화가 난다면
어떻게 할까

무슨 일이든 이런 경우가 있다. 아무리 노력해도 되지 않을 때. 분노에 대한 대처도 그런 경우가 있다. 아무리 화내지 않고 웃으면서 싱글벙글 살려고 해도 잘 되지 않을 때. 그럴 때는 어떻게 해야 한단 말인가.

우선 만약 그대가 그런 상황이라면 이렇게 해보라. 분노란 것은 사소한 습관이 누적된 생활 습관이다. 사소한 습관이란 작은 화를 말한다. 작은 화가 자꾸 누적되면 분노라는 거대한 화가 된다. 그러므로 여러분은 자기의 생활 습관에 유의해야 할 것이다. 좋은 생활 습관은 익히기는 어렵고 버리기는 쉽다. 그런데 나쁜 생활 습관은 익히기는 누워서 떡 먹기보다 쉽고 버리기는 매우 어렵다. 그렇다면 분노는 좋은 습관인가, 나쁜 습관인가. 습관이 좋은가 나쁜가는 그 습관을 행함으로써 무엇을 얻는지 보면 알 수 있다. 화를 내서 좋은 점은 무엇인가. 화를 내서 얻을 수 있는 긍정적인 변화는 무엇인가.

대부분의 사람들에게 화란 되도록 접하고 싶지 않은 감정이다. 화를 내면 낼수록 얻는 것보다는 잃는 것이 더 많다. 사소한 말싸움도 화를 내고 거칠게 대응할수록 더 큰 싸움으로 번지는 것을 우리는 알 수 있다. 간단한 사과 한마디로 끝낼 수도 있었던 일을 살인까지 번지게 하는 것도 분노다. 부부 싸움 중에 격한 감정을 주체하지 못해 상대방에게 치명상을 입히는 것도 모두 화를 내서 얻은 결과물들이다. 그럴 때 둘 중 한 명이라도 화를 내지 않고 침묵했더라면 더 이상의 불행한 일은 벌어지지 않을 것이다.

화를 내지 않고 살고 싶다면 지금부터 이 방법을 쓰도록 하자. 대표적인 나쁜 습관인 화를 멀리할 수 있는 방법은 무엇인가. 사람이 화를 낸다는 것은 무엇에 대한 불만이 있기 때문이다. 예를 들어 어떤 사람을 생각할 때마다 화가 난다고 하자. 왜 그 사람만 떠올리면 화가 날까. 그것은 그 사람에 대한 불만이 있기 때문이다.

정 대리가 사장님만 생각하면 울컥하고 화가 난다고 하자. 그럼 그의 내면에는 무엇이 숨어 있을까. 바로 사장님에 대한 불만이 가득 차 있을 것이다. '저번에 결재 서류에 사인하면서 트집 잡던 못된 사장 놈! 지는 뭐가 그리 잘났다고.' 이런 불만이 똬리를 틀고 있기 때문에 사장이 미운 것이고 화가 나는 것이다. 그렇다면 어떻게 해야 화를 잠재울 수 있을까. 화를 잠재우고 하루를 평화롭게 보내고 싶다면 원천적인 원인인 불만을 없애면 된다. 불만이 없는 사람에게 화는 뿌리를 내리지 못하게 되어 있다.

다른 사람에게 화가 난다면 그 사람에 대한 불만을 없애라.

삶에 화가 난다면 삶에 대한 불만을 없애라. 불만은 화를 부르는 신호탄이다. 위의 정 대리는 '결재 서류에 사인하면서 트집을 잡던 못된 사장 놈'이라는 생각을 이렇게 바꾸면 된다. '결재 서류에 사인하면서 내게 조언을 해주시던 사장님.' 말만 조금 바꾸었는데 얼마나 우호적인가. 첫 번째 생각은 화를 북돋우는 생각인 반면 두 번째 생각은 오히려 사장님을 감사하게 여기는 생각이다. 여기서 주요한 포인트가 나왔다.

지금 빨간 볼펜으로 밑줄을 긋자. 불만을 잠재우는 방법, 화의 뿌리를 없애는 방법은 바로 만족하는 것이다. 만족은 감사의 연장선상에 있는 태도다. 감사보다 더 광범위하고 깊은 감사가 만족이다.

잡풀이 무성할 때 위에서 아무리 농약을 뿌려도 소용이 없다는 걸 농부들은 안다. 농약을 친 후에 다 없어진 것 같던 잡풀이 1년만 지나도 새로 나기 때문이다. 잡풀을 없애려면 그 뿌리를 낱낱이 캐내야 한다. 분노도 마찬가지다. 자신의 삶에서 분노라는 옳지 못한 감정을 없애려면 그 뿌리인 불만을 뽑아내야 한다. 마음속 불만을 뽑을 수 있는 방법은 바로 만족하면서 사는 것이다. 그렇게 하면 불만은 생겨날 수가 없다. 모든 게 만족스러운데 왜 화가 나겠는가. 우리가 모든 존재들을 다 이해하고 만족할 수 있다면 분노는 발생하지 않을 것이다. 이것이 가장 합리적이고 근원적인 화 치료법이다.

무엇을 나누어줄 것인가에
생각의 초점을 맞춰라

파도가 몰아치는 외딴 바닷가 백사장에 앉아서 황금빛 모래 한 줌을 움켜쥐어보라. 그것을 한 톨도 놓치지 않으려고 하면 할수록 모래는 조금씩 빠져나간다. 얼굴은 붉게 상기되고 목에 핏대가 설 것이다. 그러나 그렇게 꽉 쥐고 있던 주먹을 슬그머니 풀면 어떻게 되는가. 모래는 원래 있던 제자리로 돌아가고 우리 손은 자유로워진다. 그래서 다시 바닷물에 손을 담글 수도 있고 사랑하는 사람의 손을 잡을 수도 있다.

만일 어떤 사람이 바닷가 모래 한 줌을 움켜쥐고 절대 놓치지 않겠다고 한다면 그 사람은 오르는 혈압, 놓치면 안 된다는 부담감으로 힘겨울 수밖에 없다. 물론 다시는 그 어떤 것도 그 손으로 만져볼 수도 없고 사랑하는 사람의 손을 잡을 수도 없다.

바닷가 백사장의 모래 한 줌이 우리 인생길에서 흔히 말하는 돈이고 재산이고 명예이다. 그것을 움켜쥐고 있느라 진땀을 빼고 있는 사람이 얼마나 많은가. 한 톨이라도 빠져나갈까 봐 안절부절못하는 사람들을 보고 있으면 보는 사람도 초조하다. 그 대신 그 모든 것을 홀연히 내려놓고 다른 사람들에게 자기가 가진 재산과 재능을 나누는 사람을 보면 가슴이 따뜻해진다.

왜 우리는 그런 사람을 보면 가슴이 따뜻해질까. 그 모습이 바로 우리가 바라는 이상형이기 때문이다. 긴 말 필요 없이 그런 사람이야말로 우리가 간절히 원하는 사람이다. 모두가 원하는 사람은 모래를 움켜쥐고 진땀 빼는 사람이 아니라 모래를 버리고 자유로운 손으로 자기 것을 다른 사람에게 나누어주는 사람이다. 그런 사람을 우리는 존경하고 그리워한다. 그만큼 만나기 어렵고 희박하기 때문이다.

혹시 지금 모래 한 줌을 움켜쥐고 있느라 다른 일을 하지 못하고 있는 건 아닌가. 자신을 돌아보자. 얼마나 많은 시간 동안 그렇게 살아왔는지 생각해보자. 지금부터 생각의 초점을 여기에 맞춰라. 바로 무엇을 나누어줄 것인가. 이런 생각에 초점을 맞추어야 한다. 이 생각을 하면 기분이 저절로 좋아질 것이다. 세상살이가 흥미로워질 것이다. 모래를 움켜쥐느라 힘들었던 그대의 두 손이 이 생각을 함과 동시에 자유를 만끽할 것이다.

움켜쥐고 있던 삶의 모래를 미련 없이 버려라. 우리는 공유하는 공부를 해야 한다. 공유란 내 것 네 것을 구분하지 않고 자기 것을 함께 나누어 쓰는 것이다. 공유하지 않은 것은 무가치한 것이다. 일생을 모아놓은 돈은 공유할 때 비로소 가치 있게 쓰일 것이고, 일생 동안 갈고닦은 기술도 공유할 때 비로소 제 가치를 빛낼 것이다. 흐르지 않고 고인 물은 썩듯이 공유하지 않는 자산이란 썩은 물과 같다. 공유법은 간단하다. 움켜쥔 모래를 손에서 그만 놓는 것이다. 돈, 명예, 재산, 욕망이란 모래는 움켜쥐고 있

을수록 고통스럽다. 대신 모든 걸 훌훌 털어버린 자유로운 손으로
무엇을 나눌 것인지 생각하라. 그러면 고통 대신 즐거움이 찾아들
것이다.

가진 것이 없어도
나눌 수 있다

공유를 실천하는 공부

'가진 것이 없어도 나눌 수 있다.' 이 소제목을 보고서 "나는 지금 가진 것이 없는데 무엇을 나누란 말인가?" 이렇게 반문하는 사람이 있을 줄 안다. 나는 지금 이자 내느라 등골이 휘는 하우스푸어인데, 나는 지금 파산 중인데, 나는 지금 완전 빈털터리인데, 나는 지금 아무것도 못할 정도로 폭삭 늙었는데 등등 자신의 처지를 비관적으로 바라보면 나눌 것이 하나도 없을 것 같다. 그렇지만 괜찮다. 우리는 가진 것이 없어도 나눌 수 있는 숨은 능력을 지니고 있기 때문이다.

하우스푸어로 근근이 생활해도 괜찮다. 파산 중이고 빈털터리여도 괜찮다. 지금 그대에게는 돈 그 이상의 것이 있다. 그것을 나누면 된다. 우리가 물질적으로 아무것도 가진 것이 없어도 나눌 수 있는 것은 무엇일까. 가난해도 누군가를 도울 수 있다는 사실은 얼마나 고마운 일인가. 흔히들 생각한다. 가난한 사람은 누군가로부터 도움을 받아야 하는 사람이라고. 그러나 그렇지 않다. 가난한 사람도 자신의 사고방식을 바꾸어야 한다. 수동적이고 의

존적인 삶의 자세를 가졌다면 지금 당장 버려라. 의존하려는 마음, 나약한 마음, 사회적 약자라는 마음을 버려라. 능동적으로 삶에 대처하라. 가난한 사람도 누군가를 도와줄 수 있다. 그것은 바로 진실한 위로다.

> 진실한 위로를 나누는 일은 통장에서 돈을 빼내 불우이웃을 돕는 것만큼 값지다. 아무것도 내어줄 것이 없다는 사람도 진실한 위로의 말 한마디쯤은 하고 산다. 진실한 위로는 자살을 결심한 누군가를 살릴 수도 있고 이혼을 앞둔 부부를 재결합시킬 수도 있다. 또 더 크게 나아가 전쟁을 앞둔 국가를 화해시킬 수도 있으며 역사를 바꿀 수도 있다.

가장 어려운 시기란 어떤 때인가. 인간은 함께 더불어 살아가는 존재다. 외로움이 극에 이르면 극단의 선택을 하기가 쉽다. 이럴 때 진실한 위로를 받게 된다면 그 사람은 죽음의 위기를 극복할 수 있다. 최근에 어느 서민 아파트에서 몇 달 사이에 10여 명이 자살했다는 소식을 전해 들었다. 그들 대부분은 형편이 어려운 처지의 사람들이었지만 그중에는 별다른 자살 이유가 없어 보이는 사람도 있었다. 돈 때문에 자살하는 것만은 아니라는 말을 입증한 셈이다.

그들에게 절실하게 필요했던 건 돈 몇 푼을 쥐어주는 값싼 동정이 아니라 누군가의 진실한 위로였을 것이다. 이러한 진실한 위로를 받았더라면 소중한 생명들이 그처럼 허무하게 사라지지는 않았을 것이다. 목숨을 끊기 전에 누군가가 다가가서 그의 깊은 상처를 들여다보고 위로하고 공감해주었더라면 어땠을까. 좌절의 쓴잔을 홀로 들이켜고 있는 그에게 찾아가서 삶의 희망을 이야기 해주었더라면 어땠을까. 같은 인간으로서 안타까운 일이 아닐 수 없다.

사람은 가난해서 죽는 게 아니다. 외롭고 쓸쓸해서 죽는다. 사람은 돈이 없어서 죽는 것이 아니다. 진실로 따뜻한 위안을 받지 못해서 아픔에 몸부림치다 죽는 것이다. 자살을 실행에 옮기지 않고 마음속으로 수백 번 결심을 하는 사람도 많다. 죽고 싶지만 어쩔 수 없어서 살아간다는 자조 어린 말을 하면서 사는 사람들, 그런 사람들이 모두 가난하고 병든 사람들일까. 돈이 수십억 있어도 자살 생각을 하는 사람이 있고 젊고 건강해도 그런 생각을 가슴에 품고 사는 사람도 있다. 물질적 풍요는 사람의 허한 가슴을 채워줄 수 없다. 인간의 빈 가슴을 훈훈하게 채워줄 수 있는 것은 진실한 위로뿐이기 때문이다.

우리는 누구나 나눔을 실천할 수 있는 기본적 자산을 가지고 있는 셈이다. 심지어 길거리의 걸인조차도 다른 사람을 위로할 자산을 가지고 있는 것이다. 그 자산을 적극 활용하라. 진실한 위로는 어떻게 하는지 공부하자. 그런 공부야말로 살아 있는 참교육이다. 내가 생각하는 진실한 위로는 조금만 더 마음 쓰는 것이다. 옆집 사람에게 조금만 더 마음 써보자. 친구에게 조금만 더 마음 써보자. 가족들에게 조금만 더 마음 써보자. 그런 마음 씀씀이가 결국엔 자기 자신을 돌봐준다. 다른 사람에게 향하는 위로란

종국에 자신을 향해 되돌아오기 때문이다. 우리의 가장 안전한 피난처는 다른 사람을 위한 진실한 위로다. 그것은 머지않아 든든한 방패막이가 되어줄 것이다. 우리가 가장 어려운 시기에 곁에 있어줄 사람은 우리가 먼저 진실한 위로를 주었던 바로 그 사람일 것이기 때문이다.

중증 외상환자를 돌보는
의사의 심정을 지녀라

얼마 전 친구가 가드레일을 들이받은 자동차 사고로 대학병원 응급실에 실려 갔다. 친구를 보러 응급실에 갔을 때 나는 못 볼 것을 본 것처럼 멈칫하고 말았다. 응급실의 다른 침대에 누운 환자를 치료하는 과정을 보게 된 것이다. 꽤 중한 사고를 당한 듯 환자의 몸에서 피가 철철 쏟아지고 있었다. '이걸 계속 볼까, 말까.' 갈등하던 내 마음에도 아랑곳하지 않고 침대 주변은 분주했다. 의료진들이 사력을 쏟아 환자를 살리고자 하는 모습을 보자 마음이 바뀌었다. '이건 정말 돈 주고도 배울 수 없는 인생 공부가 되겠다.' 그리고 한참 동안 그 모습을 응시했다.

돈 주고도 배울 수 없는 인생 공부를 한 결과를 여러분께 가르쳐주고자 한다. 배움의 소재는 무엇에서든 얻을 수 있다. 중증 외상환자는 말 그대로 심각한 외상을 입은 환자로 생명을 보장하기 어려워 보였다. 그곳은 온통 피범벅이었다. 물이 쏟아지듯 콸콸 피가 쏟아지는 장면을 본 적이 있는가. 보통 사람들 같으면 "어머나!" 하면서 한 발 물러서고 혹시 몸에 묻을까 꺼릴 텐데 의료진들은 아무렇지 않은 표정으로 환자에게 매달렸다. 이유는 하나다. 살리기 위해서.

친구를 수술실로 옮기려고 수술실 밖에서 친구의 가족들과 초조하게 앉아 있었다. 그때 수술실 문을 열고 막 수술을 마친 의사가 나왔다. 그 의사는 유난히 핼쑥했다. 한두 해도 아니고 여러 해 동안 수술을 해왔을 테지만 목숨이 위태로운 환자를 보는 일은 가슴 아픈 일일 것이다. 아직도 수술의 긴장이 사라지지 않았을 의사가 우리처럼 수술실 밖에서 대기하던 다른 보호자 앞으로 다가갔다. 막내아들을 애타게 부르는 노모의 모습이 내 시야에 잡혔다. 늙은 노모는 백발의 파마머리를 산발한 채였다.

"선생님, 제발 저희 아들 좀 살려주세요!"

아들의 사고 소식을 듣고 늙은 어머니는 머리도 매만지지 못하고 달려나온 모양이었다. 택배 일을 하던 막내아들은 태풍이 오는 날인데도 쉬지 않고 일하다가 사고를 당했다고 했다. 그런 아들을 살려달라면서 우는 가족들. 의사도 울고 가족도 울고 보는 사람들도 울 수밖에 없는 상황이었다. 나는 의사의 심정을 헤아려보았다. 외과의사는 요즘 인기가 없다고 하는 말을 들은 적이 있다. 왜냐하면 고생한 만큼 보수도 많지 않고 힘들기 때문이란다. 하지만 아직도 환자를 살리고자 하는 신념 하나로 그 일을 하는 의사는 있었다. 난 그분들에게 경의를 표한다.

중증 외상환자를 돌보는 의사의 심정을 지녀라. 그의 심정은 인간을 향한 무조건적인 헌신이고 사랑이다. 그가 그런 헌신하는 마음, 사랑의 마음이 없었다면 그렇게 힘든 일을 지속하고 있지는 않을 것이다. 피가 철철 흐르는 수술대 위의 환자를 살리기 위해 자기 속이 새카맣게 타들어가는 고통을 감내하는 의료진들은 진정 살아 있는 성자다.

우리는 헌신하는 마음, 사랑의 마음을 얼마나 가지고 사람들을 대하고 있을까. 주위 사람들이 힘겨운 사정에 처해도 못 본 척한 적은 없는지, 가족과 친구들이 나도 모르는 고민거리를 안고 혼자 고민하고 있지는 않은지 가끔 한 번씩 살펴볼 일이다.

우리 모두가 중증 외상환자를 돌보는 의사가 될 수는 없다. 우리는 각자의 개성과 능력대로 일을 해야 하니까. 하지만 마음은 그들처럼 가지고 살 수 있다. 사람을 살리고자 하는 눈부신 열정을 간직하고 산다면 인생이 헛헛하지는 않을 것이다. 가슴속이 사람에 대한 사랑으로 불타고 있을 것이기 때문이다.

자신을 위한 주문,
'괜찮아'를 외쳐라

자
신
을

사
랑
하
는

공
부

살다 보면 문득 깨닫게 될 것이다. 사는 게 참 힘들다는 것을. 그리고 그런 힘들고 어려운 일들을 겪어내는 것이 인생이라는 것을 알게 될 것이다. 지난 시간 동안 살아오면서 배운 것들 중에 항상 내가 유념하는 것이 있다. 그건 바로 내 인생은 내가 지켜야 한다는 것이다. 인생의 주인공은 자기 자신이라는 이야기는 많이 들어봤을 것이다. 그리고 거기에 하나 더 추가하자면 자기 인생의 보안관도 자신이다. 자기 인생의 지킴이는 부모도 아니고 친구도 아니고 애인도 아닌 바로 자신이다.

그대 자신을 위한 주문을 외워라. '괜찮아!' 이 짧은 한마디가 많은 도움이 되어줄 것이다. 우리는 자주 가슴이 허전해진다. 어떨 때는 이 세상의 그 누구도 내 마음을 몰라주는 것 같다. 그런 허전한 마음 저편에서 울고 있는 자아를 발견하라.

자아는 자신의 분신이고 근본이다. 자기 자신을 지키지 못하는 사람은 다른 큰일도 이룰 수 없다. 자아는 연약하다. 새싹과도 같다. 인간의 본래 모습이 자아이기 때문이다. 자아 상실이란 말은 인간 본래의 모습을 상실한 것을 일컫는다. 우리는 본래 어떤 존재였는가. 각각의 자아는 모두 다르지만 그 근원은 같다. 매우 여리고 섬세하다. 이 자아를 지킬 수 있는 사람이 바로 자신이다.

자아를 지켜내지 못하면 삶은 어수선하다. 불확실한 미래는 항상 다가오고 있고 현재는 굳건한 자아를 지닌 사람만이 견딜 수 있는 시스템이 인생이기 때문이다. 미래와 현재 모두를 성공적으로 영위하려면 우리는 우리 자신의 자아를 잘 보살피고 지켜내야 한다. '괜찮아!' 이 한마디면 충분하다. 이 주문은 언제 어디서든 통용된다.

교통사고가 났는가. 병원 치료를 잘 받으면서 이렇게 자신에게 말하라.

"교통사고가 났어도 괜찮아! 이만한 게 다행이야."

집에 도둑이 들었는가. 경찰에 신고를 하고 나서 자신에게 이렇게 말하라.

"그까짓 물건 몇 개 없어져도 괜찮아!"

다른 사람과 첨예한 갈등을 겪어 힘든가. 그렇다면 최대한 그와의 관계 개선을 위해 노력한 다음 이렇게 말하라.

"내가 그 사람에게 최선을 다했으니 괜찮아!"

시험을 망쳤는가. 그렇다면 홀가분하게 자기 자신에게 이렇게 말하라.

"이번 시험을 잘 보진 못했지만 다음에 잘 보면 돼. 괜찮아!"

이처럼 자기 자신을 고양시키는 주문은 특별한 위력을 발휘한다. 자아에게 영양이 풍부한 자양분을 듬뿍 공급해준다. 지금껏 시들시들해지던 자아라는 새싹이 이 주문을 거름 삼아 파릇하게 자라날 수 있는 것이다. 자신을 사랑하는 공부는 날마다 잊지 말고 해야 한다. 이 공부를 게을리하다간 자칫 인생 전체가 흔들리기 쉽다. 자신을 사랑하는 공부의 기본이 바로 스스로 사기를 고취하는 것임을 잊지 말자.

사람은 사소한 것에
상처를 입는다

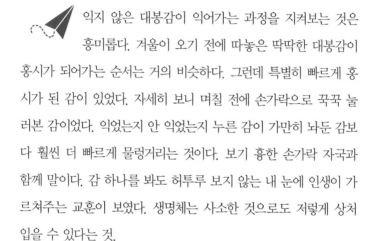

인
간
에

대
한

이
해

익지 않은 대봉감이 익어가는 과정을 지켜보는 것은
흥미롭다. 겨울이 오기 전에 따놓은 딱딱한 대봉감이
홍시가 되어가는 순서는 거의 비슷하다. 그런데 특별히 빠르게 홍
시가 된 감이 있었다. 자세히 보니 며칠 전에 손가락으로 꾹꾹 눌
러본 감이었다. 익었는지 안 익었는지 누른 감이 가만히 놔둔 감보
다 훨씬 더 빠르게 물렁거리는 것이다. 보기 흉한 손가락 자국과
함께 말이다. 감 하나를 봐도 허투루 보지 않는 내 눈에 인생이 가
르쳐주는 교훈이 보였다. 생명체는 사소한 것으로도 저렇게 상처
입을 수 있다는 것.

감이나 사람이나 같은 생명체다. 음악을 듣는 식물이 더 잘
자란다는 것은 과학적 사실이다. 식물이든 동물이든 자신을 해치
려는 시도를 알아채기는 쉽다. 자신을 행복하게 만들어주는 음악
에 공명하듯이 자신에게 티끌만큼이라도 불리한 것에도 공명한다.
왜냐하면 불운하지 않기 위해서다. 즉 불행해지고 싶지 않기 때문
이다. 사람 역시도 동물이기에 어쩔 수 없이 조그마한 일로 상처

입을 수 있다.

아주 사소한 것인데 상대방은 그걸 확대 재생산해서 화를 낸다거나 오랫동안 말을 하지 않는 경우를 봤을 것이다. 심지어 사소한 말다툼으로 몇 년 동안이나 말을 하지 않고 사는 부부도 있다. 사람은 사소한 것에 상처를 잘 입는다. 이것은 그가 속이 좁다는 의미로 100퍼센트 해석할 수는 없는 일이다. 아무리 성인군자라도 사소한 일로 서운해할 수 있는 것이 사람이다. 그러므로 우리는 인간관계에서 사소한 것에도 신경을 써야 한다.

친구 세 명이 있는데 한 친구가 일방적으로 한 사람에게만 먹을 것을 권했다고 하자. 먹을 것을 권유받지 못한 다른 친구가 속상해한다고 해도 이상한 일은 아니다. 그까짓 거 별것 아닌데 다 큰 사람이 아이처럼 토라진다고 나무랄 일도 아니다. 그건 사소한 것에 쉽게 상처받는다는 인간의 본성을 망각한 채 행동한 친구의 잘못이다.

다 큰 어른의 마음에도 아이가 산다. 어린아이들은 아주 조그만 일에도 상처를 입는다. 자기가 갖고 싶은 장난감을 사주지 않는다고 울고 자기가 먹고 싶은 것을 빨리 안 준다고 울고 자기만 예뻐해달라고 운다. 이런 어린아이가 어른의 마음속에도 산다. 다 큰 어른도 아이처럼 사소한 것에 우는 것이다.

가만가만 다정하게 달래주자. 아주 사소한 일로도 쉽게 상처 입을 수 있는 여린 마음들이 우리 앞에 있다. 별것 아닌 것 같은 일이라도 한 번 더 생각해보고 행동하고 별것 아닌 말이라도 한

번 더 생각해보고 말하라. 신중하게 말하고 행동해야만 내 언행 때문에 상처받는 사람이 줄어든다. 인간에 대한 이해란 거창한 것이 아니다. 이런 작은 깨달음이 모여서 궁극적으로 인간을 이해하게 되는 것이다. 내 말 한마디, 행동 하나하나에 누군가가 가슴 아파하고 울 수 있음을 기억하자.

올바른 삶의 자세를
확립하라

올
바
르
게

사
는

공
부

나침반 없이 길을 찾는 것은 얼마나 힘겨운 일일까. 어느 쪽이 남쪽인지 어느 쪽이 동쪽인지도 모른 채 막막하게 하루를 살아가는 사람들이 많은 요즘이다. 자기가 나침반 없이 인생길을 걸어간다는 것을 안다면 그들은 놀랄 것이다.

"내게 인생의 나침반이 없었다니!"

하지만 이렇게 자각하는 것도 일부에 불과하다. 대다수의 사람들은 자기에게 나침반이 없다는 사실을 모른다. 아니, 모른 체하고 산다. 인생의 나침반이란 무엇인가. 바로 삶의 자세일 것이다.

모름지기 인간이 한 생애를 살아가려면 자신만의 길을 제시하고 직시하는 나침반이 반드시 필요하다. 이 나침반의 필요성은 인간이 가장 불우한 처지에 놓여 있을 때 적나라하게 드러난다. 그러나 그때는 너무 늦다. 불행하기 전에, 외로워지기 전에, 고통스러워지기 전에 우리는 자신의 나침반을 가져야만 한다. 삶의 자세를 확고히 정립해야 하는 것이다. 그렇다면 우리에게 어떤 삶의 자세가 필요할까.

인생을 공부하는 사람에게 삶의 자세란 뼈대를 완성하는 일이나 마 찬가지다. 뼈대가 없으면 살도 근육도 모두 무용지물이다. 뼈대가 튼 튼하지 못한 몸은 존재할 수조차 없다. 인생 공부의 뼈대인 삶의 자 세는 한 사람의 일생을 버티는 중추 역할을 하는 것임을 기억하자.

여러분은 어떤 삶의 자세를 가지고 있는가. 삶의 자세라고 어렵게 생각할 일은 아니다. 공부를 잘하는 사람은 어려운 것도 쉽게 풀이해서 말할 수 있는 사람이다. 그래야 암기도 잘 되고 이 해도 잘 된다. 삶의 자세는 쉽게 말해서 살아가는 태도다. 일상을 영위하는 태도가 곧 삶의 자세인 것이다.

나는 언제나 올바른 삶의 태도를 가지고 살아가고자 노력한 다. 이 노력이란 것은 일시적일 수도 있고 영구적일 수도 있다. 인 간은 기계가 아니기 때문에 무엇인가를 똑같은 상태로 유지하기가 매우 어렵다. 그래서 한결같은 태도를 유지하면서 사는 사람이 예 사롭지 않은 것이다. 그러나 올바른 삶의 태도만큼은 늘 한결같이 유지해야 한다. 왜냐하면 그것이 우리의 행복을 좌우하는 절대적 명제이기 때문이다.

그럼 올바른 삶의 태도 몇 가지를 공부해보자. 빨간 펜으로 밑줄을 긋자. 공경, 양보심, 정직함, 근면, 다양성 존중, 이해심 함 양. 이와 같은 삶의 태도는 인생의 든든한 나침반이 될 것이다.

공경은 모든 존재에 대한 공경이다. 자신을 포함한 모든 존 재들을 공경하라. 양보심은 자신의 욕심을 버리는 것이다. 무엇을 기어코 얻고자 혈안이 되는 추한 모습을 버리고 소중한 것도 내어

줄 수 있는 아량을 가져라. 정직만큼 추앙받는 것도 드물다. 정직하게 살아라. 그것이 부정하게 살고 부자가 되는 것보다 낫다. 근면은 성실과 같은 말이다. 부지런한 자에게 신은 그만큼의 결실을 주실 것이다.

　또한 다양성을 존중하는 것도 중요한 덕목이다. 이 세상은 다양한 존재들의 향연장이다. 잘난 사람도 있고 못난 사람도 있다. 영악한 사람도 있고 어수룩한 사람도 있다. 사랑스러운 사람도 있고 보기만 해도 혐오스러운 사람도 있다. 이처럼 사람들의 다양성을 존중하는 태도가 인간관계를 원활하게 만들 것이다. 마지막으로 이해심을 함양해야 한다. 이해심은 막연하게 '이해해야지' 해서 함양되는 것이 아니다. 부단한 마음 수련을 통해야만 함양할 수 있다. 그 누구에게도 결코 이해받을 수 없을 것 같은 사람도 그를 이해하겠다는 마음을 지닌 사람이라면 이해할 수 있는 것이다.

조건을 내걸지 말고
먼저 이해하라

내 입장에서 바라보던 세상과 다른 사람의 입장이 되어 바라보는 세상은 다르다. 내 눈으로만 세상을 보는 사람은 시야가 덜 트인 사람이다. 다른 사람들 시선까지도 자기 것으로 할 수 있을 때 비로소 열린 시야를 획득하게 된다.

열린 시야는 이해한다는 것이다. 이 일은 숭고한 의식과도 같은 가치 있는 일이다. 고집불통 영감처럼 내 입장만 고수하고 산다면 더 많은 것들을 누릴 수 없다. 자기 입장만 고수하고 자신만 이해해달라고 하는 닫힌 시야는 당장 버려야 할 구시대의 유물이다. 이해는 생각의 폭을 넓혀준다. 또한 인간관계의 막힌 혈을 뚫어주는 최고의 방법이기도 하다. 이해를 많이 하면 할수록 우리는 더 많은 혜택을 누릴 수 있다.

그것은 매우 당연한 결과다. 누군가를 이해하게 되면 그 사람의 결점까지도 받아들일 만큼 마음이 넓어지기 때문이다. 또한 이해하는 마음은 자기 자신을 평화롭게 하는 지름길이기도 하다. 세상에는 수많은 갈등 관계가 존재한다. 부모와 자식 간에도, 부부간에도, 직장 동료 간에도 모두 이해하지 못함으로써 관계가 악화된다. 그들 중 한쪽만이라도 이해해보려 했다면 조금은 덜 힘들었을 텐데 안타까운 일이다. 인간관계의 갈등은 그걸 해결하려는 의지가 수반되지 않는 이상 해결될 수가 없다. 그 해결의 단초가 되는 것이 바로 이해다.

이해한다는 일은 정녕 숭고한 것이다. 왜 나는 이해한다는 것이 숭고한 의식이라고 말하고 있을까. 숭고하다는 것은 신성하다는 말과 의미가 통한다. 신성하다는 말은 또다시 순수하다는 것과 의미가 통한다. 순수하다는 것은 그럼 무엇과 의미가 통하는가. 그것은 바로 깨끗함이다. 깨끗한 순백의 눈을 바라보면서 사람들은 순수하다고 말하곤 한다. 깨끗하게 다른 사람을 받아들이는 것이 이해라고 보면 좋을 것이다. 어떠한 조건도 걸지 말고 다른 사람을 받아들이자. 그것이 진정한 이해심이다.

"남편이 생활비를 조금만 더 주면 그를 이해하겠어." "부모님께서 사업자금을 대주시면 모든 걸 이해하고 효도할 거야." "아들이 성적이 오르면 더 잘해주고 이해를 해줄 거야." 등등. 이런 전제조건으로 인간관계에 바람막이를 설치하고 있지는 않은가. 그러한 장애물들을 없애지 않는 한 사람과의 관계는 불만족스러울 수밖에 없다. 상대가 내 욕망을 충족시켜주기를 바라고 그에 따라서 내가 행동하겠다는 것만큼 피동적인 삶도 없다. 자기 자신의 인생을 주도적으로 이끌어가는 사람이 되려면 상대방이 어떻게 행동하든 관계없이 자기민의 행동 계획서를 기지고 있어야 한다. 그러

185

면 상대방이 변화할 것이다.

공부를 못하는 자녀가 공부를 잘해야만 대접해주겠다는 생각 대신 공부를 못해도 언제나 사랑하는 마음으로 이해하고 잘 대해주겠다고 하면 아이는 변화한다. 비록 공부를 못하더라도 다른 분야에서 자기 소질을 계발하고 즐겁게 살아갈 확률이 높아질 것이기 때문이다. 상대방을 이해한다는 것은 깨끗하게 그 사람의 모든 것을 받아주는 것이다. 공부를 잘하든 못하든 그가 잘살든 못살든 개의치 말고 받아들여라. 그 사람의 모습을 있는 그대로 인정하면서부터 이해는 시작된다.

사람을 얻으려면
그의 마음을 감동시켜라

사
람
을

얻
는

공
부

우리는 서로 도움이 필요한 존재들이다. 나 혼자 잘났다고 해서 성공할 수는 없는 세상이라는 의미다. 지금 성공했다고 하는 사람들을 유심히 살펴보자. 그들에게서 배울 점은 없는가. 성공한 사람들의 공통점은 사람의 마음을 잘 얻는다는 점일 것이다. 어떤 분야에서든 사람의 마음을 사로잡는 비책을 가지고 있는 사람은 실패할 수가 없다. 그만큼 타인의 지지는 인생의 행로를 결정하는 데 크게 기여한다.

<u>타인의 지지, 사람의 마음을 얻는 일은 생각 외로 간단하다. 사람을 사로잡는 비법은 바로 감동시키는 것이다. 어떤 형태의 감동이든 그것이 미치는 파급 효과는 대단하다. 한 번의 깊은 감동은 지난 시절의 모든 잘못을 만회하고도 남을 정도니 말이다.</u>

어떤 외판원이 있었다. 그 외판원은 뛰어난 실적을 올려 전국 판매왕에 올랐다. 그런데 딱 한 사람만 그의 물건을 철저하게 거절하고 있었다. 그는 늙은 구두쇠 자산가였다. 그의 주변에는 그의 돈을 보고 몰려든 사람들이 언제나 많았다. 그러나 진정으로

자기를 좋아해서 온 사람은 별로 없다는 걸 구두쇠 영감도 알고 있었다. 판매왕은 그에게 물건을 꼭 팔고 싶었다. 이유는 판매고를 올리기 위해서가 아니라 자기 상품이 늙은 구두쇠 영감에게 꼭 필요한 것이라 믿었기 때문이다. 거절을 수십 번 당했지만 그는 구두쇠 영감을 볼 때마다 상냥한 미소를 지어 보였다.

"어르신, 어디 편찮으신 데는 없으신가요. 날씨가 쌀쌀하니까 감기 조심하세요."

이렇게 인사말을 하는 것도 잊지 않았다. 그러면 구두쇠 영감은 매번 그렇듯이 얼굴을 찌푸렸다. 절대 그의 물건을 사지 않겠다는 듯이. 그러던 어느 날, 구두쇠 영감에게 시련이 닥쳤다. 투자를 잘못해 한순간에 알거지가 된 것이다. 그동안 구두쇠 영감에게 친절하게 굴던 모든 사람들이 매정하게 등을 돌렸다. 그러나 판매왕은 여전히 상냥하게 인사말을 건넸다. 그는 구두쇠 영감에게 비싼 선물을 한 적도 없다. 지나친 친절을 베푼 적도 없다. 그런데 구두쇠 영감은 그만 그에게 마음을 빼앗겨버렸다. 왜? 자신을 감동시켰기 때문이다. 깊은 감동을 받은 구두쇠 영감은 자진해서 그의 물건을 주문했다.

감동을 주어라. 사람을 얻는 데 그것만큼 좋은 것은 없다. 특히 그 사람이 아플 때는 평상시보다 백배는 더 잘해주어야 한다. 왜냐하면 사람은 몸과 마음이 아프면 더 서럽고 쓸쓸해지기 때문이다. 내가 아플 때 함께해주는 사람은 평생 잊지 못한다.

결혼한 여자라면 임신해서 입덧할 때 잘해준 남편, 아기를 낳을 때 곁에서 함께 아파해준 남편에게 진심으로 고마워한다. 별 것 아닌 일 같지만 아내에게는 매우 선명하게 남는 기억들이다. 여자나 남자나 똑같다. 남자도 작은 것들에서 감동받는다. 감동을 주는 방법은 어렵지 않다. 가식 없는 마음으로 그 사람에게 도움이 되어주는 것이다.

감동을 주려면 그에게
지금 무엇이 절실한가를 파악하라

감동은 어떤 혈을 자극하느냐에 따라서 그 크기가 달라진다. 가장 효과가 좋은 혈은 어디일까 공부해보자. 그곳은 무엇인가를 절실하게 필요로 하는 마음의 혈이다. 사람마다 처지가 다르고 생김새가 다르고 사는 법도 다르지만 절실하게 필요로 하는 것 하나쯤은 가지고 살기 마련이다. 어떤 사람은 돈이 절실하게 필요하기도 하고 어떤 사람은 따뜻하고 다정한 말 한마디가 절실하게 필요하기도 하다. 또 어떤 사람은 혼자만의 여행이나 휴식이 절실하게 필요하기도 하다.

사람을 감동시키려면 그 사람이 가장 절실하게 원하는 것을 알아내야 한다. 그리고 그에 합당한 배려를 할 수 있어야 한다. 예를 들어 10대의 한 학생이 있는데 그 학생이 가장 원하는 것이 부모님의 격려라고 하자. 부모는 그 아이에게 필요한 것이 격려라는 것을 파악해야 한다. 그렇지 못하고 공부하라고 아이에게 채찍질만 한다면 서로에게 도움이 되질 못할 것이다.

30대 가정주부가 있다. 그녀가 가장 필요로 하는 것은 남편의 사랑 어린 눈빛이다. 그런데 남편이 그녀의 마음을 전혀 알지 못하고 돈으로 모든 걸 해결하려고 한다면 어떨까.

"여보, 오늘은 저와 영화를 보러 가요."라고 아내가 말하면 "카드 있잖아. 그거 가지고 친구들이랑 보고 와."라고 남편이 소파에서 무성의하게 대꾸한다.

"여보, 내일이 우리 결혼기념일이네요."라고 아내가 말하면 "그런 게 뭐 중요해. 귀찮으니까 이 돈 가지고 쇼핑이나 하고 와."라고 돈을 내미는 남편.

이런 남편과 살아야 한다면 수천억 원을 주어도 그녀는 행복하지 않을 것이다. 왜냐하면 남편이 자기를 사랑하지 않는다고 믿기 때문이다.

<u>사람이 감동을 받으면 행복해지는 이유는 상대방이 나를 사랑하는 마음으로 대했다는 느낌 때문이다. 상대방이 나를 특별하게 여기고 있다는 것을 알고서 느끼는 것이 감동이다. 그렇다면 감동을 주기 위해서는 상대방을 특별하게 여기는 마음을 가지고 있어야 할 것이 아니겠는가. 타인을 특별하게 여기고 유심히 관찰하면 그가 절실하게 필요한 것이 무엇인지 알아낼 수 있다.</u>

지금 이 시간부터 다른 사람들이 무엇을 절실하게 필요로 하는지 파악해보라. 그 일은 재미있는 실험 같기도 하다. 여러 사람들 인생을 이해하고 가치관을 이해하는 일이기 때문이다. 그들이 눈물 나도록 원하는 것을 줄 수 있는 사람이 되자. 아프리카의 어린이들에게는 해열제 하나도 귀한 약이 된다. 어떤 나라에서

는 하찮은 모기약이 귀한 물건이 되기도 한다. 사람은 각각 다른 것을 원한다. 그것을 파악하는 사람은 상대방의 마음을 사로잡고 감동을 주는 사람이 될 것이다.

적절하게 칭찬하면
관계가 좋아진다

여러분은 최근에 누구에게 칭찬을 들었는가. 요즘 칭찬을 들은 기억이 있는지 묻고 싶다. 대부분 사람들은 칭찬에 목말라 있다. 그만큼 칭찬을 해주는 사람이 드물다는 뜻이기도 하다. 칭찬, 도대체 무엇이기에 사람들은 칭찬으로 살아갈 희망까지도 얻는다고 할까.

칭찬의 중요성과 필요성을 다룬 책은 엄청나게 많다. 그리고 칭찬하자는 강사들도 넘쳐난다. 이렇게 칭찬이 중요한 이유는 무엇일까. 인생을 공부하면서 새록새록 깨닫는 것은 칭찬만큼 좋은 보약이 없다는 것이다. 우리는 아프면 약을 먹는다. 어떤 약은 효과가 있고 어떤 약은 생각만큼 효과가 없기도 하다. 그런데 세상의 모든 병에 효과 100퍼센트라는 약이 있다. 그것이 바로 칭찬이라는 약이다. 이 약은 온갖 사람에게 투여해도 부작용이 없고 효과를 보장한다. 그렇지만 칭찬에도 적당한 선을 지켜야 한다. 지나치게 칭찬하면 듣는 사람의 입장에서는 "저 사람이 나를 놀리나?" 이렇게 의심하기 때문이다. 만병통치약보다 더 좋은 칭찬이라는 보약을 어떻게 활용할지 공부해보자.

지루한 일상에 누군가가 생각지도 못한 칭찬을 해주면 삶의 활력소를 얻게 된다. 김 과장이 그러하다. 미스 리가 오늘 그에게 해준 칭찬으로 그의 얼굴 표정은 놀랍게 변했다. 늘 우중충한 잿빛 하늘 같던 그의 얼굴이 함박꽃처럼 환하게 피어났다. 미스 리의 칭찬은 별말이 아니었다.

"김 과장님, 오늘 맨 푸른색 넥타이가 참 잘 어울리시네요!"

새로 들어온 미스 리는 다른 직원들에게도 가끔씩 칭찬을 건네서 듣는 사람의 기분을 좋게 만들었다. 미스 리는 얼굴이 예쁘지도 않았고 몸매도 별 볼일 없었다. 그렇지만 그녀의 입에서 나오는 향기로운 칭찬들로 그 모든 단점들을 커버하고도 남았으므로 직원들은 그녀를 사랑하지 않을 수 없었다.

반면에 자재부에서 일하는 홍 과장은 썩은 감을 씹은 표정을 하고 있다. 거래처 박 사장이 매번 건네는 말이 그의 기분을 상하게 하기 때문이다. 박 사장은 회사에 찾아올 때마다 홍 과장에게 입이 닳도록 칭찬을 한다. 그런데 그 칭찬이란 것이 듣는 사람 입장에서는 기분이 나쁘다는 것이 문제였다.

"홍 과장! 자넨 참 결단력 있는 친구야. 얼마 전에 이혼했다고? 잘했네. 마누라가 바람피웠다면서. 요즘 뭐 이혼이 흠이나 되나? 혼자서 살아도 용기를 내라고!"

어디서 알았는지 홍 과장의 이혼 소식을 알아내서 원치도 않는데 혼자서 떠벌리는 바람에 다른 사람들이 그 사실을 알게 된 것이었다. 홍 과장 입장에서는 아직 밝히고 싶지 않았는데 칭찬을 가장한 박 사장의 폭로로 그의 사생활이 까발려진 것이다. 박 사장 입장에서는 칭찬을 하고 용기를 주고 싶었는지 몰라도 결과는 최악이 되어버렸다.

칭찬도 상황을 봐가면서 해야 한다. 무턱대고 칭찬한다고 상대방이 좋아하고 보약이 되는 것은 아니다. 잘못된 칭찬은 오히려 상대방을 난처하게 만들 수도 있다. 적절하게 칭찬하라. 이 칭찬을 하면 상대방이 어떻게 받아들일까 생각하고 나서 칭찬해도 늦지 않다.

비판보다 나은 것이 칭찬이지만 칭찬보다 더 나은 것은 적절한 칭찬임을 기억하자. 적절한 칭찬이란 칭찬을 받는 상대방 입장에서 한 번 더 생각해보고 하는 칭찬이다. 또한 너무 자주 칭찬하지 마라. 그렇게 하면 칭찬의 가치가 떨어진다. 아주 가끔 시기 적절하게 칭찬을 하라. 그러면 칭찬의 주인공은 다시 살아갈 힘을 얻게 될 것이다.

손해 봐도
괴로워하지 마라

손실에 대처하는 공부

이 세상에서 가장 바보스러운 사람은 누구일까. 공부를 못하는 사람? 운동을 못하는 사람? 말을 더듬는 사람? 그것도 아니면 지능지수가 낮은 사람? 이 세상에서 가장 바보스러운 사람은 이런 사람이다. 자기가 어찌할 수 없는 일이 벌어졌을 때 괴로움에 몸부림치는 사람. 가슴에 가만히 손을 얹고 질문해보자. 나는 정녕 그런 적이 한 번도 없었는가. 대부분의 사람들은 자기도 바보스럽게 산 적이 있다는 사실을 인정할 수밖에 없다. 나 역시도 그렇게 살아왔다. 하지만 지금은 결코 그렇게 하지 않는다.

인생을 공부하는 사람은 지혜가 쌓인다. 그래서 자신이 제어할 수 없는 일이 벌어져도 결코 당황하지 않는다. 인생을 살아가는 지혜가 차곡차곡 누적되어서 의식하지 않아도 그렇게 행동하게 된다. 자신이 어찌할 수 없는 일 중에는 이런 일이 있을 것이다. 유형, 무형의 재산상의 손해다. 손해를 보게 되면 사람들은 안절부절못하게 된다. 막대한 손해는 자칫 삶의 기반마저도 흔들어버리기 때문이다. 하지만 그 손해에 대해 어찌할 수 없는 상황이라면 더 걱정해봐야 무슨 소용이겠는가. 괜한 걱정으로 앞으로 살날마저 망쳐서는 안 될 것이다.

실손 보험이란 게 있다. 그 보험은 손해를 보면 그 손해만큼 보험사에서 배상해주는 것이다. 예전에는 100퍼센트 실손 보험이 있어서 100퍼센트 보상해주는 상품이 있었다. 인생에도 실손 보험이 있다. 도대체 웬 뚱딴지같은 소리인가 하실 여러분께 인생의 실손 보험을 알려주고자 한다. 오늘의 공부, 인생의 실손 보험에 밑줄 쫙 그으시기 바란다.

우리 인생의 손해를 100퍼센트 보상해주는 실손 보험은 어느 보험회사의 기획 상품이 아니다. 그건 우주의 섭리가 만들어낸 기적의 보상 시스템이다. 가입하기 위해 각종 서류에 사인을 하고 도장을 찍지 않아도 되는 무료 가입 보험인 것이다. 특히 이 보험은 매달 보험료를 내느라 골머리를 썩지 않아도 된다.

이 보험의 이름은 "손해 봐도 웃는 자에게 100퍼센트 보상을!"이라는 다소 긴 이름이다. 손해 봐도 웃을 수 있는 사람이 과연 몇이나 될까. 그래서 보상률이 100퍼센트인지도 모를 일이다. 이 보험에 가입하고자 하는 사람이라면 손해 봐도 인상 쓰지 않고, 우울해하지도 않고 웃을 수 있는 배짱만 있으면 된다. 인생의 실손 보험은 우리에게 별다른 것을 요구하지 않는다. 다만 인생에는 손해가 있을 수밖에 없다는 점을 다시 한 번 상기시키고 손해 앞에서 좌절하지 말 것을 요구할 뿐이다.

손해 봐도 괴로워하지 마라. 울부짖음은 무모한 시간 낭비일 뿐이다. 아무리 울어도 손해는 이미 지나간 과거의 앙금일 뿐이다. 손해를 헤아리면서 후회하고 한탄하는 시간은 숨 쉬는 것조차 아까운 시간이다. 우리는 이미 인생의 실손 보험에 가입한 사람들이다. 어떤 치명적인 손해를 입어도 웃을 것이기 때문이다. 인생 공부를 잘하는 학생은 '손해'라는 글자를 만나면 "다시 웃자!"라고 고쳐 읽을 줄 아는 사람이다.

논쟁을 피하라

틈만 나면 논쟁을 부추기는 사람들이 있다. 이웃집을 번갈아 가면서 이간질하는 사람도 있고 친구 사이를 오가면서 논쟁하는 걸 즐기는 사람도 있다. 정치인도 논쟁하느라 정작 국민들에게 필요한 법안을 통과시키지 못하는 경우도 많다. 논쟁은 불필요한 것이다. 논쟁만큼 사람의 기력을 소모시키는 것도 드물다. 논쟁을 유발하는 사람의 심리는 논쟁으로써 자기가 우월하다는 것을 증명하기 위해서다. 그러나 기대와는 달리 논쟁으로 얻을 수 있는 건 미움과 거리감뿐이다.

왜 논쟁이 이토록 무의미한 것일까. 일단 어렵게 생각하지 않아도 논쟁을 하고 나면 기분이 좋지 않다. 어떤 주제의 논쟁이든지 그러하다. 논쟁은 서로를 헐뜯는 전쟁과도 같기 때문이다. 퇴로를 절대 허용하지 않고 적군을 몰살시키겠다는 의도로 덤비는 것이 논쟁이다. 그러한 논쟁의 본질은 서로를 피곤하게 만들기에 충분하다. 논쟁하는 당사자 또한 어떠한 실효도 거두지 못한다. 논쟁하면서 기분이 좋았던 기억이 있는가. 논쟁 후에 보람 있었던 기억이 있는가. 같이 논쟁을 한 사람에게 감사한 마음이 든 적이 있는가. 결코 그런 일은 없었을 것이다.

웬만하면 논쟁을 피해라. 인생을 공부하면서 다시 한 번 깨닫는 것은 마음의 평화가 중요하다는 것이다. 나는 무엇보다 사람은 마음이 평화로워야 한다고 생각한다. 이 점을 유념하라. 마음이 평화롭지 못한 사람은 왕의 지위에 있어도 행복할 수 없다.

마음의 평화를 얻기 위해서는 반드시 논쟁의 유혹으로부터 벗어나야 한다. 논쟁을 일삼는 사람은 사귀지 마라. 그런 사람과 함께하면 하루도 편할 날이 없을 것이다. 친구나 배우자, 사업 파트너 같은 인생길의 동반자를 선택할 때는 논쟁을 즐겨 하지 않는 사람을 선택해야 한다. 그래야 제대로 일할 수 있다. 논쟁으로 얻은 결과는 모두에게 불만족스러운 것이기 쉽다. 그래서 일을 할 때도 논쟁으로 어떤 목표를 이룰 생각은 하지 말아야 한다.

그렇다면 논쟁 없이 어떻게 하란 말인가. 우리에게는 다행히도 논쟁 말고도 좋은 의사소통 방법이 있다. 그것은 의논이다. 왜 사람들은 의논하지 않고 일방적인 지시나 듣기만 해도 인상이 찌푸려지는 논쟁을 하려는 걸까. 그것은 인생을 공부하지 않아서다. 인생을 공부하는 인생학교의 학생은 논쟁이 백해무익한 것을 안다. 논쟁 대신 의논을 하면 서로가 상처받지 않는다. 한쪽만의 일방적인 승리가 아니라 두 사람 모두 승리자가 되는 것이다.

오늘부터 이 실험을 해보라. 나와 의견이 다른 사람에게 이렇게 말해보라.

"그 일을 너랑 의논하고 싶어."

이렇게 말하면 상대방은 거절하지 않을 것이다. 그런데 말을 약간 바꾸어서 이렇게 말하면 어떻게 될까.

"그 일은 내 방법이 옳은 것 같아. 네 방법은 엉터리야. 내 방법으로 하자!"

이런 식으로 말하면 상대방은 대화 자체를 거절할지 모른다. 그리고 화를 낼 가능성도 높다. "의논하자." 이 말은 사람을 존중하는 뉘앙스가 풍긴다. 의논하자는 것은 상대방의 의견을 듣고 싶다는 뜻이 포함되어 있기 때문이다. 논쟁을 버리고 의논을 택해라. 이것이 서로가 평화롭게 함께 사는 길이다.

타인의 삶을
간섭하지 마라

 우리 주변에 있는 사춘기 청소년들에게 이렇게 질문을
해보자.

"이 세상에서 제일 듣기 싫은 소리는 무엇인가요?"

아마 90퍼센트 이상이 이렇게 말할 것이다.

"공부하라는 부모님의 잔소리요!"

잔소리. 아이들은 물론 어른들도 가장 듣기 싫은 말일 것이
다. 아이들을 포함해 다 자란 어른이 누구에게 잔소리를 듣는다
는 것은 자존심에 금이 가는 일일 것이다. 얼마나 내가 무능하게
보였으면 다른 사람이 이래라 저래라 하는 걸까 하고 화가 나는 것
이 잔소리다.

잔소리란 무엇인가 공부해보자. 잔소리란 타인의 삶을 제멋
대로 간섭하는 것이다. 다른 사람의 삶에 침투하여 그의 삶을 조
정하고자 하는 것이 잔소리다. 잔소리가 심한 부모님, 잔소리가 심
한 배우자, 잔소리가 심한 상사 등은 생각만 해도 골치가 아프다.
잔소리를 하는 사람은 별 죄의식 없이 하곤 한다. 모두 그 사람을

위해서라는 그럴듯한 변명을 하면서 말이다. 그러나 정말 잔소리가 상대방을 위한 따스한 배려의 발현일까. 결코 그렇지 않다고 본다. 잔소리는 잔소리하는 본인 만족 그 이상도 이하도 아니다. 솔직히 말해 잔소리는 자위행위나 마찬가지다. 나만 시원하게 배출하면 그만인 말이 잔소리다. 듣는 사람의 입장은 전혀 헤아리지 않고 하는 말이라는 뜻이다.

어느 도시에 잔소리가 심한 시어머니가 살았다. 그 시어머니는 아들이 출근한 후에 바로 옆 동에 사는 아들네 아파트에 찾아갔다. 며느리가 오전에 집 안 청소를 하고 잠시 쉬고 있으면 시어머니는 대뜸 들어와서 이렇게 말하곤 했다.

"야, 지금이 몇 시인데 그렇게 늘어져 있냐. 내 아들은 힘들게 회사에서 일하고 있는데 넌 집안일은 하지도 않고 이렇게 퍼질러져 있구나."

그리고 그다음 날에도 또다시 찾아와 이렇게 말하였다.

"창틀에 먼지가 이게 뭐니? 여자가 집에서 살림을 하는 거야, 마는 거야."

이렇게 사사건건 참견을 하고 잔소리를 하는 바람에 며느리는 우울증에 걸리고 말았다. 이런 시어머니를 사랑하고 공경할 수 있는 며느리가 과연 얼마나 되겠는가. 며느리에게 존경받으려면 시어머니는 입을 무겁게 해야 할 것이다. 잔소리는 고부간 불화의 첫번째 원인이다. 며느리가 뭘 하든 웬만하면 그대로 내버려둬라. 그러면 며느리는 시어머니에게 더 잘할 것이다. 잔소리하는 시어머니가 되느니 차라리 침묵하는 시어머니가 되는 것이 가정의 평화를 위해서는 좋은 일이다.

직장에서도 마찬가지다. 상사가 잔소리꾼이면 부하 직원은 일할 맛이 안 난다. 일하고자 하는 사기를 꺾어버리기 때문이다. 잔소리만큼 쓸모없는 에너지 소비도 없다. 밥 먹고 하는 쓸모없는 일 가운데 으뜸이 잔소리가 아닐까 싶다. 입을 열 때 이 말이 상대방의 귀에 잔소리로 들리지 않을까 한 번 더 생각해보아야 할 것이다. 나만 편한 말만큼 무례한 말은 없다. 상대방의 가슴에 비수를 꽂는 줄도 모르고 내가 하고 싶은 말만 늘어놓다가는 상종해서는 안 될 인물 1순위가 될 것이다.

타인의 삶을 조정하려고 하지 마라. 그의 삶은 그가 알아서 할 것이다. 곁에서 보기에 엉망진창인 삶을 사는 사람도 자기 나름대로 가치 있게 살고 있는 중이다. 그러니 타인의 삶을 존중할 줄 알아야 한다. 아무리 생각해서 하는 말이라고 해도 듣는 사람이 싫다면 그건 잔소리다. 언제 어디서든 입술을 잘 다스려서 잔소리가 새어나오지 않도록 해야 한다.

자기 자신을
소중하게 대우해라

이런 사람이 있다. 감당할 수 없는 상황에 처했으면서도 끝없이 자신을 희생하는 사람. 이런 사람의 특징은 자기보다는 다른 사람을 먼저 대우한다는 것이다. 물론 이런 희생적인 삶이 나쁘다는 것은 아니다. 그러나 자기 자신을 팽개치고 오직 타인만을 위해 사는 사람은 불행한 사람이다. 왜냐하면 그에게는 진정한 행복이 찾아오지 않을 것이기 때문이다. 행복이란 일단 자기가 만족스러운 삶을 살 때 찾아온다.

자기 자신을 소중하게 대우하라. 먼저 여러분 자신에게 잘하라. 다른 사람에게 잘해야 한다는 강박관념은 버려라. 우선은 나 자신이 최우선인 인생을 살아라. 과거에 자신을 희생하는 삶을 살아오지는 않았는가. 그러한 과거를 돌이켜보면 가슴이 쓰라릴 것이다. 이제 그렇게 살지 않겠다고 다짐하라. 지금 이 순간부터는 나를 최우선 순위에 두고 살겠다고 다짐하라. 아무리 그래도 그럴 수가 있느냐고 하소연할 수도 있다. 기혼자인 경우에는 가족을 부양해야 하기에 변명할 수 있다. 그러나 내가 행복하지 않다면 다른 가족들에게 무엇을 줄 수 있단 말인가. 항상 삶에 불만족인 엄마 아빠를 바라보면서 사는 자녀들이 정말 행복할까.

오늘은 속옷을 사라. 자신을 위한 럭셔리한 속옷을 선물하라. 그리고 가장 갖고 싶은 것을 사라. 가고 싶은 곳도 목록을 만들어서 여행을 떠나라. 무작정 나의 행복을 미루는 것은 바보짓이다. 그러다가 어느 날 갑자기 교통사고나 심장마비가 찾아오면 어찌할 것인가. 평생 자신에게 소홀하다가 갑작스럽게 죽어야 한다면 그 서러움을 누가 풀어줄 수 있겠는가. 내가 나를 소중하게 여기지 않으면 다른 사람도 나를 소중하게 여기지 않을 것이다. 그럼 어떻게 해야 나를 소중하게 대우할 수 있는지 공부해보자.

자신을 소중하게 여기는 사람은 이런 행동을 한다. 먼저 생각을 함부로 하지 않는다. 생각은 몸을 지배하고 행동을 이끄는 근본이다. 자신을 소중하다고 자각하는 사람은 좋은 생각을 하고 좋은 행동을 한다. 그래서 스스로 위험지대에 빠지지 않게 지킬 줄 안다. 또한 자신을 소중하게 여기는 사람은 행동을 유의해서 한다. 즉흥적으로 행동해서 후회할 일을 만들지 않는다. 감정대로 행동해서 반성할 일도 만들지 않는다. 생각과 행동을 신중하게 하는 사람은 스스로를 아낄 줄 아는 사람이다.

다른 사람이 나를 무시한다고 열 내지 마라. 따지고 보면 그 원인은 나에게 있다. 나 자신이 먼저 나를 존중해야 한다. 그래야 다른 사람도 나를 존중할 것이다. 나를 홀대하면서 타인으로부터 존경받고 싶어 하는 사람은 어리석다.

206

길을 걸어가고 있는데 우연히 개 한 마리와 마주쳤다고 하자. 그 개의 몰골이 더럽고 냄새난다면 어떻게 할 것인가. 아마도 옷에 더러운 개의 털끝이라도 스칠까 봐 멀리 피해 갈 것이다. 그런데 같은 개가 깨끗하고 예쁜 모습으로 꼬리를 치면서 다가온다면 어떻겠는가. 아마도 정말로 귀엽고 사랑스러워서 개의 등을 쓰다듬을 것이다. 개도 그러한데 사람이야 오죽하겠는가. 나에게 하는 투자는 낭비가 아니다. 옷이 부족하면 새 옷을 사고 장롱에 있는 옷은 깨끗하게 세탁해서 입어라. 화장품도 사서 바르고 피부도 가꾸어라. 책도 사서 읽고 영화도 보아라.

세상에서 가장 중요한 사람은 나 자신임을 명심하자. 우리는 세상에서 가장 소중한 사람들이다. 그래서 함부로 생각하지 않고 행동하지 않는다. 나에게 필요한 것을 충분히 공급해주고 청결하고 아름다워지기 위해 노력할 것이다. 잠도 충분히 자고 맛있고 영양가 있는 음식도 먹을 것이다. 허무한 놀이에 시간을 낭비하지 않고 보람찬 일을 하면서 인생을 품위 있게 가꾸어갈 것이다.

Happy

3장

행복한 인생을 위한
공부법

life

자신에게
솔직해져라

사람들은 너무 자주 자신을 속이고 있다. 전혀 행복하지 않은데도 괜찮다고 말하고, 정말 참을 수 없이 외로운데도 외롭지 않다고 말한다. 전혀 하고 싶지 않은 일인데도 하고 싶었던 일이라고 자기에게 거짓말을 하고, 전혀 만나고 싶지 않은 사람인데도 억지로 만나서 웃고 떠든다. 그래서 얻은 것은 무엇인가. 자기 환멸 그 이상도 이하도 아니다.

자기 자신에게 솔직해지지 않는 사람에게 행복이란 선물은 결코 찾아올 수 없다. 자기감정을 왜곡하고 어떻게 마음의 안정을 얻을 수 있겠는가. 인생의 기술에는 여러 가지가 있을 것이고 배워야 할 것도 많지만 가장 먼저 배워야 할 것은 이 점이다. 바로 나 자신에게 솔직해지는 것.

이번 공부의 주제는 자기 자신과의 관계에 대한 것이다. 자기와의 관계가 먼저 바르게 정립이 되어야 다른 인간관계도 제대로 이어갈 수 있을 것이다. 자기와의 관계에서 가장 중요시해야 할 점은 바로 솔직해지는 것이다.

우리의 소중한 인생은 자기 자신에게 솔직해져야만 마음껏 향유할 수 있는 시간들이다. 자신을 속이고 기만하면서 무엇을 얻을 수 있겠는가. 사람은 진실한 자기 스스로를 통해서 비로소 안도할 수 있게 된다. 자기를 속인다는 것은 자신을 학대하는 것과 마찬가지다. 전혀 행복하지 않으면서도 행복하다고 스스로 세뇌하면서 몸과 정신을 혹사하는 경우도 많다. 사랑보다는 배경을 보고 재벌가와 결혼한 어느 배우의 이혼 선언 뒤에는 스스로에게 진실해지겠다는 속마음이 담겨 있을 것이다. 돈과 명예보다는 마음속 소리에 더 귀 기울이는 것이 자기에게 솔직한 사람의 태도다.

괴롭고 힘들면 괴롭고 힘들다고 자신에게 솔직하게 말하라. 외롭다면 외롭다고 자신에게 솔직하게 말하라. 어떤 일이 절대 할 수 없다는 판단이 든다면 그렇게 자신에게 말하라. 누군가에게 상처받았다면 그 사실을 자신에게 가감 없이 말하라. 솔직하게 모든 걸 자기 자신과 공유하지 않으면 인생은 꼬이기 시작한다. 왜냐하면 자기가 바라지 않는 일들을 어쩔 수 없이 하게 되기 때문이다.

자신에게 솔직하지 않은 사람은 하기 싫은 일을 해야 하고 만나고 싶지 않은 사람을 만나야 한다. 외로워도 외롭지 않은 척 연기를 해야 하고 괴롭고 힘들어도 멀쩡한 척 자신을 위장해야 한다. 그래서 정신적으로나 육체적으로 매우 소모적이다. 살아 있어도 죽은 것보다 더한 고통을 느끼게 될 것이다. 왜냐하면 그 모습은 진실한 자기 모습이 아니기 때문이다. 모름지기 인간은 진실한 자기 모습과 동떨어진 생활을 하면 견딜 수 없이 괴로워지게 된다.

반면에 자신에게 솔직한 사람이 사는 모습은 어떤가. 자기 자신의 감정과 심리 상태를 잘 이해하는 사람은 가장하지 않는다. 어떤 척할 필요가 없는 삶을 사는 것이다. 다시 말해 누군가에게 보여주기 위한 삶이 아닌 철저히 자기 자신을 행복하게 만들어주는 삶, 그로써 주변인들도 더불어 행복한 삶을 살 수 있는 것이다.

　　기억하라. 나 자신에게 솔직해질 것. 하기 싫은 일을 억지로 하지 마라. 그것만큼 모욕적인 일도 없다. 내면의 목소리가 하는 말을 들어라. 내가 무엇을 원하는지, 어디가 아픈지, 하고 싶은 일은 진정 무엇인지, 하기 싫은 일은 또한 무엇인지.

매일 아침 일어나면
세상에게 인사하자

똑같은 시간이 사람들에게 주어진다. 그렇지만 어떤 사람은 불행한 하루를 보내고 어떤 사람은 행복에 겨운 하루를 보낸다. 그 비결은 뭘까. 여러분에게만 말해주는 특별한 비결이다. 밑줄을 긋자.

아침을 즐겁게 시작하기. 아침을 즐겁게 시작하는 것은 매우 의미 깊은 행동이다. 하루의 시작이 아침이며 아침에는 세상이 우리에게 주는 긍정적인 기운을 듬뿍 받을 수 있기 때문이다. 아침의 공기는 대낮의 공기나 밤의 공기와 다르다. 상쾌한 아침 공기는 사람의 마음을 청소해주기에 충분하다. 아침의 공기를 마음껏 들이켜고 세상에게 인사하는 사람이 되자. 나는 아침에 일어나면 세상에게 감사 인사를 한다.

"오늘도 내게 하루가 주어졌구나. 고마워, 세상아!"

이런 말을 하게 되면 뭔가 모를 뿌듯한 감동이 밀려든다. 생각해보자. 지난밤 과음으로 뒤틀리는 위장을 부여잡고 아침을 맞이할 때 하루가 어떠했는지. 아마 하루 종일 개운치 않았을 것이다. 그 이유는 아침에 주어진 것에 감사할 겨를이 없었기 때문이다. 아침에 대한 인사는 고사하고 자기 몸도 가누지 못하는 사람이 돼서는 곤란하다. 과로나 태만도 마찬가지다. 지나친 나태나 지나친 몰두 때문에 몸과 정신을 아프게 하지 마라. 그것들은 아침을 맞이할 여유조차 빼앗아가는 인생의 독이다.

그럼 아침을 즐겁게 시작하고 세상에게 활기차게 인사하기 위해서는 어떻게 해야 할까. 위에서 말한 것을 토대로 보면 지난밤이 매우 중요하다는 사실을 눈치챘을 것이다. 아침 이전의 시간들, 지난밤에 그대는 과연 무엇을 했는가. 과거는 지나가버린 헛된 나날들만이 아니다. 과거는 현재를 만들고 미래를 개척해갈 자양분이다. 과거가 어떠했는가에 따라 현재 내 모습이 결정된다. 그러므로 우리는 지난밤을 잘 보내야 한다. 그래야만 세상에게 인사할 수 있는 긍정적인 아침을 맞이하게 된다.

늦은 술자리는 가급적 피하고 일찍 집에 들어가는 것, 즐겁게 아침을 맞이할 사람의 태도. 밤에 잠자리에 들기 전에 하루에 대한 감사를 하는 것, 행복한 아침을 맞이할 사람의 자세다.

아침을 즐겁게 맞이하자. 지난밤을 망쳤더라도 실망할 것은 없다. 새로운 시간에 임하는 마음가짐을 올바로 가진다면 잘못한 과거도 얼마든지 만회할 수 있다. 내일 아침은 상쾌하게 웃으면서 일어나라.

"이 방에서, 내가, 살아서, 눈 뜸을 감사합니다."

가슴속으로 세상에게 말하라. 이것이 하루를 긍정적으로 보내는 최고의 공부법이다.

철저하게 사고하라,
삶은 만만하지 않다

올바른 사고에 | 대한 공부

이런 사람이 있다. 하는 일마다 실패하고 되는 일이 하나도 없는 사람. 뭔 재수가 그렇게 없는지 손대는 사업마다 쫄딱 망하고 마는 사람. 그들은 왜 그런 인생을 살아가게 된 걸까. 결과에는 반드시 이유가 있다. 지금부터 불행의 근원인 생각하는 방법에 대해 공부해보자.

가장 쉬운 예로 자꾸만 사업에 실패하는 사람이 있다고 하자. 그 사람은 벌이는 사업마다 망한다. 처음에는 자기 자본으로 시작했지만 나중에는 빚더미에 앉게 된다. 자기 자본을 건지지도 못하고 빚도 갚지 못한 채 허황된 꿈만 꾼다. 그렇지만 그는 이 사실을 알아야 할 것이다. 무엇이든 성공하기 위해서는 철저한 사고(思考)가 앞서야 한다는 것을.

매번 실패하는 사람에게는 이런 원인이 숨어 있을 가능성이 많다. 그것은 부실한 사고다. 부실하게 사고했기 때문에 실패한다. 철저하게 사고하지 못했기 때문에 실패한다. 이것을 명심하자.

되는 일이 없다고 한탄하지는 않았는가. 왜 나에게만 행운이 찾아오지 않느냐고 자조하지 않았는가. 그럴 필요가 없다. 이젠 그대 인생을 성공으로 이끌 비법을 알게 될 것이기 때문이다. 잦은 실패는 철저한 생각 없이 살았다는 반증이다. 생각을 전방위로 하라. 생각의 폭을 넓혀라. 생각을 깊게 하라. 생각하는 일을 즐겨라.

삶은 만만하지 않다. 아무에게나 성공하라고 허락하지 않는 것이 삶이다. 그러나 생각을 깊게 하고 진지하게 하는 사람에게는 성공은 찾아올 수밖에 없다. 모든 가능성을 생각해야 한다. 이렇게 한다면 어떻게 될까, 이렇게 하지 않는다면 어떻게 될까, 또 다른 방법은 없을까. 노트에 메모하는 습관도 들여라. 난 글을 쓸 때 좋은 아이디어가 있으면 꼭 메모한다.

철저한 사고란 것은 미래에 대한 철저한 준비를 의미한다. 어떤 일을 추진한다면 그 일 때문에 발생할 경우의 수를 분석해야 한다. 어떤 사람이 김치 공장을 짓는다고 하자. 그는 사업을 시작하기 전에 김치 공장을 가동시켰을 때 벌어질 경우의 수를 모두 계산해야 한다. 그리고 거기에 대처할 마음가짐도 물론 확립해야 한다. 김치 공장은 배추와 무 같은 농산물 수급 상황이 공장의 운영에 막대한 영향을 미친다. 그러므로 배추와 무의 시세가 어떻게 될 것인지를 알아야 한다. 그러려면 다양한 정보가 필요하다. 날씨, 수급 현황, 농민들의 재배 상태, 품질, 수입 물량, 수요의 변화 등등. 그리고 농민과 밀접한 관계를 유지하는 것도 필요하다. 그래야 품질 좋은 농산물을 공급받을 수 있기 때문이다. 공장도 가게도 다 마찬가지다. 자기와 거래하는 사람들을 잘 관리하는 사람이 성공한다.

또한 공장 직원들을 잘 대우하는 것도 관건이다. 모든 일은 사람이 한다. 김치 공장에서 김치를 만드는 주체는 기계가 아니라 사람이다. 그 점을 명심하고 직원들을 가족처럼 대한다면 더 좋은 성과를 거둘 수 있다. 이것 또한 어떤 사업에도 적용된다. 김치 공장을 하다 보면 이런 일도 발생할 수 있다. 뜻하지 않은 기계 고장이다. 이에 대한 대비책도 마련해두어야 한다. 그렇지 않다가 일이 발생하면 허둥댈 게 뻔하다. 무슨 사업을 하든지 어려움에 직면할 시기가 올 것을 미리 대비하는 것이 중요하다. 철저한 사고는 실패할 가능성을 줄여준다.

감정의 기복을
인정하자

 이런 적이 있지 않았는가. 아침에는 굉장히 기분이 좋
았는데 오후가 되면서 급 우울, 혹은 몹시 화가 난 적
이. 감정의 변화는 사람을 당혹하게 만든다. 하루 종일 차분하고
잔잔한 감정만 가지고 산다면 얼마나 좋겠는가. 인간이 다 그렇다
면 싸움도 사라질 것이고 근심걱정도 몽땅 사라질 것이다. 그런데
아쉽게도 우리는 모두 감정의 기복을 경험하면서 살아갈 수밖에
없도록 만들어졌다.

기분이 좋았다가 나빠지는 건 바람이 불었다가 멈추는 것과
같이 정상적인 현상이다. 그러므로 감정이 급격하게 변화해도 당
황하지 말자. 누구나 그렇다. 나 역시도 그런 일이 잦다. 오전까지
만 해도 깔깔거리면서 웃다가도 불과 몇 시간 후에는 우울해진 적
도 많다. 감정은 이렇듯 급작스레 변한다. 정신적으로 문제가 없는
정상적인 사람도 감정은 수시로 변한다. 이런 감정의 기복을 인정
하지 않는다면 어떤 일이 벌어질 것인가.

첫째, 자기의 감정 기복을 인정하지 못한다면 어떤 일을 추

진할 때 일관성을 잃을 가능성이 높다. 감정이 변화하는 대로 이리저리 휘둘리기 때문이다. 기분이 좋다고 서류에 사인했다가 기분이 우울하다고 그 서류를 찢어버리는 일도 발생할 수 있다. 감정 기복의 당위성을 인정한다면 감정의 변화에 이끌려서 무언가를 급하게 결정짓는 실수는 하지 않게 된다. 하지만 자신의 감정 기복을 인정하지 못하는 사람은 언제 또 변할지 모르는 감정을 주시하느라 자기 자신의 정체성을 찾지 못할 수 있다. 그렇기 때문에 감정의 기복을 인정해야 한다. 일관성을 잃어버리면 무엇을 해도 제대로 완성해내기가 어렵다는 것을 알아야 할 것이다.

인간이 변화하듯, 세상이 변화하듯 감정은 변화할 수밖에 없다. 변함없이 고착된 감정이란 있을 수 없다. 인간이기 때문에 감정의 변화는 당연하다고 받아들여라. 자신을 믿고 자신의 정체성을 지키기 위해서라도 감정의 기복을 인정해야 한다.

둘째, 타인의 감정 기복을 인정하지 못한다면 인간관계를 잘 유지할 수 없다. 이웃에 사는 사람이 어제 아침에는 상냥하게 말을 건네더니 오늘 아침에는 쌩하니 모른 척한다고 해서 그 사람을 이상하게 여길 필요는 없다. 그에게는 감정의 변화가 생긴 것이 분명하기 때문이다. 타인의 이와 같은 감정 기복을 인정하지 못하면 자칫 오해가 생길 수 있다. 사람의 감정이 수시로 변화할 수 있음을 이해하지 못하는 사람은 다른 사람의 행동 하나하나를 부정적인 시선으로 본다. 그러면 서로의 관계는 악화될 수밖에 없다. 누구나 그러하듯이 타인의 감정 기복 역시 인간의 자연스러운 행동

양상이라고 인정하지 않는다면 사는 게 피곤해질 것이다.

인생을 공부하다 보면 감정이 얼마나 중요한 것인지 깨닫는다. 나 자신은 물론 다른 사람도 모두 불완전한 존재라는 것을 늘 기억하자. 감정 변화 또한 놀랄 일이 아님을 기억하자. 우리는 수시로 변화하는 감정 때문에 힘든 존재들이다. 좋게 생각한다면 다양한 감정이 삶을 풍요롭게 한다고도 볼 수 있다. 그런 감정들을 지혜롭게 조절하면서 자신을 수양하고 더 성숙한 인간 개체로서 살아가는 계기를 마련할 수 있기 때문이다. 감정 기복을 인정하라. 화나고 슬프고 기쁘고 괴롭고 우울한 느낌들은 모든 인간에게 불규칙적으로 찾아온다.

의도적으로
감정을 조절하라

　　살다 보면 인간의 의지로 조절하기 어려운 일이 있다. 어찌 보면 인간은 태산처럼 위대한 존재지만 때론 한없이 나약한 존재이기도 하다. 인간의 의지로 조절하기 어려운 일은 의외로 많다. 자신을 제어하는 일이 그러하다. 흡연자들이 담배를 끊는 일, 마약중독자들이 마약을 끊는 일, 알코올의존자들이 술을 끊는 일 등이 있을 것이다. 하지만 그보다 더 어려운 일이 있다는 것을 아는가. 그것은 자기 의지대로 감정을 조절하는 것이다.

　　감정의 기복이 모든 인간에게 찾아오는 필수적인 요소라면 감정을 조절하는 것은 모든 인간에게 주어진 숙제와도 같다. 감정 조절이란 인생 최대의 난제이기도 하다. 감정을 제대로 조절하지 못한 사람은 사회적 성공도 가정적 성공도 보장받을 수 없다. 우리는 종종 이런 뉴스를 듣는다. 유능한 회사원이 자신의 감정을 추스르지 못해 다른 사람의 차량에 불을 지르고 다니는 방화범이 되었다거나, 공부가 최상위권인 학생이 감정을 제어하지 못해 한순간에 학교폭력 가해자가 되었다는 등의 뉴스들. 그런 뉴스들의 단

면에는 인간이 감정을 제대로 조절하지 못했을 때 나타나는 폐해가 드러난다. 사람은 감정 조절 실패로 한순간에 모든 걸 잃을 수 있는 존재다.

인생을 공부하는 입장에서 감정을 조절하는 방법을 아는 것은 그 무엇보다도 중요한 일이다. 감정을 다스리지 못하는 사람은 그 무엇도 완벽하게 이룰 수 없기 때문이다. 글을 쓰는 사람도 감정을 잘 조절해야 좋은 글을 쓸 수 있다. 나는 가끔 내 감정에 제멋대로 휘말리고 나면 한참 동안 글을 못 쓸 때가 있었다. 그것은 무슨 까닭일까. 바로 감정의 노예가 되면 이성적 사고나 지성적 사고가 막혀버리기 때문이다.

<u>이성적이고도 지성적인 사고가 멈추는 순간, 우리의 미래는 암담하다. 그럼 감정을 어떻게 조절해야 할까. 우선 극단에 치우치지 않도록 감정의 완충지대를 만들어놓아야 한다. 슬플 때 완전한 슬픔에 빠지지 않도록 슬픔과 기쁨의 중간 지점을 만들어놓는다는 뜻이다.</u>

슬픔과 기쁨 사이에는 무엇이 있을까. 지나치게 슬퍼지면 사람은 이성을 잃고 지성적인 사고를 못하게 되기도 한다. 슬픔 때문에 죽음을 결심하고 실행에 옮기는 사람도 많다. 이런 슬픔에 사로잡히지 않기 위해서는 완충지대인 빈 공간이 필요하다. 그 빈 공간의 이름을 우리는 사색의 지대라고 하자. 사색의 지대에서는 슬픈 생각을 잠시 멈추는 것이다.

아무 생각 없이 사색의 공간에서 쉬다 보면 슬픔과 기쁨의 가운데에 놓인 감정을 느끼게 된다. 그것의 이름은 허무함에 대한 깨달음이다. 모든 것들이 허무하다는 것을 다시금 깨달으면 제아무리 슬픈 일도 인간을 무너뜨리지 못한다. 인간이 존재한다는 것도 허무한 일이고 현상이 일어나는 것도 허무한 일이며 그 현상에 울고 웃는 것 또한 허무한 일이다. 그 사실을 깨달으면 지나친 슬픔이나 지나친 기쁨, 지나친 고통, 지나친 외로움 등의 감정을 조절할 수 있다. 물론 지나친 분노도 마찬가지다.

감정은 스스로 조절할 수 있는 기제다. 어떤 감정이 파도처럼 밀려올 때 잠깐 심호흡을 하고 사색의 지대로 들어가라. 그곳에서 무엇이 나를 힘들게 하는지 들여다보고 허무에 대해 명상하라. 그러면 감정의 격노에서 벗어날 수 있다. 오늘 나를 화나게 하는 저 사람, 그리고 그의 감정 변화에 분노하는 나 역시도 먼지처럼 사라질 운명임을 되새긴다면 그에 대한 미움이 도대체 무슨 소용이 있는지 깨닫게 될 것이다.

분노를 방치하면
왜 위험할까

분노에 관한 공부

사흘에 한 번꼴로 묻지 마 범죄에 대한 뉴스를 접하는 시절이다. 번잡한 도심의 광장에서 처음 보는 사람들에게 흉기를 휘두른 범인은 무슨 생각을 하고 사는 사람일까. 성격적 분류에 따라 분석해보면 그 사람은 분노를 방치한 사람일 가능성이 높다. 분노를 방치한 사람은 분노에 점령당하는 사람보다 훨씬 위험하다. 그리고 더 심각한 범죄를 저지를 수 있는 잠재력을 가진 사람이다. 왜 분노를 방치하는 것이 위험할까.

우리 마음속에는 각자의 아기가 있다. 이 아기는 세상이 자기에게 어떻게 하는가에 따라 민감하게 반응한다. 여기에서 세상은 인간과 현상을 모두 포함한다. 즉 다른 사람이 나에게 어떻게 하는가에 따라서 울기도 하고 웃기도 하고 또 사회적 현상에 따라 울고 웃는다. 그런데 많은 사람들이 이 아기를 방치한다. 울든 말든 내버려둔다는 의미다. 우리 마음속 아기는 방치되는 것을 가장 두려워한다. 이 아기는 자기에게 관심을 가져주고 달래주기를 원하지만, 우리들은 바쁘다는 이유로 먹고살기 힘들다는 이유로 방치하는 죄를 짓는다. 방치된 아기는 굶어 죽거나 벌레나 짐승의 먹잇감이 될 것이다.

> 우리 마음속 아기가 바로 분노다. 이 분노를 방치하면 더 큰 분노로 진화한다. 가족에 대한 분노는 더 큰 증오로 변할 것이고 사회에 대한 분노는 더 큰 사회적 증오로 커진다. 방치라는 것은 일종의 방임이다. 귀찮고 바쁘다는 이유로 내 마음속 화를 내버려두지 말라.

어떤 사람이 밉고 그 때문에 분노가 생성될 때가 있을 것이다. 이것은 보편적 분노다. 사람이라면 누구나 겪는 감정이다. 자기 자신도 미워질 때가 있고 그 때문에 화가 날 때가 있다. 국가에 대한 원망이 생길 때도 있고 더 크게 나아가 산다는 것 자체에 대한 원망이 생기고 분노가 치밀어오를 때도 분명히 있다. 그럴 때 어떻게 대처하는가에 따라서 우리 삶의 향방이 결정된다.

분노가 찾아올 때 그것을 받아들여라. 친구 때문에 화가 나는가. 그럴 만한 이유가 있을 것이라고 자신에게 말하라. 가족 때문에 화가 나는가. 그럴 만한 충분한 이유가 있다고 자신을 다독여라. 취직도 안 되고 사업도 잘 안 되는 이 사회 구조에 대해 화가 나는가. 그럴 수 있다고 자신에게 동조하라. 그런 후에는 긍정적인 관점에서 분노를 해결하는 노력을 기울여야 한다.

그렇게 하면 방치하는 것보다 훨씬 수월하게 분노를 다스릴 수 있다. 왜 화가 나는지 자신을 다시 한 번 성찰하게 되어 올바른 방향으로 나아갈 수 있기 때문이다. 분노를 방치하지 말고 분노의 원인과 핵심을 간파할 줄 아는 사람이 되자.

말 한마디의 힘을
기억하라

말
하
는

공
부

말 한마디의 힘. 따뜻한 말 한마디가 사람을 살린다
는 것은 결코 과장이 아니다. 살다 보면 잊지 못할 순
간이 있는데 그 순간이 언제일까. 구체적으로 자기 인생에서 잊지
못할 순간을 떠올려보자. 아마 누군가로부터 모욕적인 말을 들었
던 순간, 누군가로부터 뜻밖의 칭찬을 들었던 순간, 누군가로부터
따뜻한 말을 들었던 순간이 포함되어 있을 것이다. 이처럼 말 한마
디는 사람이 평생을 가지고 갈 수도 있다.

내가 지금 다른 이에게 하는 한마디 말이 그 사람 인생 내내
기억된다고 생각해보자. 건성으로 내뱉은 말이 상대방의 뇌리에 10
년 후에도 기억되고 30년 후에도 기억된다고 생각해보라. 아찔하지
않은가. 나는 별로 의미 없이 한 말인데 듣는 사람은 그 말을 평생
기억할 수도 있다.

"야, 이 멍청한 녀석아!"

이 말을 했다면 상대방은 그 말을 평생 마음에 담아두고 그
말을 한 사람을 떠올릴 것이다. 한번 각인된 말은 쉽게 잊히지 않

226

는다. 충격적인 말은 더욱 그러하다. 그리고 그 말을 한 사람도 그 말이 주는 느낌과 동일하게 저장된다. 멍청한 녀석이라고 막말한 사람은 그가 나중에 아무리 좋은 말을 많이 해도 멍청한 녀석이라고 말한 사람이 되어버리는 것이다. 말에 의한 상처는 세월이 흘러도 쉽게 치유되지 않는다. 그러므로 우리는 말 한마디에도 신경을 써야 한다.

<u>인생 공부에 말을 어떻게 하면서 살아야 하는가라는 주제를 빠뜨려서는 안 된다. 말이 여러분을 살리고 여러분을 성공시키고 여러분을 행복하게 만들 수도 있다. 말이 타인을 죽이고 타인을 나락에 떨어뜨리고 타인을 불행하게 만들 수도 있다. 우리 자신과 타인 모두를 죽일 수도 있고 살릴 수도 있는 막강한 힘을 지닌 것이 말이다.</u>

진실한 위로 역시 말에 의해서 완성된다. 말을 따뜻하게 하는 것만으로도 인간은 진실한 위로의 메신저가 될 수 있다. 자기 자신에게도 말은 힘을 발휘한다.

"너 요즘 많이 우울하구나. 그래도 힘내. 넌 언제나 멋진 아이였잖아. 이 위기도 잘 이겨낼 거야. 힘내자."

이 말을 스스로에게 자주 하라. 힘들고 외로울 때 자기에게 하는 따뜻한 말 한마디가 얼마나 큰 힘이 되는지 아는가. 또한 타인을 대할 때도 말을 조심해서 하는 것이 좋다. 인간관계를 맺는 첫 번째 방법은 바로 말이다. 말로 사이가 좋아질 수도 있고 사이가 멀어질 수도 있다.

내게 상담을 해온 어느 독자의 사연이 기가 막히다. 그녀의 동생은 온 가족들에게 문자로 욕설을 한다고 했다. 그 욕이 상상을 초월할 만큼 거칠고 독하다. 그래서 가족들은 심한 정신적 충격을 받았다고 했다. 이처럼 말이 아닌 문자로 보낸 욕설을 봐도 충격을 받고 가슴 아파하는 것이 사람이다. 언니는 동생이 보낸 욕설 문자를 보면서 눈물을 흘리며 괴로워했다. 직접 눈앞에서 욕을 하지 않고 단지 글로 써 보낸 욕이 그 정도로 위력을 발휘한다면 말로 하는 욕설이나 비난은 얼마나 큰 위력을 발휘할 것인가.

입에서 나온 말이 칼날이 될 수도 있고 치유의 언어가 될 수도 있다는 사실을 우리는 잊지 말아야겠다. 공부하는 사람은 배우고자 하는 사람이다. 우리는 늘 배워야 한다. 특히나 말에 대해서는 늘 공부해야 한다. 자기 말이 이 세상에 어떤 파장을 불러일으키는지 유의해야 한다. 따뜻한 낱말을 선택해서 따뜻하게 말하라. 그러면 그대는 따뜻한 사람이 될 것이다. 부주의해서 잘못 선택한 낱말 하나로 상대방은 큰 상처를 입을 수도 있다. 내가 별 의미 없이 한 말에 상대방은 엄청난 정신적 충격을 받기도 한다. 다른 사람에게 말을 할 때는 상대방이 어떻게 받아들일지도 예상해 봐야 한다. 그것이 말을 하는 사람이 길러야 할 소양이며 바람직한 태도다.

긍정적인
언어 습관을 길러라

사람은 평소에 어떻게 행동하느냐에 따라 앞날이 결정된다. 달리 말하면 어떤 습관을 가지고 사느냐에 따라서 미래가 결정된다는 말이다. 특히 평소 언어 습관이 어떤지를 보면 그 사람의 인품을 알 수 있다. 언어를 쓰는 태도는 인간의 행로에 지대한 영향을 끼친다. 생각이 인생의 방향을 제시한다면 언어 습관은 인생을 실제로 움직여가는 수레바퀴와 같다. 언어 습관을 어떻게 길들이느냐에 따라서 인생의 방향이 완전히 바뀔 수도 있다. 이제부터 여러분과 함께 언어 습관에 대해 공부해볼 것이다. 자기의 언어 습관을 되돌아보고 바로잡을 것이 있으면 바로잡을 수 있어야 한다.

걸핏하면 주변 사람들에게 다가가 트집을 잡으며 거친 말을 내뱉는 노인네를 보고 점잖고 훌륭한 분이라고 생각할 사람은 아무도 없다. 아무리 그의 사상이 고매하고 유식하다 하더라도 비판적이고 악의적인 언어를 쓰는 사람에게 호감을 가질 사람은 아무도 없다. 이런 점에서 언어 습관이 그 사람 전체를 대변한다고 보아도 된다.

　　언어 습관 하나로 사람 됨됨이 전체를 단정지어서는 안 되지만 실제 인생에서는 사용하는 언어를 통해서 그 사람 성품을 짐작하게 된다. 그러므로 언어 습관을 바르게 기르는 것이 인생 공부의 중심 주제라고 할 수 있다.

　　몇 해 전, 마흔앓이가 한창 사회적 이슈가 되었다. 마흔 살이 되면 인생을 어느 정도 책임질 나이가 아닐까 하는 자문에서 비롯된 고뇌일 것이다. 여러분이 마흔을 넘겼든 아니면 그 이전 세대든 어느 정도 나이를 먹었는데도 자기의 언어 습관을 자의적으로 조절할 수 없다면 큰 문제다.

　　우리는 무의식이 조정하는 삶을 살아가고 있다. 무의식적으로 숨을 쉬고 무의식적으로 생각하고 무의식적으로 운전하고 걷는다. 그리고 그런 무의식에 대해 일련의 긍정적인 점도 인정한다. 무의식적으로 운전하니까 운전 초보 시절에 비하면 수월한 것도 사실이라면서. 그렇지만 생각을 무의식적으로 하면서 산다는 건 위험한 일이다. 생각은 습관을 이루는 주요인이기 때문이다.

　　세대를 초월해 긍정적인 언어 습관을 가진 사람은 사랑받고 환영받는다. 생각해보자. 집안 모임이 있는데 입만 벌리면 다른 사람을 험담하고 욕설을 뱉는 가족이 온다면 기분이 어떨까. 온갖 것에서 부정적인 면만 족집게처럼 집어내는 사람이 오는 모임에 참석한다면 어떨까. 환갑잔치든 돌잔치든 결혼식이든 그런 사람이 오는 모임은 꺼림칙하지 않겠는가. 동창회도 마찬가지다. 매사에 부정적인 말만 하는 동창은 얼굴만 떠올려도 인상이 찌푸려진다. 혹시 내가 그런 부류에 속하지는 않는지 자신을 반성해보자.

내가 나를 공정하게 평가하기는 어렵다. 객관적인 시선을 유지하면서 나를 바라보는 일은 더 어렵다. 그렇지만 인간은 나를 객관적인 관점에서 평가할 줄 알아야 한다. 언어 습관도 최대한 객관적 잣대로 평가해야 한다. 내가 얼마나 부정적인 말을 많이 하는지, 내가 얼마나 많은 시간 동안 부정적인 언어를 생각하고 있었는지 말이다. 언어 습관을 긍정적으로 바꾸기만 해도 하루가 평화로워진다. 왜냐하면 그만큼 덜 대립하게 되기 때문이다.

부정적인 언어 습관이 있는 사람은 대립각을 세우는 일이 잦다. 나에게 부정적인 말을 하는 사람에게는 반감을 갖기 마련이다. 엄마가 자식에게 부정적인 말을 수시로 하면 아이는 반감을 가진다. 사장이 매사에 부정적인 평을 하고 직원을 대하면 직원이 사장에게 반감을 가진다. 이 현상은 모든 직업군에서 발생한다. 어떤 직업에 종사하든 부정적인 언어를 남발하는 사람은 싫어한다.

그 사람이 싫어지면 어떻게 되는가. 되도록 멀리하려고 할 것이다. 부정적인 언어 습관을 가진 회사원이라면 승진의 기회는 이미 물 건너가게 된다. 그 누구도 그 사람을 위해 좋은 말을 해주지 않기 때문이다. 대신 긍정적인 언어 습관을 가진 회사원이라면 많은 사람들의 지지를 받을 가능성이 높아서 일찍 성공할 수 있다. 사회생활에서도 긍정적인 말을 하는 사람이 환영받고 가정생활에서도 긍정적인 언어 습관을 가진 사람이 사랑받는다.

제아무리 핏줄이라도 부정적인 언어 습관을 가진 사람은 정이 덜 가기 마련이다. 그건 어쩔 수 없는 일이다. 그 까닭은 인간은 긍정적인 언어를 들을 때 비로소 마음이 안정되기 때문이다. 부정적인 언어는 인간을 불안하게 만들고 분노하게 만든다. 그렇기에 사람은 긍정적인 언어 습관을 길러야 하는 것이다.

언어 습관은
생각하는 방법이 결정한다

이제 생각하는 방법에 대한 공부를 해보고자 한다. 언어 습관을 바꾸고 싶다면 생각하는 방법을 바꾸어야 하기 때문이다. 우리의 생각이 우리의 언어 습관을 만들었다. 지금 하는 말, 쓰는 글 모두가 생각이라는 관문을 거쳐서 나온 산물들이다. 그러나 사람은 그 사실을 자주 망각한다. 우리가 하는 말이 생각이라는 터널을 지나왔음을 자각하지 못한다는 것은 그만큼 언어 습관에 무지하다는 말이다. 무지는 인생을 고달프게 한다. 배워야 인생도 행복해진다. 언어 습관을 결정하는 생각하는 방법을 공부해보자.

오늘 그대는 무슨 생각을 하였는가. 지금 그대는 무슨 생각을 하는가. 어떤 생각들이 주류를 이루었는가. 생각의 패턴을 이해하자. 생각은 자가 증식의 특성이 있다. 즉 어떤 생각을 하면 할수록 점점 더 증식하는 것이다. 마치 주인에게서 도망쳐 나온 망아지가 제멋대로 뛰어놀면서 밭작물을 마구 짓밟는 것과 같다. 여기서 '주인'은 생각을 하는 사람이다. '망아지'는 사람의 통제를 벗어난 생각을 일컫는다. 머릿속에 지금 망아지 몇 마리가 뛰어다니고 있는지 아는가. 아쉽게도 그걸 정확하게 아는 사람은 드물다. 망아지는 매우 교묘한 방식으로 주인을 농락하기 때문이다.

그렇더라도 사람은 생각의 주도권을 쥐고 살아야만 한다. 그래야 부정적 생각인 버릇없는 망아지로부터 내 영혼을 지켜낼 수 있다. 멀쩡한 정신으로 산다는 것은 부정적 생각을 얼마나 적게 하느냐로 결정된다. 그러므로 우리는 생각의 특성인 자가 증식을 이해하면서 현명하게 생각하는 법을 익혀야 한다.

빨간 펜으로 밑줄을 긋자. 생각의 3단계 비법이다. 1단계, 무엇을 생각할 것인가. 2단계, 이 생각이 정말 필요한가. 3단계, 생각함으로써 긍정적 결과를 도출한다. 비교적 간단한 비법이다.

1단계, 무엇을 생각할 것인가.

생각을 하려거든 우선 무엇을 생각할 것인가를 결정하라. 이것은 반드시 필요한 작업이다. 되는대로 생각한다면 생각은 못된 망아지가 되기 쉽다. 생각이 여러분을 선택하게 하지 말고 여러분이 생각을 선택하라. 실의에 빠지게 하는 생각, 의욕을 상실하게 하는 생각, 타인에 대한 원망의 생각 등 마음을 괴롭게 하는 생각으로부터 멀어져라. 생각을 선택해서 생각하라. 쓸데없는 생각에 시간을 주지 말고 내 마음을 편안하게 하는 생각, 희망을 품게 하는 생각, 꿈을 향해 나아갈 추진력을 주는 생각에 마음을 주어라.

2단계, 이 생각이 정말 필요한가.

인간을 혼란에 빠뜨리는 것은 필요하지 않은 생각을 하는 것이다. 전혀 필요치 않은 생각을 나도 모르는 사이에 하는 바람에 생각이 어지럽혀진다. 그리고 언어 습관 역시 이런 생각의 지배를 받아서 내 본모습에 걸맞지 않게 길들여진다. 자기다움을 찾고 싶다면 이 생각이 정말 필요한가에 대해서 숙고해야 한다. 무엇을 생각할지 결정했다면 다시 한 번 이 생각이 내게 필요한지 고려해 봐야 한다. 필요치 않은 생각을 하고서 스스로 괴로워하는 사람이 얼마나 많은가. 타당한 생각을 하라. 내 인생에 필요한 생각을 하라. 나를 행복하게 만드는 것이 아닌 생각은 이제 그만 멈춰라.

3단계, 생각함으로써 긍정의 결과를 도출한다.

대화를 하다 보면 어떤 사람과는 상종해서는 안 될 것 같다는 느낌을 받을 때가 있다. 이유는 상대방이 생각하는 방법이 올바르지 않기 때문이다. 먼저 어떤 생각을 할 것인가를 고민하지 않았고, 그다음 이 생각이 정말 필요한가를 고뇌하지 않았고, 마지막으로 생각함으로써 긍정적 결과를 도출하지 않았기 때문이다. 생각함으로써 어떤 결과를 도출하는 것은 모든 인간이 하는 행위다. 부정적인 생각의 결과는 부정적인 언어 습관을 가져온다. 그러므로 생각이 긍정적 결과를 도출할 수 있도록 해야 한다.

좋은 생각을 하다가도 자칫하면 나쁜 결과를 초래할 수 있는 것이 생각이다. 끝까지 생각에 대한 긴장을 놓지 않아야 한다. 이런 태도가 중요한 이유는 생각에 대한 각각의 결과가 인생의 방향을 결정하기 때문이다. 언어 습관이 고착화되기까지는 생각의 결과물이 지대한 영향력을 발휘한다. 그렇기 때문에 우리는 생각함으로써 긍정의 결과를 도출하기 위해 부단히 노력해야 하는 것이다. 아무리 좋지 않은 일이 벌어졌어도 생각의 결과를 긍정적으로 이끌어라.

사업이 부도가 나게 되었다면 이렇게 생각해야 한다.

"지금은 비록 사업이 위기에 처해 있지만 내 능력으로 언제든 다시 일어설 수 있어!"

이처럼 기운을 낼 수 있는 긍정적 암시가 필요하다. 미래에 대해 희망을 품을 수 있는 생각을 해야 한다. 어려움을 어려움이라고 인정해버리면 진짜 어려움이 된다. 하지만 우리가 어려움을 모험의 시기라고 여기고 긍정적 생각의 결과를 가지고 산다면 어려운 일은 없다. 또 그런 생각만이 사람을 살리는 언어 습관을 얻게 한다.

생각에도
가끔 휴식을 주어라

생
각
하
는

공
부

"골치가 아파, 생각이 너무 많아서!"

이런 투정을 한번쯤 해본 적 있는가. 하루 종일 앉아서 글을 쓰다 보면 나도 그런 경우가 종종 있다. 글을 쓴다는 것은 수많은 생각을 검토하고 분석해내는 과정이기도 하기 때문이다. 많은 생각을 하다 보면 머리가 아프고 심지어 온몸이 탈진한 것처럼 나른해진다. 이것은 생각의 역효과라고 볼 수 있다. 생각의 역효과란 지나친 생각으로 인한 예고된 부작용이다.

무엇이든 과하면 탈이 나기 마련이다. 밥을 과하게 먹으면 소화불량이 오고 돈을 과하게 쓰면 가정경제에 빨간불이 켜진다. 술을 과하게 마시면 알코올의존증이, 담배를 과하게 피우면 폐암 등 각종 질병에 걸릴 수 있다. 생각도 그렇다. 지나치게 생각에 몰입하다 보면 뇌에 과부하가 걸린다. 좋은 일이든 좋지 않은 일이든 지나친 생각은 감정을 소진시킨다. 또한 사람의 기력을 쇠하게 한다. 그러므로 생각에도 가끔 휴식을 주어야 한다.

그렇다면 궁금하지 않을 수 없다. 생각의 휴식이란 도대체 어떤 것일까. 그냥 멍하니 앉아 있는 것이 생각의 휴식이라고 말할 수는 없다. 힘든 운동을 한 뒤 가장 적당한 휴식법으로 의사들이 추천하는 것은 바로 강도가 낮은 운동이다. 격한 운동을 하던 사람이 갑자기 운동을 멈추고 아무것도 하지 않고 쉬면 오히려 기력을 회복하는 시간이 더뎌진다. 그러나 낮은 강도의 운동으로 몸을 풀어주면 훨씬 더 기력을 빨리 회복할 수 있다.

생각의 휴식도 그 방법을 적용해야 한다. 내가 즐겨 하는 생각의 휴식 방법은 이렇다. 지금부터는 생각의 휴식법을 공부해보자. 인생은 끝없는 공부의 시간이다. 그것을 게을리하는 순간 잡념이 똬리를 틀고 불행이 슬그머니 기어 들어올 것이다. 생각의 휴식법도 제대로 공부해야 한다.

우리 생각이 휴식을 필요로 할 때는 인생이 고달프다고 여겨질 때다. 인생은 고달픈 시간들의 연속이다. 잠시 행복하다가도 금방 고달파지는 것이 우리 삶이다. 직장 생활에 진저리가 날 때, 수업 시간에 책 위에 토하고 싶을 때, 집 안 청소하다가 청소기를 내던져버리고 싶을 때, 설거지하다가 밥그릇을 다 엎어버리고 밖으로 뛰쳐나가고 싶을 때, 그 순간 생각은 휴식을 원한다. 삶에 염증을 느끼는 순간이 생각이 쉬어야 하는 순간인 것이다.

그럼 생각은 어떤 휴식을 원할까. 생각이 쉰다는 것은 깊은 생각 속으로 빠져드는 것이기도 하다. 생각의 휴식이란 생각을 멈추는 것이 아니라 하나의 깊은 생각 속으로 빠져드는 것이다. 운동에서는 낮은 강도의 운동이 육체의 피로를 풀어주고 생각에서는 깊은 생각이 정신

<u>의 피로를 해소해준다. 여기에서 깊은 생각은 바로 이 두 가지다. 첫째, '나는 지금 이 순간 가장 행복하다.' 둘째, '나는 지금 이 순간 가장 완벽하게 존재한다.' 이런 생각 속에 머물러라. 잠시 혹은 오랫동안. 시간은 관계없다.</u>

지금이 인생에서 가장 행복한 순간이라는 것을 생각을 통해 충분히 자각해야 한다. 그렇게 해서 삶의 활력소를 다시 얻는 것이 인간이다. 생각의 휴식법은 의외로 간결하다. 긍정적인 한 문장 속에 내 생각을 머물게 하면 되기 때문이다. 1분이든 한 시간이든 시간은 얼마든지 자유다. 집 안에서든 집 밖에서든 장소도 어디든 자유다. 여러분이 좋은 시간과 장소에서 생각의 휴식을 취하라. 그러면 살기가 훨씬 수월해질 것이다. 그토록 골치 아프게 머리를 짓누르던 문제들의 해결점이 서서히 보일 것이다.

책임감 있게
살아라

책임을 진다는 것은 무슨 뜻일까. 요즘처럼 책임감 없이 행동하는 사람이 많은 적도 없을 듯하다. 책임감 없이 자식을 버리는 부모, 책임감 없이 일하는 직장인, 책임감 없이 행동하는 정치인 등. 책임을 망각한 사람들 때문에 가정과 사회가 흔들리고 있다. 기획사 사장이 소속 연예인 지망생을 성폭행했다는 뉴스를 종종 듣는다. 그 사장은 기획사 사장으로서 책임감이 있는 사람일까. 결코 그렇다고 할 수 없을 것이다. 책임감이 없는 사람은 언제든 사고를 칠 가능성이 높다. 그렇다면 정말 책임감이 있다는 것은 어떤 것인지 공부해보자.

사람이 태어나서 한평생 사는 동안 반드시 필요한 덕목 중 책임감을 빼놓을 수 없다. 많은 지식을 습득하고도 책임감을 배우지 않았다면 덜 배운 것이라고 말할 수 있을 만큼 책임감은 중요하다. 책임을 진다는 것은 내가 한 일을, 내가 말한 것을, 내가 생각한 것을 나 자신이 끝까지 짊어지고 간다는 의미. 책임감은 인생의 지향점을 향해 걸어가는 동안 힘을 주는 동시에 어떻게 살아갈지 방향을 결정하는 데

<u>도움이 된다. 책임질 것이 많다는 것은 인생이 그만큼 성과가 있을 것이라는 이야기도 된다.</u>

사회에서 책임감 없는 사람은 지탄을 받는다. 예를 들어 커피숍 사장이 책임감 없이 가게를 운영한다고 하자. 손님에게 주는 커피 원두가 변질되어서 손님이 항의하는 소동이 벌어지는데도 나 몰라라 하고 사과조차 하지 않는다고 하자. 그는 가게를 계속 운영해 나갈 수 있을까. 그리고 그의 평판은 어떻게 될까. 깊이 생각해보지 않아도 책임감 없이 행동하는 사람에게는 좋은 평가를 주고 싶지 않을 것이다.

가만히 이 사회의 면면을 들여다보라. 관공서나 일개 구멍가게나 우유 배달부, 택배 기사, 대통령 등 모두들 책임감을 가지고 일하고 있을 것이다. 특히 소방관을 보면 책임감에 대한 태도를 배울 수 있다. 우리나라 소방관의 사망률이 선진국에 비해 높다는 것을 아는가. 노후된 장비 탓이라고 한다. 이런 열악한 여건 속에서 불타는 현장에 뛰어들어 인명을 살리기 위해 노력하는 소방관들의 모습은 무엇을 이야기하고 있는가. 그것이 바로 책임감이다. 사람을 살리겠다는 소방관으로서의 책임감이 없다면 수억 원을 줘도 못할 일일 것이기 때문이다.

책임감 있게 살아라. 자신이 맡은 일에 긍지와 자부심을 가져라. 그리고 그 일을 끝까지 완수해내라. 책임감은 해야 할 일을 마땅히 하는 것이다. 부모가 되었다면 부모로서의 책임감을 가져야 하고, 학생이라면 학생으로서의 책임감이 있어야 하고, 군인이라면 군인으로서의 책임감을 가져야 한다. 작가는 작가로서의 책임감을, 공무원은 공무원으로서의 책임감을, 의사는 의사로서의 책임감을 지녀야 한다. 그리고 더 넓게 나아가 국민은 국민으로서의 책임감을, 지구인은 지구인으로서의 책임감을 지녀야 한다. 지구인으로서의 책임감이라고 하면, 지구의 환경을 잘 지켜 나가는 것이 아닐까 싶다.

안으로는 자신에 대한 책임감도 잊지 말기 바란다. 나 자신을 책임지고 가는 건 언제나, 그리고 항상 나 자신이라는 것을 명심하라. 그렇게 산다면 책임감에 억눌려 산다는 억울함 대신 책임감을 지니고 열심히 사는 자신을 발견하게 될 것이다.

일에 파묻혀라,
인생의 재미를 알게 될 것이다

 "시간 가는 줄 모르고 놀았어." 이렇게 말해본 적이 있을 것이다. 혹은 그런 말을 들은 적이 있을 것이다. 얼마나 노는 일이 재미있었으면 시간이 가는지 오는지 모를 정도로 놀았을까 싶다.

무슨 일이든 좋아하는 일을 하면 시간이 아까울 정도로 잘 간다. 그렇지만 하기 싫은 일을 하면 시간은 왜 그렇게 더디게 흘러가는지. 어찌 되었든 사람은 시간 가는 줄 모르고 무엇인가를 해야 행복하다.

그러면 일은 어떤가. 그대 자신의 일, 하루 중 절반 이상을 하는 일은 어떻게 하고 있는가. 어떤 일이든지 사람들은 대부분 일을 한다. 일은 공부도 해당되고 고된 노동도 해당되고 사무실에서 컴퓨터로 작업하는 것도 해당된다. 다양한 분야에서 하는 여러 가지 일이 있을 것이다. 어떤 직업이든 일을 하는 동안 시간은 흘러간다. 그럼 어떻게 일해야 시간 가는 줄 모르고 일했다는 말이 저절로 나올까.

몰입의 미학을 공부해보자. 몰입이란 어떤 일에 철두철미하게 빠져드는 것이다. 몰입은 인간을 황홀하게 만든다. 몰입을 쉬운 말로 풀이해보면 파묻히는 것이다. 하는 일에 파묻힐 정도로, 그래서 숨 막혀 죽을 정도로 일해본 적이 있는가. 그렇다면 여러분은 인생의 재미를 만끽하고 사는 사람이다. 아직 황홀한 경험을 못해보았다면 지금부터라도 죽기 살기로 일에 파묻혀보아라. "이 일을 하다가 죽어도 좋겠어!" 하는 마음이 있을 때 사람은 성취감을 맛볼 수 있다.

일에 파묻혀 사는 사람은 곁눈질할 겨를이 없다. 허튼 일에 열정이나 능력을 허비하지 않아도 될 것이다. 그리고 그런 사람은 주변에도 열정의 에너지를 공급한다. 마치 캄캄한 밤바다를 비추는 등댓불처럼 꿈이 없이 살아가는 주변인들에게 희망의 불빛을 비춰줄 수 있다. 일하는 남자의 모습은 얼마나 멋진가. 일에 몰입한 여자의 모습은 얼마나 아름다운가. 사람들은 외모에 열광하는 것처럼 보이지만 실상은 자기 일을 사랑하는 사람에게 더 열광한다. 생각해보자. 자신이 맡은 일에 파묻혀서 시간 가는 줄도 모르고 빠진 사람을 보면 심정이 어떤지.

그림을 그리는 화가라면 그 모습이 한 폭의 그림이 될 것이고 빵을 빚는 제빵사라면 그 모습이 빵 냄새만큼이나 사랑스러울 것이다. 무엇인가에 몰입한 사람은 주변을 밝히는 힘을 가진 사람이다. 그리고 사람들을 끌어들이는 흡입력을 지닌 사람들이다. 어떤 직업군에서든 그런 사람이 역사에 기록될 수밖에 없다. 열정을 가지고 몰입한 자들이야말로 역사에 남을 위인들이기 때문이다.

그리고 그들에게 신이 커다란 선물을 주셨으니 그것은 바로 인생 최고의 즐거움이다. 세상사를 다 잊을 만큼 자기 일을 사랑하는 사람에게는 인생에서 가장 즐거운 한때가 주어진다.

일하는 즐거움을 포기하지 말자. 일은 우리를 괴롭히거나 놀지 못하게 만드는 올가미가 아니다. 일 자체가 최고의 놀이가 될 수 있다. 일은 우리 자신이 선택한 것이고 그 선택의 결과를 겸허하게 수용해야 한다. 선택하지 않은 일이라도 사랑해야 한다. 내가 일을 하는 순간만큼은 그 일을 사랑하고 열중해야 한다. 그렇지 않다면 그 시간은 더없이 힘겨운 시간이 될 것이다. 일에서 즐거움을 얻고 행복을 누릴 수 있는 사람이 되어라. 일하는 시간이 하루 중 가장 설레고 기다려지는 사람이 되어라.

상상의 나래를 펴라,
무엇이든 가능한 세상이 거기 있다

상
상
하
는

공
부

불확실한 세상에서 확실하게 그 무엇을 얻고 싶다면 이렇게 해야 한다. 원하는 것들을 먼저 상상해보는 것이다. 상상을 통한 희구는 경제적 비용을 지불하지 않아도 되는 장점을 지님과 동시에 언제 어디서나 할 수 있다는 장점이 있다. 또한 타인에게 부당한 비평을 받을 위험도 없다. 오직 자신만 아는 비밀의 세계 속에서 벌어지는 일이기 때문이다.

나는 상상을 통해 내 삶이 지금에 이르렀다고 말할 수 있다. 책을 내는 걸 상상함으로써 책을 냈고 작가가 되었다. 작가가 되기까지 많은 노력과 운도 작용했겠지만 무엇보다 가장 먼저 한 것은 상상이었다. 상상하지 않고 꿈을 이루려는 것은 씨앗을 뿌리지 않고 수확물을 얻고자 하는 것과 같다.

상상으로 삶을 변화시킨 수많은 이들은 상상의 중요성에 입을 모은다. 발명가가 상상하지 않고 온전한 발명품을 만들 수 있을까. 화가가 상상하지 않고 그림을 완성할 수 있을까. 운동선수도 마찬가지다. 올림픽 금메달리스트들은 올림픽에 참가하기 전에 자기가 메달을 따는 모습을 상상했다고 인터뷰에서 말한다. 노벨상을 탄 위인들도 먼저 그들의 머릿속 상상을 통해 위대한 업적을 이루어냈다. 길거리에서 구두를 고치는 수선공도 손님의 구두를 받아들고 상상을 통해 수선된 모습을 그려본 후 수선에 들어간다. 무슨 일을 하든 이런 상상의 원칙은 작용한다. 이 말을 기억하자. "상상하면 원하는 것을 얻을 수 있다."

<u>상상으로 얻을 수 있는 건 무한하다. 더 좋은 작품을 얻을 수도 있고 사랑하는 연인을 얻을 수도 있고 자녀를 얻을 수도 있으며 더 나은 미래를 얻을 수도 있다. 더 나아가 상상은 지금보다 더 향상된 자신을 만날 수 있게 해준다.</u>

노후에 어떻게 살 것인지 상상하지 않은 사람은 없을 것이다. 그런 상상을 하지 않고 늙는다면 노후 대비는커녕 늙는다는 것조차 받아들이기 힘들 수 있다. 그러므로 인간은 상상을 통해 장래를 설계해야만 한다. 그러한 상상의 시간을 갖지 않고 대책 없이 맞이한 노후란 것은 비참한 시간이 될 수밖에 없다.

많은 노인들이 이렇게 말한다.

"아이들 키우고 정신없이 사느라 노후 대책을 전혀 하지 않았습니다. 그래서 지금 살기가 너무 힘드네요."

여기서 노후 대책이란 돈을 저금하거나 부동산을 사놓는다는 물질적 대책만을 말하는 것이 아니다. 그들이 말하는 노후 대책이란 늙음에 대한 상상을 의미하고 있다. 늙는다는 것을 미리 상상하지 않아서 미래에 대한 실질적인 대비를 하지 못한 것이다.

상상으로 무언가를 미리 얻고 그것을 체험하는 것은 무척 필요한 일이다. 사람은 상상에 의해 진화하는 상상의 동물이다. 생각과 상상의 중요성은 아무리 강조해도 지나치지 않다. 자신의 미래를 상상으로 그려보아라. 1년 후도 10년 후도 모두 상상으로 미리 살아볼 것을 권한다. 그렇게 할 때 얻는 이익은 무수히 많다. 우선은 확실성을 얻게 된다. 삶을 미리 봄으로써 현실에서도 그렇게 될 수 있다는 확신을 자신에게 부여하게 된다. 자신이 되고 싶은 상상 속 모습은 현실에서 이루어질 가능성이 높다. 왜냐하면 그에 걸맞게 변하는 것이 인간이기 때문이다.

동그란 그릇에 물을 담으면 어떻게 될까. 동그란 형태 속에서 물은 자신을 동그랗게 만든다. 네모난 그릇에 물을 담으면 물은 또다시 네모난 모습으로 자신을 진화시킨다. 인간의 삶도 마찬가지다. 자신의 상상력으로 동그랗게 미래를 상상하면 동그란 삶을 살 것이고 네모로 상상하면 네모난 삶을 살게 되어 있다. 이것이 상상력의 힘이고 상상이 인간에게 미치는 막강한 영향력이다. 그러므로 우리는 상상으로 모든 것을 미리 얻어내야 한다. 그렇게 해야 현실에서 확실하게 내 것으로 소유할 수 있다.

또 상상은 추진력을 준다. 미래에 대한 확신이 생긴 사람은 무슨 일을 하든 그렇지 않은 사람보다 더 힘차게 전진할 수 있다는 말이다. 복권이나 당첨되어야 인생이 바뀌려나, 이런 식으로 한탄하지 마라. 그럴 시간에 상상을 하는 것이 훨씬 낫다. 상상력이라는 황금 복권을 긁어라. 그 속에는 100퍼센트 당첨 상품이 기다리고 있다. 우리는 모두 상상의 달인들이다. 무엇을 상상하든 다 이룰 수 있는 상상의 나라에서 내 미래를 설계하라. 상상은 곧 현실이 될 것이다

한계를 두지 말고
거침없이 상상하라

상상의 힘에 대한 공부

진귀한 발명품을 만든 발명가가 있다. 그가 한 가장 위대한 행동은 무엇이었을까. 그의 위대한 행동은 상상한 것이었다. 먼저 상상을 했기에 발명품이 탄생하게 된 것이다. 전 세계인을 감동시킨 명화를 그린 불멸의 화가가 있다. 그가 한 가장 위대한 행동은 무엇이었을까. 물론 위의 발명가처럼 먼저 상상을 한 것이었다. 그리고 덧붙이자면 한계를 두지 않고 상상한 덕분이었을 것이다. 한계가 없는 상상이란 얼마나 신나는 모험의 세계일까.

우리 생활에 편리함을 제공하는 인류 유산들은 모두 한계를 두지 않은 상상력에서 잉태된 산물들이다. 한계란 것이 무엇인지조차 모른다면 인간은 훨씬 더 발전할 수 있다. 하지만 한계를 인식하게 된 이후부터 인간은 자신을 한계 안에 가두는 불행을 답습하게 된다.

"이 정도가 내 능력이지, 뭘 어쩌겠어." "이만큼 했으면 됐지. 더 이상 뭘 어떻게 하라고." "더 노력해도 소용없어. 부질없는 짓일 뿐이야."

　이런 말을 혹시라도 해본 적이 있다면 여러분은 지금 한계점을 인식한 부정적인 생각을 하고 있다. 부정적인 생각을 걷어내는 가장 쉬운 방법은 한계를 두지 말고 거침없이 상상하는 것이다. 한계란 없다. 이 정도가 내 능력이라고 스스로 비하하지 말고 더 도약해 나가는 자신을 상상하라. 이만큼 했으면 됐다고 비겁하게 자위하지 말고 지금보다 더 많은 걸 해내는 나를 상상하라. 더 노력해도 소용없다고 포기하지 말고 열심히 노력해서 성공하는 나의 위풍당당한 모습을 상상하라. 두려움 없이 상상하라. 거침없이 마구 상상하라.

　상상하는 일은 자유를 만끽하는 일이다. 영혼의 자유, 정신의 자유, 마음의 자유, 생각의 자유. 상상 속에서 못할 일은 없다. 간혹 나쁜 일도 저지를 수 있다. 그리고 그러한 행위가 얼마나 나와 타인에게 파괴적인지 미리 체험할 수도 있다. 그래서 상상은 필요하다. 상상 속에서 저지른 비행이나 범죄는 얼마든지 용서받을 수 있다. 상상의 나라에서는 내가 법관이기 때문이다.

　자유롭게 상상하고 마음껏 상상이 주는 혜택을 누려라. 그렇게 하다 보면 상상이 자체 필터링을 할 것이다. 나쁜 상상은 차츰 횟수가 줄어들고 행복하고 희망적인 상상이 주를 이루게 될 것이다. 자유로운 영혼, 자유로운 정신, 자유로운 마음, 자유로운 생각의 끝에 내가 갈망하는 것이 있기 때문이다. 인간이 갈망하는 것, 그것은 바로 행복한 삶이다.

행복한 삶을 살고 싶은 욕망을 인지한 사람은 상상으로 행복한 자기 모습을 미리 만난다. 거침없는 상상력으로 불가능한 것들을 가능으로 만드는 방법을 찾아낸다. 자유로운 상상력으로 인간관계의 꼬인 매듭을 풀 실마리를 발견한다. 두려울 것 없다. 상상 속의 그대는 자유인이다. 무엇을 하든 그대의 자유다. 한계를 두지 말고 거침없이 싱싱하기를 바란다. 상상함으로써 어떤 것을 완벽하게 해낼 수 있게 된다는 것은 인생이 주는 값진 혜택이다.

순수한 꿈과
함께 걸어가라

꿈에

관한

공부

 한 손으로는 피아니스트가 될 수 없다는 편견을 보란 듯이 깨고 피아니스트가 된 소녀의 이야기, 초등학교 도 나오지 않은 사람이 세계적인 과학자가 된 이야기, 눈이 보이지 않는 음악가가 세기의 곡을 작곡한 이야기. 우리에게 거의 기적에 가까운 이 이야기들의 공통점은 무엇일까. 공통적으로 포함된 것 은 꿈이다. 꿈의 발현, 꿈의 실현, 꿈을 이루기 위한 피나는 노력 등이 고스란히 포함된 것이다.

꿈이 없는 사람은 사람이 아니다. 사람이란 가면을 쓴 사람 형상의 동물에 불과하다. 그저 먹고 즐기고 자고 배설하는, 사람 을 닮은 생명체일 뿐이다. 이 말이 지나치다고 생각하는가. 그렇지 않다. 꿈을 꾸지 않는다는 것은 자기 삶에 대한 책임감이 없다는 뜻이다. 그리고 자기 자신을 사랑하지 않는다는 뜻이기도 하다.

<u>꿈은 사람을 일개 동물에서 진정한 의미의 인간으로 거듭나게 해준 다. 매일 꿈꾸면서 사는 사람은 그렇지 않은 사람에 비해 월등히 행 복하다. 왜냐하면 꿈이 그를 활력이 넘치게 만들고 희망을 품게 만들</u>

어주기 때문이다. 또한 꿈은 그를 우울하지 않게 도와준다. 꿈이 우울증까지도 예방할 수 있다는 의미다.

아이들은 실현 불가능해 보이는 꿈을 꾸기도 한다.

"난 저 하늘을 날아갈 거야." "난 이 세상을 다 가질 거야." "난 로봇이 될 거야."

그러면 어른들은 아이들에게 싸늘하게 말하곤 한다.

"그런 말도 안 되는 꿈은 때려치우고 공부나 열심히 해!"

정말 아이들의 순진무구한 꿈은 말도 안 되는 헛꿈에 불과할까. 우리가 아이 적에도 그런 말을 했다는 사실을 기억해보자. 누구나 이처럼 순수한 꿈을 꾼 적이 있었다. 다만 세월이 흐르다 보니 가물가물 기억이 흐릿해진 것뿐이다. 순수하던 꿈들 대신에 세상이 요구하는 꿈을 받아들여서 사는 사람이 태반이다. 이 정도는 갖추고 살아야 사회적으로 인정받지, 하는 꿈을 가장한 암묵적 요구에 굴복한 채 물질적인 것들을 갖추기 위해 꿈을 희생하는 사람들. 그런데 생각해보자. 그런 것이 도대체 무슨 소용이 있을까.

더 좋은 자동차며 집, 명품 백을 휘감고 타고 그 집에 기거하는 일이 순수한 꿈을 포기하고 얻을 만한 가치가 있는가. 그런 것들도 꿈과 함께하지 않으면 아무런 의미가 없다. 의미가 없을뿐더러 삶을 망가뜨리는 원흉이 될 뿐이다. 꿈이 없이 비싼 자동차를 타고 다니면 행복할까. 꿈이 없이 명품 백을 휘감고 사는 게 행복할까. 꿈이 없이 대저택에서 호화롭게 사는 게 행복할까. 꿈이 없는데, 내 이상을 펼쳐 보일 출구가 없는데 어떻게 행복할 수가 있겠는가.

촛불이 타오르는 적막한 어둠 속에서 고즈넉하게 자신을 들여다보라. 나는 지금 잘 살고 있는가. 내가 바라던 삶을 살아가고 있는가. 나는 내 이상에 걸맞은 삶을 살고 있는가. 나는 진정 행복한가. 나는 나 자신에게 부끄럽지 않은 삶을 살아가고 있는가.

꿈과 함께 걸어가라. 욕망에 붙잡힌 거짓 꿈이 아닌 순수한 꿈과 함께 이 삶의 길을 걸어가라. 그러면 자신에게 부끄러울 일이 없을 것이다. 진정 행복한지 되묻지 않아도 될 것이다. 순수한 꿈을 향해 걸어가는 것만으로도 가슴 터지게 행복한 일이니까. 우리의 인생은 그런 사람을 진정 원한다.

겸허함을
지녀라

 나이가 들어갈수록 인간에게 없어서는 안 될 소양이
무엇인지에 배우게 된다. 겸허함이 주는 혜택은 실로
많다. 삶이 겸허함으로 가득한 사람은 무슨 일이든 침착하게 대응
할 수 있다. 겸허한 마음은 기쁨과 슬픔과 분노 등의 복잡한 인간
감정을 잔잔한 호수처럼 만들어주기 때문이다. 수많은 사건들이
일어나는 것이 인생이다. 하나의 사건에 감정을 소진하고 다음 사
건에 또 감정을 허비하면 살기가 힘들어진다. 겸허함은 그럴 가능
성을 줄여준다. 그럼 겸허함이란 무엇일까.

　내가 아는 어떤 사람이 나의 행동에 불같이 화를 낸 적이 있
었다. 객관적으로 봐도 그 정도로 그가 분노하는 것은 이상한 일
이었다. 그럼 겸허함을 지닌 나는 어떻게 반응해야 할까. 겸허함으
로 내 마음을 수련한 나는 그의 분노를 가슴으로 이해하고 그럴
수 있다고 생각했다.

　"별것 아닌 일에 그렇게 화를 내다니 그 사람 좀 이상해."라
는 친구도 있었지만 나는 그저 이렇게 말할 뿐이었다. "화낼 만해.

그 사람 입장에서는 그럴 수도 있겠지."

만약 내가 겸허함을 지니지 못한 사람이었다면 이렇게 대응했을 것이다. "정말 웃기는 사람이네. 괜한 일로 트집 잡고 화내고, 무슨 목적으로 그러는 거야."

그러면 난 기분이 상할 수밖에 없다. 다른 사람을 미워하게 되기 때문이다.

겸허함은 분노에 대응하는 자세뿐만 아니라 여러 가지 측면에서 인간을 이롭게 한다. 갑작스런 신분의 추락, 재산상의 손해를 볼 때 겸허한 사람은 허둥대지 않는다. 왜냐하면 겸허한 사람은 인간의 특성을 잘 이해하고 있기 때문이다. 인간의 특성 중 가장 중요한 것은 모든 인간은 불완전한 존재라는 점이다. 그리고 모든 인간은 자존감으로 스스로를 치유할 수 있다는 것을 알고 있다. 인간은 불완전하다는 것을 알기에 어떤 실수도 용납하고 스스로를 귀하게 여김으로써 난관을 헤쳐갈 지혜를 얻을 수 있다. 겸허하게 세상을 사는 사람은 자기 자신뿐만 아니라 다른 사람까지도 모두 포용할 수 있는 사람이다.

인간은 불완전한 존재들이다. 자식들이 속 썩인다고 애태우지 마라. 인간은 불완전한 존재니까. 남편이나 아내가 속상하게 한다고 가슴 아파하지 마라. 인간은 불완전한 존재니까. 얼굴의 한 부분이 못생겨서 불만인 사람도 있으며 가진 돈이 없어서 불만인 사람도 있다. 그러나 겸허한 사람은 그런 불만이 없다. 그들은 불완전한 자신을 사랑한다. 그런 태도야말로 겸허한 사람의 태도다.

언젠가 시장에서 매우 활발하게 옷을 파는 여인을 본 적이 있다. "여기 한번 보면 잊지 못할 옷들이 있습니다. 어서 와봐요, 예쁜 언니들!"

멀리서 그녀를 보았을 때 그녀는 매우 열정적으로 일을 하고 있었다. 그녀는 일과 자기 자신을 무척 사랑하고 있는 것처럼 보였다. 그런데 가까이 가보니 그녀의 얼굴은 놀랍게도 정상인의 얼굴과는 거리가 있었다. 얼굴 전체가 검은 반점으로 가득 차 있고 한쪽 얼굴은 심하게 일그러져 있었다. 흉하다면 흉한 얼굴이었다. 그런데 그녀는 전혀 자신을 부끄러워하지 않았다. 오히려 자신만큼, 아니 자신보다 어려운 처지에 있을 사람들에게 자신의 태도로써 용기를 주고 있었다. 나 역시도 그녀를 보면서 많은 것을 생각하게 되었다. 겸허함이 그녀를 지금에 이르게 했을 것이다. 비정상적인 외모에도 감사하고 불완전한 자신이지만 사랑하였기에 사람들이 많은 시장에 나와 옷을 팔 수 있었던 것이다. 그녀가 겸허하지 않았다면 외모를 탓하면서 지금쯤 아무것도 못하고 있었을 것이다.

인간은 완벽하지 않지만 자존감으로 자신을 다시 일으켜 세울 수 있는 존재다. 겸허한 자세를 익혀라. 외모가 어떻게 변해도 자신을 사랑할 줄 아는 사람이 겸허한 사람이다. 가난해도 못났어도 무명의 직업인이어도 자기 인생을 사랑할 줄 아는 사람이 진정으로 겸허한 사람이다.

삶에서
도망치지 말고 버텨라

시련에 대처하는 공부

아이들을 버리고 떠난 비정한 엄마. 남겨진 아이들이 추레한 모습으로 엄마를 그리워하는 애잔한 모습. 비단 남의 일이 아니다. 우리 주변에도 그런 가정이 있다. 아내나 남편이 떠나버리고 혼자서 아이들을 키우는 가정을 보면 이런 생각이 든다. 조금만 더 버텼으면 좋았을 텐데.

그렇다. 조금만 더 버텨냈으면 좋은 날을 볼 수 있었을 것이다. 당장은 세상이 무너지는 것 같고 한 치 앞도 보이지 않는 것 같아도 견디다 보면 좋은 날은 온다. 그러나 도망치지 않고 버티는 동안은 힘든 과정을 거쳐야만 한다. 간단히 말하면 그런 과정 전체가 인생이다.

어느 누구도 삶을 쉽게 사는 사람은 없다. 나름대로 고민과 걱정을 끌어안고 사는 것이 사람이다. 인기 절정의 톱스타도 고민에 휩싸여 살고 있다. 우리가 모르는 곳에서 혼자서 고뇌하고 속상해한다. 그런 사람들은 돈도 많고 인기도 있으니 별 고민 없이 살 것 같지만 그렇지가 않다는 뜻이다. 그들도 도망치고 싶다. 톱

스타도 대통령도 일반 서민들도 도망치고 싶은 마음이 굴뚝같다.

각자 자신의 입장에서 생각해보면 자신만큼 힘들게 사는 사람도 없다. 톱스타라면 마음대로 길거리를 걸을 수가 없는 것도 불만이다. 연인하고 자유롭게 데이트를 하기도 쉽지 않고 사생활은 낱낱이 파헤쳐지고 자유를 뺏긴 삶을 사는 것 같은 느낌이 든다. 겉으로 보이는 화려함 이면에는 그 세계만의 갈등과 고독이 뼈저린 것이다.

대통령은 또 어떤가. 만일 그대가 대통령이라고 해보자. 한 나라의 수장이니 모든 권력을 휘어잡고 편하게 살 것 같지 않은가. 그런데 웬걸 대통령이 되자마자 빡빡한 스케줄이 기다리고 있다. 자기 맘대로 시간을 보내는 건 꿈도 꾸기 힘들다. 게다가 기다렸다는 듯이 비판의 화살이 사방에서 날아온다. 잘해도 욕먹고 못해도 욕먹는 게 대통령이기 때문이다. 일반 서민은 서민대로 등골이 휘는 삶, 고유가에 불안한 국제 정세에, 무엇 하나 안정적이지 못한 살림살이가 불안한 마음을 불러일으킨다. 그래서 도망치고 싶어진다. 모두들 자기 자리에서 도망치고 싶은 마음을 꾹 억누르고 살아가고 있다고 봐도 지나친 말이 아닐 정도다.

그렇다고 해서 도망치지는 말자. 어떻게 해서든 이를 악물고 버텨내는 것이 인생을 잘 공부한 학생이다. 인생 교실에는 공부를 잘하는 학생과 못하는 학생이 있다. 여기에서 인생 공부를 잘한다는 것은 무엇인가를 더 많이 암기하고 문제를 잘 푼다는 의미가 아니다. 인생 공부를 잘한다는 뜻은 인생의 역경을 잘 이겨낸다는 뜻이다. 우리는 인생 공부를 함께 해온 학생들이다. 역경을 이기는 자신만의 스타일을 가져야 한다. 비겁하게 도망쳐서는 인생의 역경을 절대로 물리칠 수 없다. 가정을 버리고, 직장을 버리고, 친구를 버리고, 어디론가 무작정 떠나버린다고 해서 상황이 좋아지지는 않는다.

역경은 오히려 맞서는 자에게 무릎을 꿇는다. 버텨라. 조금만 더 버티고 힘을 내라. 이토록 힘든 삶 역시도 하늘이 내게 주신 선물이라는 마음가짐을 가져라. 그렇게 하면 시련이 더 이상 시련이 아니게 될 것이다. 도망치지 않고 삶을 버티는 사람에게는 역경을 이기는 힘과 지혜가 주어지는 것이 인생이기 때문이다.

결정해야 할 때는
신중하고 신속하게 결정하라

살다 보면 그 누구라도 무엇인가를 결정해야 하는 일
이 생기기 마련이다. 어떤 곳에 가는 것, 무슨 일을 하
는 것, 누구를 만나는 것 등. 결정을 요구하는 일들은 너무나 많
다. 이런 결정의 순간에 어떻게 해야 하는지 공부해보기로 하자.

인생은 결정의 시간들이라고 해도 지나치지 않다고 생각지
않는가. 아침에 일어나서 무엇을 먹을지 결정하는 것, 어떤 방식으
로 회사나 학교에 갈지 결정하는 것, 무슨 말을 할까를 결정하는
것. 이런 모든 결정의 순간들이 모여서 한 인간의 인생을 이룬다.
결정은 인생의 모자이크 조각과 같다. 각각의 결정들이 모여서 한
폭의 명화가 탄생할 수도 있고 졸작이 탄생할 수도 있다.

이토록 중대한 결정을 하는 것은 다행히도 자기 자신이다.
스스로 결정할 수 있는 것이 인간의 축복이라면 축복이다. 그런데
우리 사회에는 스스로 결정하기를 두려워하는 사람들이 있다. 또
스스로 결정하고 싶어도 타의 때문에 결정을 못 내리는 경우도 있
다. 이 두 가지 모두 불행을 부르는 습관이다.

결정하기를 두려워하는 사람은 겁이 많은 사람이다. 혹시 잘못 결정해서 결과가 나쁘게 나올까 두려운 나머지 결정 자체를 머뭇거리는 것이다. 그런 사람은 항상 우유부단하다. 이렇게 결정해도 두렵고 저렇게 결정해도 두렵기 때문에 우유부단할 수밖에 없다. 결정을 두려워하고 있다면 이젠 두려워하지 말고 결정하라. 걱정해서 해결될 일은 없다. 오히려 걱정하고 불안해하는 마음이 일을 그르친다.

그리고 결정하고 싶어도 타의 때문에 결정하지 못하는 경우, 우리는 이런 경우를 경계해야 한다. 우리 주변에는 우리의 삶을 제멋대로 조정하고 싶어 하는 불온한 세력이 있다. 그들은 사회에서 매우 모범적인 역할을 해내기도 하고 보통의 삶을 영위하기도 하지만 공통점은 지배욕이 강하다는 것이다.

내가 어렸을 때 어떤 선배가 자꾸 내 삶을 간섭하곤 했다. 난 어린 나이지만 그런 것이 싫었다. 왠지 기분이 나빴다. 내가 친구와 만나는 것까지도 관여하는 선배에게 어느 날엔가 나는 직접적으로 내 의사를 전달했다. 그 선배는 성격이 까칠한 사람이어서 다른 아이들은 선배에게 감히 대들지 못했지만 난 말했다. "선배님, 내 일에 너무 참견하지 말았으면 좋겠어요. 제 할 일은 제가 결정할게요." 그 이후 다행히도 선배는 내 삶을 조정하려는 시도를 하지 않았다. 난 결정권을 지킨 것이다.

나라의 주권을 잃는다는 것은 치욕이다. 주권은 무엇인가. 한마디로 주인의 권리, 주인으로서의 결정권이 아니겠는가. 주인으로서의 결정권을 다른 사람에게 내주지 마라. 지금까지 누군가가 내 의사를 결정해주었다면 이제 그렇게 살지 않겠다고 말하라. 그래야 타의에 의한 삶을 살지 않을 것이다.

그럼 결정할 때는 어떻게 해야 할까. 결정은 무엇인가를 결론짓는다는 것이다. 결론은 신속하게 내리는 것이 좋다. 그래야 시간이 절약된다. 효율적인 인간은 짧은 시간 안에 많은 일을 해내는 인간이다. 그렇지만 신속만을 추구하다가 신중을 놓치면 안 된다. 신속하고도 신중하게 해야 하는 것이 결정이다.

어느 해에 선거를 앞두고 단일화 후보가 핫이슈였다. 야당 후보와 무소속 후보의 단일화만이 정권 교체가 가능하다고 생각하는 국민들이 두 사람의 단일화를 기다리고 있었다. 어떤 사람은 단일화를 바란다는 유서를 쓰고 투신하기도 했다. 그러나 쉽게 한 후보로 단일화를 이루지 못했다. 시간이 흐를수록 단일화 논의는 지지부진해지고 본래의 의미가 퇴색하기 시작했다. 견디다 못한 한 후보가 사퇴를 해버렸다. 그러나 사퇴한 후에 선거 결과는 참담한 패배였다. 결정이 신속하지 못했기 때문에 결과 자체가 좋지 못한 것이다. 또한 양 캠프 모두 신중하게 처신하지 못했기 때문에 아름다운 단일화를 이루어내지 못했다.

내 의지가 확고하다면 결정하는 데 머뭇거릴 필요가 없다. 내 인생의 주인으로서 권리 의식을 가지고 선택하라. 결정하는 주체는 나 자신임을 명심하고 진중하게 결정하면 실패의 덫에 걸릴 확률은 그만큼 낮아질 것이다.

자연을 보고
영혼을 맑게 하라

붉은 단풍나무 잎이 소란스럽지 않게 달려 있다. 창문을 열면 아담한 정원에 때늦은 단풍잎을 매단 단풍나무를 볼 수 있다. 참 아름다운 풍경이다. 겨울의 입구에서 가을의 마지막 향기를 맡을 수 있다는 것. 나는 아름다운 것들을 보면서 영혼을 맑게 하는 시간을 갖는다. 의도적으로 그런 시간을 갖는 건 아니다. 그저 실생활에서 그런 순간들을 마주할 때 조금만 더 의식하는 것이다. 그렇게 하면 영혼이 맑게 트인다. 답답했던 시야가 확 트이는 것을 느낀다.

사람들에게 신은 자연을 주었다. 자연의 아름다움은 인간의 어지러운 심사를 다독이기에 더할 수 없이 좋은 선물이다. 버스를 타고 조금만 벗어나면 억새풀이 지천으로 핀 들녘이 보인다. 이런 아름다운 풍경을 보면 글 쓰는 일로 피로했던 두 눈이 다 정화된다. 그뿐만 아니라 여러 가지 생활에 관련된 피로, 걱정 등이 불시에 사라지는 걸 체험한다. 왜 아름다운 자연은 사람을 이렇게 안정시키는 걸까.

자연이란 말이 우리에게 주는 어감은 무엇인가. 자연은 있는 그대로의 모습이다. 콘크리트로 에워싼 도시가 아닌 우주가 빚어낸 그 모습 그대로가 자연이다. 인공미가 첨가되지 않아서 자연은 순수하다. 사람도 순수한 사람에게 더 이끌리듯이 우리는 순수한 것들에게서 감흥을 얻는다.

자연은 인간의 모태이기도 하다. 인간의 육체를 이룬 구성요소들이 모두 자연의 것이다. 그래서 우리는 마치 어머니를 그리워하듯 자연을 갈구한다. 그래서 자연을 보면 엄마의 자궁 속에 안긴 것처럼 한없이 평온해지는 것이다.

지친 도시인들에게 자연은 엄마의 품이요 돌아가야 할 고향이다. 굳이 도시에 살지 않는 사람이라도 자연은 언제나 기대고 싶은 안식처다. 자연의 아름다운 풍경을 보면서 영혼을 맑게 하라. 보랏빛 들꽃 한 송이도 좋다. 길가에 굴러다니는 이끼 낀 돌멩이라도 좋다. 졸졸졸 흐르는 시냇물도 좋다. 버스 차창 밖으로 휙휙 스치는 야산이어도 좋다. 바빠서 도시를 벗어날 수 없어도 자연을 느낄 방법은 많다. 정성껏 가꾼 가로수며 도로변 꽃들을 보라. 가끔 고개를 들어 하늘을 올려다보는 건 어떤가.

막힌 혈관을 방치하면 결국엔 치명적인 손상을 입는다. 인간의 영혼에 이르는 길도 갖가지 것들로 막혀 있다. 극한 감정, 돈에 의한 압박감, 인간관계 때문에 빚어진 갈등 등. 이러한 찌꺼기들이 영혼에 이르는 혈관을 막고 있다. 이것들을 없애주는 것이 바로 자연과의 정밀한 교감이다. 자연을 바라보면서 우주가 우리

에게 주는 잔잔한 치유의 파동을 받으면 영혼에 이르는 길이 뚫린
다. 자칫 흔들릴 수도 있는 시기에 영혼에 이르는 길이 맑고 깨끗
한 사람은 그 영혼이 그와 같이 맑고 깨끗하므로 자신을 보호할
수 있다. 오늘부터 하루에 단 5분이라도 자연의 아름다움을 만끽
하길 바란다.

착한 마음씨의
소유자가 되어라

선(善)의
미학

시대마다 거의 같은 사건이 반복되고 있다. 차마 입에 담지 못할 패륜 범죄 등이 그러하다. 이러한 끔찍한 사건의 기저에는 바로 마음씨가 있다. 마음씨는 마음을 쓰는 방향이라고 볼 수 있다. 어떤 방향으로 마음을 쓰는가에 따라서 "저 사람은 착한 사람이야." 혹은 "저 사람은 악독한 사람이야." 하는 평가를 받는다.

인간은 처음에는 누구나 착하고 순수한 개체였다. 그러나 순수하고 착한 마음은 그리 오래 지속되지 못한다. 이것은 한 생명이 더 나은 인격체로 진화하기 위한 필수적인 코스다. 왜 착한 마음은 지속하기 어려울까. 그것은 시대적 책임도 있다. 사회의 기류 탓도 있다. 너도 나도 물질 만능주의, 출세 지향주의, 외모 지상주의에 물들어서 내면을 돌볼 시간을 갖지 않기 때문이다. 그러나 마음이 각박해지는 것을 무조건 시대 탓을 하면서 살 수는 없는 노릇이다. 인생학교의 모범생들은 자신의 마음씨를 정결하게 하기 위해 노력하는 사람들이다.

그렇다면 어떤 사람이 착한 마음씨의 소유자인가 공부해보자. '착하다'는 말을 들으면 세상물정 모르는 숙맥이라고 생각하는 사람도 있을 것이다. 맞다. 얼핏 보면 착한 사람들은 너무나 순진하고 욕심이 없어 보여서 세상물정 모르는 바보 같기도 하다. 그러나 바보와 착한 사람은 엄연히 다른 말이다. 착한 마음씨의 소유자는 바보같이 보이지만 실은 매우 영리하고 똑똑한 사람이다. 착하게 살려면 이 사회에서 엄청난 인내심과 노력이 필요한 까닭이다. 그리고 각별한 지혜도 필요하다. 착한 사람은 이런 사람이다.

첫째, 자신을 내세우지 않는 사람이다. 어느 친목 모임의 한 회원이 있다. 그런데 모임에 그 사람만 오면 회원들의 표정이 굳어졌다. 그 사람은 목청을 드높여서 자기를 자랑하기에 바빴기 때문이다. 다른 사람들은 안중에도 없었고 독불장군처럼 자기 말만 옳다고 우겨댔다. 이런 사람은 자신을 내세우는 사람이다. 자신을 내세운다는 것은 불안정하다는 말과 같다. 왠지 자기 위치가 불안하기 때문에 스스로 치켜세우는 것이다. 이런 사람이 되어서는 안 된다. 착한 사람은 자신을 내세우지 않는다. 그는 불안할 것이 없기 때문이다. 굳이 자기 잘난 점을 들먹이고 싶어 하지도 않는다. 나는 글 쓰는 걸 떠벌리고 다니지 않는다. 작가라는 사실을 팔아서 뭔가를 얻고 싶지 않기 때문이다. 자신을 내세우지 말라. 내세우면 내세울수록 스스로의 얼굴에 먹칠을 하는 것이다.

둘째, 다른 사람에게 강요하지 않는 사람이다. 착한 사람은 다른 사람에게 강제로 이래라 저래라 지시하지 않는다. 강요하지 않는다는 말이다. 강요당하는 것만큼 굴욕적인 일도 없다. 억지로 무엇인가를 할 때의 기분을 기억하는가. 직장에서든 집에서든 그런 일을 당하면 자신이 한없이 초라하게 느껴진다. 심지어 살고 싶은 의욕마저 꺾이기도 한다. 다른 사람에게 강요하지 않는 것이야말로 다른 사람을 존중하는 지름길이다. 그리고 착한 사람의 기본 성향이다.

셋째, 육체적으로나 정신적으로 다른 존재에게 위해를 가하지 않는 사람이다. 착한 사람은 다른 사람을 괴롭히지 않는다. 돈을 뺏는다거나 물건을 강취하거나 때리는 등의 행위를 절대 하지 않는다. 착한 사람에게는 애당초 그런 마음이 없기 때문이다. 착한 사람은 다른 사람에게 괴로움을 주는 걸 좋아하지 않는다. 그들은 다른 사람의 고통을 곧바로 느낄 수 있을 만큼 정서적으로 매우 민감하다. 그래서 다른 사람이 괴로워하면 자기 자신도 괴로워지므로 절대 다른 사람을 괴롭히지 않는다. 결국 착한 사람은 자신을 행복하게 할 줄 아는 사람이라고 볼 수 있다.

넷째, 삶에 감사할 줄 아는 사람이다. 삶 자체를 감사하는 것은 착한 사람의 대표적인 성향이다. 자기 삶에 감사하는 사람은 만족감으로 얼굴에 미소가 피어난다. 그래서 인상이 푸근하고 곁에 있기만 해도 위로가 된다. 나에게 주어진 시간을 감사하게 여겨라. 착한 마음으로 살려면 우선 인생을 사랑할 줄 알아야 한다. 그것이 선행되지 않은 사람이 다른 무엇에서 일등을 한다 한들 무슨 소용이 있겠는가.

바위틈에 피어난 꽃 한 송이도 햇살을 바라보면서 피어난다. 사람도 착한 사람에게 끌리게 되어 있다. 선하다는 것은 인간을 매료시키는 한 줄기 햇살과도 같다. 척박한 땅에 피어도 자기 삶을 원망하지 않는 야생초처럼 주어진 환경이 만족스럽지 못해도 원망하지 말고 감사하면서 살아가야 한다.

중독을
경계하라

중독의 폐해에 대한 공부

인간의 일생을 파멸로 이끄는 것들은 중독이라는 이름으로 다가온다. 게임 중독, 알코올의존증, 니코틴중독, 마약중독 등. 중독의 주 현상은 자기의 이성을 통제하지 못한다는 것이다. 생각대로 자신을 제어할 수 없는 사람은 얼마나 위험한 인물인가. 중독은 그러한 인물보다 더 위험한 인물을 배출한다. 생각조차도 제대로 통제하지 못하는 인간이 되는 것이다.

알코올의존증에 빠진 아버지 때문에 파탄 난 가정은 헤아릴 수 없이 많다. 술에 만취해 부인과 자녀들을 폭행한 남편의 이야기는 휴먼 다큐멘터리의 단골 소재로 등장한다. 마약중독으로 배우 인생을 망친 톱 배우도 있다. 섹스 중독으로 성실한 가장이 성범죄자가 되기도 한다. 담배를 끊고 싶어도 니코틴에 중독되어서 쉽게 끊지 못하는 사람들도 많다. 그러므로 중독은 중독되기 이전에 차단하는 것이 가장 좋은 방법이다.

중독을 경계하는 방법을 공부해보자. 우선 중독의 메커니즘을 이해할 필요가 있다. 중독은 인간의 심리 저변에 깔린 작은 호기심으로부터 출발한다. 호기심으로 엄마 몰래 피운 담배 한 개비가 수십 년 동안 지속되는 흡연의 단초가 된다. 처음은 이렇듯 별 뜻 없이 시작된다. 클럽에서 누군가가 건넨 술 한 잔에 탄 마약이 마약중독에 이르는 시초가 되기도 한다. 그렇게 시작된 중독은 서서히 인간의 기반을 무너뜨리기 시작한다. 중독이 초반에서 중반으로 넘어가는 시기에는 중독을 유발한 것에 미치도록 몰입하게 된다. 점점 맛을 알아가는 것이다. 술맛, 담배 맛, 마약 맛, 섹스맛, 돈맛, 명예 맛, 이런 맛들에 미치게 된다. 그러다가 중독의 중반에 이르면 자신이 중독된 걸 알면서도 헤어 나오지 못하는 기현상이 나타난다. 분명히 담배가 몸에 좋지 않다는 걸 알면서도 끊지 못하는 것이다.

중독자가 되면 자신을 통제하는 능력이 고장 나기 쉽다. 술에 중독된 사람은 술에 취해서 한 자기 행동을 기억하지 못하기도 한다. 중독이 말기에 이르면 이젠 자아 실종의 단계에 도달한다. 자기의 참모습을 잃어버리고 중독이 주는 쾌감만 느끼는 말초적 인간이 되어버리는 것이다. 이 단계에 이르면 사람으로서의 존엄성조차 상실하게 된다. 중독은 서서히 한 인간을 말살한다. 그러므로 우리는 중독을 경계해야 마땅한 것이다.

몸가짐을 바르게 하고 특정한 것이 몸과 정신을 지배하려 하거든 단호히 뿌리쳐라. 담배든 술이든 마약이든 성적 쾌락이든 삶을 방탕하게 만들 수 있다고 생각하면 끊어라. 인생을 수렁으로 끌고 가는 것은 다른 외부적 요인이 아니다. 자기의 결단 부족이다.

중독을 끊겠다고 결단을 내리지 못한 사람은 인생을 시궁창으로 몰아넣고 있는 중이다. 담배 한 개비, 별것 아니라고? 천만의 말씀이다. 술 한 잔이 별것 아니라고? 천만의 말씀이다. 하룻밤 성적 유희가 별것 아니라고? 정말 천만의 말씀이다. 별것 아닌 것 같은 단 한 번의 불장난이 삶을 파멸시키는 중독의 시발점이 된다.

나를 지키고 싶은가. 그렇다면 중독되지 않게 하라. 유익한 것과 무익한 것 모두 마찬가지다. 아무리 유익한 것도 중독되면 인간의 이성적 사고를 무너뜨린다. 우리는 우리 삶을 통제하고 운영하는 자립적 존재들이다. 중독은 자립적 존재의 기반을 망가뜨린다. 인생의 통제권을 담배나 술, 돈, 마약이나 성적 쾌락 따위에 넘겨주고 싶은가. 그렇지 않다면 지금 당장 중독에 이끌리는 마음을 단단히 붙잡아라.

가능성에
초점을 맞춰라

미래를 개척하는 공부

 영희와 철수가 대화를 나누고 있다. 그들은 이제 갓 초등학교에 입학한 초등학생들이다.

"철수야, 넌 커서 어떤 사람이 되고 싶니?"

"나? 뭐 별로 되고 싶은 거 없어. 요즘 시대에 노력해봤자 인맥이나 그럴듯한 배경이 없으면 취직하기도 힘들지 않니. 그냥 되는대로 살려고."

그러자 영희가 깜짝 놀라면서 말한다.

"그렇게 생각하면 안 돼, 철수야. 노력해봤자 소용없다는 건 잘못된 생각이야. 우리 아빠도 가난한 집에서 태어나셨지만 열심히 공부하고 노력해서 좋은 회사에 다니시잖아. 난 열심히 공부해서 훌륭한 의사가 될 거야."

그러자 철수가 콧방귀를 뀐다.

"흥! 넌 세상을 너무 쉽게 보는구나. 원하는 대로 살 수 있는 인간은 별로 없다니까."

철수와 영희는 세상을 바로 보고 있는 걸까? 철수는 철수의 입장에서 본 세상을 이야기하고 영희는 영희의 입장에서 본 세상을 이야기하고 있으므로 모두 정답이다. 하지만 인생을 공부하는 인생학교의 초등학생이라면 영희처럼 생각해야 할 것이다.

노력하면 무엇이든 될 수 있다는 가능성을 믿는 사람이 되자. 가능성에 초점을 맞추는 사람은 미래를 긍정적으로 그린다. 하지만 불가능에 초점을 맞추면서 사는 사람은 현재도 미래도 모두 암울하게 예상한다.

한국 시리즈 7차전. 3승 3패. 우열을 가리기 어려운 두 팀의 마지막 승부. 9회 말 투아웃에 주자는 2루와 3루. 점수는 6 대 5로 한 점 뒤지고 있는 상황이다. 마지막 타석에 들어선 나는 시즌 4할대를 친 시즌 최고의 타자. 이 한 번의 타석이 코리안 시리즈 우승을 좌우한다. 5만 명의 관중 앞에 선 나, 어떻게 임해야 할까. 가능성에 초점을 맞추고 살아온 사람이라면 마음속으로 이렇게 다짐할 것이다.

"이 순간은 내 생애 최고의 기회야. 멋지게 안타를 쳐서 점수를 내야겠다. 한국 시리즈는 우리 팀이 우승하게 되어 있어. 내가 그렇게 만들 거야."

그렇지만 가능성에 초점을 맞추지 않고 살아온 부정적 인간이라면 이렇게 생각할 것이다.

'큰일 났네! 큰일 났어. 하필이면 이 타이밍에 내가 걸리다니. 재수 더럽게 없네. 병살타 치면 어쩌지?'

인생의 매 순간이 한국 시리즈 7차전 투아웃이라고 생각해보자. 그렇게 생각하니까 왠지 이 순간이 소중하게 여겨지지 않는가. 내 손에 팀의 운명이 걸린 야구선수처럼, 내 생각이 어떠냐에 따라 내 삶은 물론 다른 사람의 삶도 영향을 받는다는 사실을 기억하자. 가능성을 꿈꾸면서 사는 사람이 되면 도전을 즐기게 된다. 시도하고 실패하고 또 시도하고 실패하지만 그것마저도 행복하게 여긴다. 무엇이든 가능하다고 믿는 사람이 친구라면 믿음직하지 않을 수 없을 것이다.

못을 하나 박더라도 가능성에 초점을 맞추면서 사는 사람은 망치질에 힘이 들어갈 것이지만 불가능에 초점을 맞추면서 살아온 사람에게는 괴롭고 하기 싫은 일이 되고 말 것이다. 그래서 자기 손을 망치로 가격하는 일도 발생한다.

가능과 불가능 두 가지 선택의 종이 있다. 불가능을 울리는 손도 가능을 울리는 손도 모두 내 손이다. 가능의 종을 울리려면 가능성을 믿어야 한다. 나 자신이 그 일을 능히 해낼 수 있다는 믿음을 가져라. 망치질이건 9회 말 투아웃 안타건 시험이건 해낼 수 있다는 가능성에 초점을 맞추면 해낼 수 있는 것이 사람이다. 가끔 해낼 수 없으면 또 어떠랴. 그런 실패는 금은보화보다 더 값지다. 되지도 않는 변명거리를 생각하지 말고 가능한 이유를 생각하는 사람이 되길 바란다.

햇살을 받으면서
걸어라

간에 지방이 축적되어 생기는 병인 지방간은 마땅한 치료약이 없다고 전해져왔다. 그런데 최근 지방간을 호전시키는 가장 좋은 방법이 발견되었다. 그 방법이란 일주일에 서너 번 30분 이상 운동을 하는 것이다. 운동을 하면 지방이 분해되어 지방간이 좋아진다고 한다. 실제로 그렇게 해서 지방간 환자들의 간수치가 20퍼센트 가량 낮아졌다. 운동은 몸에 큰 무리가 가지 않는 걷기를 권하고 싶다. 몸이 아프면 아무것도 하고 싶지 않은 것이 사람이다. 건강할 때 내 몸을 지키는 것은 인생 공부의 핵심이라고도 할 수 있다.

햇볕이 건강에 좋다는 것을 아는가. 요즘은 피부 노화에 햇볕이 적이라면서 무조건 피하는 사람들이 증가하는 추세다. 거리를 걷다 보면 복면을 쓴 아주머니들을 만나곤 한다. 처음에 나는 그 모습을 보고 깜짝 놀라기도 했는데 자외선을 차단하기 위해서란다. 하지만 햇볕은 인간에게 반드시 필요한 것이다. 적절하게 햇볕을 쬐면 세로토닌이라는 호르몬이 분비되는데 세로토닌은 암세

포를 죽이는 T림프구를 강하게 하고 사람의 마음을 기쁘게 하는 엔도르핀을 배출하는 데 영향력을 발휘한다.

햇볕은 또 심장병을 예방한다. 햇볕은 좋지 않은 콜레스테롤을 비타민 D로 전화시키는 역할을 한다. 피부 아래에 있는 혈관 속의 콜레스테롤은 햇볕을 쬐면 피부로 나오면서 비타민 D로 바뀐다. 이러한 과정을 통해 혈관계 질환의 원인이 되는 혈중 콜레스테롤이 감소하면서 혈관이 깨끗해지고 부드러워진다. 따라서 혈압이 정상으로 돌아오고 심장병이 예방된다. 또한 비타민 D는 뼈 건강에도 좋다. 골다공증 예방에도 햇볕은 꼭 필요하다.

이렇게 좋은 햇살을 마음껏 쬐어라. 피부암과 피부 노화의 주역으로만 알고 무조건 피하면서 살아왔다면 이젠 조금씩 쬐면서 살아도 괜찮을 것이다. 무엇이든 지나치면 좋지 않지만 적당한 것은 괜찮다.

햇살을 받으면서 걷는 것은 최고의 운동이다. 또한 기분을 고취시키는 살아 있는 공부법이다. 신선한 공기를 맡으면서 가볍게 걸어보면 우울하던 마음이 날아갈 것이다. 황금빛 햇살을 바라보면 근심걱정이 달아나버릴 것이다. 그리고 길거리에 피어난 꽃이며 각종 식물들을 구경하면 계절의 흐름까지도 느낄 수 있다. 운치 있는 가로수 아래서 잠깐 쉬어 가도 좋을 것이다. 햇살 아래서 인생을 증오하기란 어렵다. 왜냐하면 햇살이 마음을 밝게 만들어서 기분이 마구 좋아지기 때문이다. 밝은 햇살은 마음의 감기인 우울증 치료에도 매우 효과적이다.

알아두면
잘난 척하기 딱 좋은 시리즈!

영단어 하나로
역사, 문화, 상식의 바다를 항해한다

알아두면 잘난 척하기 딱 좋은
영어잡학사전

본래 뜻을 찾아가는
우리말 나들이

알아두면 잘난 척하기 딱 좋은
우리말 잡학사전

철학자들은왜 삐딱하게 생각할까?

알아두면 잘난 척하기 딱 좋은
철학잡학사전

우리말의 뿌리와 역사를 밝혀
인식의 지평을 넓혀주는 교양서

알아두면 잘난 척하기 딱 좋은
우리말 어원사전

세상에서
가장 아름답고 특별한 가족 이야기

첫눈보다
네가 먼저 왔으면
좋겠다

호기심 많은 고양이 장미와 세상일에 무관심하고
두려움 많은 고양이 스미레, 그리고 인간의 교감을
담담하게 그려낸 작품.
손승휘 글 | 이재현 그림 | 문학 | 164쪽 | 12,000원

서로에 대한
믿음 하나로 뭉쳤다

바우네
가족이야기
Bau's Family Story

바우를 중심으로 사랑과 믿음으로 한 가족이 된 7마리
유기견들이 역경을 헤쳐 나가는 생존기를 그린 작품.
손승휘 글 | 이재현 그림 | 문학 | 180쪽 | 12,800원

톨스토이 인생노트

오늘 당장 인생노트를 시작하라

『톨스토이 인생노트』는 우정, 사랑, 노동, 성공 등 무릇 인간이라면 결코 비껴갈 수 없는 삶의 화두를 제시하면서, 독자들로 하여금 자신을 더욱 계발하고 나아가 자기완성에 최대한 다가갈 수 있도록 길라잡이 구실을 하고자 기획한 책이다. 제목을 '인생노트'라고 명명한 것도 그런 취지를 살리기 위함이다.

이 책에 실린 인용문구들은 톨스토이가 섭렵한 수많은 작품이나 전집에서 삶의 지침이 될 만한 글을 추린 것인데, 톨스토이가 이 책을 쓴 목적은 단순히 위대한 사상가들의 글을 옮기는 데 있지 않다. 오히려 일반 대중들이 매일매일 쉽게 읽고 접하여 그들의 위대한 지적 유산들을 활용하자는 데 있다. 독자들은 사상가들의 삶의 정수가 담긴 한 줄의 글을 통해 삶의 가치를 확인하고 긍정의 힘을 얻는 한편, 독자들을 위해 마련한 노트에 내 삶의 원칙을 기록하고 점검함으로써 오늘의 삶의 질을 한 단계 높일 수 있는 힘을 끌어낼 수 있을 것이다.

레프 **톨스토이** 지음 | **최종옥** 옮김 | 자기계발 | 288쪽 | 16,000원

찬란한 눈물 같은
당신 인생을 위한
따뜻한 해답

사랑하는 나야, 그동안 수고했어